Es geht UM WEGE

„Und es siegt
hervorblitzend
unter den Wimpern
der Reiz
der wohlgebetteten Weiber".
Sophokles, Antigone, 795f

Eugen Schneider

Es geht UM WEGE

Die fatale Geschichte einer Berufung

*für meinen
langjährigen
Weggefährten Schlaf
viel Spaß

Eugen

02.09.2002*

Für
Marliese und Stephanie

Alle Rechte beim Autor
Herstellung Books on Demand GmbH, Norderstedt
ISBN 3-8311-4047-2

Inhalt

Verhängnisse	7
Erste Stufen nach oben	41
Bei Christa	117
Leben im Kloster	150
An alter Stätte	171
Auf neuen Wegen	207
Ausgang	265

Verhängnisse

Über Berlin stand der Feuerball der Sonne. Unerbittlich brannte sie auf die Stadt, die sich noch nicht von den Wunden des Zweiten Weltkrieges erholt hatte. Gerade mal eben etwas mehr als zwei Jahre lag das Kriegsende zurück. Die Menschen in dieser zerstörten Stadt kämpften ums Überleben. Der Hunger saß jeden Tag mit am Tisch und ließ die Mägen knurren. Zu Hunderten fuhren die Berliner in diesen Zeiten auf die Dörfer vor den Toren der Stadt, um bei den Bauern zu hamstern. Müde, wenn sie Glück hatten, mit schweren Säcken auf den gebeugten Rücken, fuhren sie abends in die Stadt zurück. Staub sickerte aus dem grobfaserigen Gewebe der Säcke, legte sich auf Gesicht und Kleidung und verbreitete eine erstickende Luft in den Abteilen der S-Bahn, wo die Menschen dichtgedrängt aneinander standen und aus allen Poren schwitzten. Wenn die Menschen an diesen Abenden nach Hause kamen, hatten sie sich wieder für einige Tage vor dem Verhungern gerettet. Denn die Rationen der Lebensmittelkarten reichten vorne und hinten nicht. Mochte man noch so viel einteilen und rechnen und planen. Es war immer zu wenig. Zu wenig Brot, zu wenig Fett, zu wenig Gemüse. Alles war zu wenig. Zum Sterben war es zu viel, zum Leben reichte es gerade. Gewöhnlich standen die Menschen nach dem Essen auf und hatten lediglich die Mägen mit irgend einer

Brühe voll, ohne dass der Hunger gestillt war. Man brauchte nur einige Male in der Küche auf und abzugehen und schon war die Flüssigkeit mit den wenigen Fettaugen durch die gierigen Därme gelaufen und hatte kaum den schreienden Leib befriedigen können. Dann war der Magen wieder leer und begehrte von Neuem auf.

Nun also brannte auch noch die Sonne auf die gebeutelte Stadt nieder. Keine Wolke am Himmel, nur Glut und Hitze und gleißendes Licht. Tage schon spannte sich der blaue Himmel über Berlin. Kein Wind ging, kein Lüftchen regte sich, es war, als halte die Stadt den Atem an.

An diesem heißen Julitag hasteten zwei Jungen unter den Schatten der Kastanienstraße in Lichterfelde Ost. Trotz der Hitze hetzten sie. Der ältere der beiden, Edgar, noch keine vierzehn, und der Bruder, vier Jahre jünger, Josef. Edgar blond, ein wenig gedrängt, unbehände, mit gutmütigem Gesichtsausdruck. Josef dunkel, drahtig, mit draufgängerischem Blick. Sie trieb nur ein Wunsch voran. Ihnen war zu Ohren gekommen, dass Berliner Kinder für die großen Ferien, die eben begonnen hatten, mit einem Transport in den Westen fahren könnten, um dort auf einem Bauernhof ihre Sommerferien verbringen zu dürfen. Das Paradies war ihnen in Aussicht gestellt. Alleine hatten sie sich auf den Weg gemacht, um sich dafür anzumelden. Die Mutter nämlich musste zu Hause in der kleinen Wohnung hinter dem Webstuhl sitzen und das Geld für den Unterhalt verdienen. Denn der Vater war vor einem Jahr an

Krebs gestorben. Den beiden fiel es nicht schwer, sich vorzustellen, was es bedeutet, sich bei Bauern aufhalten zu dürfen. Sie hatten während des Krieges selber auf dem Land bei Verwandten gelebt. Die Eltern erhofften sich, ihre Jungen vor einem möglichen Tod durch einen Luftangriff unter den Trümmern des Hauses verschonen zu können. Das Haus hatte Gott sei Dank dann doch nie eine Bombe getroffen und so hatten auch die Eltern, die in Berlin geblieben waren, überlebt. Den Vater allerdings suchte dann schließlich der teuflische Krebs heim und holte ihn. Seit Ende des Krieges hielten sich die beiden Jungen wieder bei der Mutter in Berlin auf. Hätten sie während der Schulzeit nicht regelmäßig die Schulspeisung bekommen, wären ihre Mägen noch rebellischer gewesen. Nun in den Ferien mussten sie auf dieses zusätzliche Essen verzichten. Um so mehr freuten sie sich, nun mit einem Ferientransport von Berlin wegzukommen.

»Da werden wir ordentlich zugreifen und uns täglich den Bauch voll schlagen«, versuchte Edgar seinem Bruder Mut zu machen und vergaß über der Fata Morgana des sie erwartenden Schlaraffenlandes die momentane Hitze.

»Knorke. Freue mich schon«, lief ein Lachen über das verschwitzte Gesicht des kleineren. Er rieb sich die Stirn ab. Ströme von Schweiß rannen über sein Gesicht.

»Brüderchen, wir sind gleich da.«

Sie versuchten sich von Baumschatten zu Baumschatten durchzuschlagen. Der Atem ging schwer.

Die Lungen schienen zu ersticken. Ihre Gesichter waren braun vor Sonne und Staub. Edgar erinnerte sich an die Bilder aus den Tagen, als er sich für zwei Jahre während des Krieges bei Verwandten auf dem Bauernhof aufgehalten hatte. Er sah sich auf dem Feld, wenn er während des Sommers bei ähnlich glühender Hitze bei der Ernte mithelfen musste. Nachmittage lang hielten sie sich auf den Feldern auf. Er musste kleine Seile auslegen. Damit wurden die Garben gebunden. Die Tante, die Cousins und die Cousinen trugen die Kornballen zusammen. Mit großen, schweren Rechen half Edgar, das Stoppelfeld zu rechen. Eine Schweinearbeit war das. Er war solche Schinderei nicht gewohnt. Im Sommer bei der Hitze, auf dem Feld, unter brennender Sonne. Damals hatte er sich geschworen, niemals Bauer zu werden. Das freilich war eine unsinnige Verwünschung, wie auch hätte er sich in Berlin einen solchen Beruf auswählen können. Und dass er nach Berlin zurückkehren würde, einmal nach dem Krieg – er konnte doch nicht ewig dauern -, stand für ihn fest. Jetzt, in der achten Klasse, hatte er sich bereits um einen Lehrplatz umgesehen; denn diese waren knapp. Feinmechaniker wollte er werden. Warum ausgerechnet dies? Nun, es gab möglicherweise gerade zufällig diese Stelle bei einem Meister, den Mutter aus der Pfarrei kannte. Im nächsten Jahr aber erst würde Edgar die Lehrstelle antreten. Noch galt es die neunte Klasse zu machen.

»Du, wir sind hier«, riss Josef den Bruder aus seinen Träumereien. Vor ihnen erhob sich ein hoher

Backsteinbau. Eine Treppe führte zum Eingang hoch. Die unendlich vielen Fenster des vierstöckigen Gebäudes schauten matt drein. Wie dunkle erloschene Augen glotzten die Scheiben dumpf auf die beiden herunter. Kein Mensch war auf der abgelegenen Straße zu sehen. Der Bau wirkte wie ausgestorben. Skeptisch schaute Edgar die Treppen zum Aufgang hoch. Vielleicht zwanzig, dreißig Stufen führten nach oben. Dass man auch solche Zugänge bauen muss, dachte er. Na, das werde ich ja wohl auch noch schaffen. Sein Bruder, der offensichtlich über mehr Kondition als er verfügte, war schon einige Stufen vorausgegangen.

»Nun mach schon, Edi. Lass dich bloß nicht hängen. So kurz vor dem Ziel. Auf, los«, grinste der Bruder mit einem breiten Lachen den Zurückgebliebenen von oben herab an.

Der soll nicht so angeben, der Dreikäsehoch. Edgar wusste, dass sich sein Bruder schämte und es ihm gar nicht recht war, dass er noch so klein war. Dicke Töne spucken. Ich werde es dir schon gleich zeigen, wer hier der Bessere ist. Und schwups gab er sich einen Stoß und schoss die Treppen an seinem Bruder vorbei hoch, indem er eine Fratze zog, die dem anderen das Lachen vergehen ließ. Oben allerdings schaute Edgar verlegen um sich. Wo sollte er nun hin?

»Was, jetzt bist du am Ende, wie? Frag doch den Alten dort in dem Kasten«, wies Josef mit seiner Rechten auf ein kleines Pförtnerhäuschen, »der wird schon Bescheid wissen.«

»Wo...«, Edgar war ganz außer Atem, »wo bekommen wir Auskunft über die Ferientransporte?«, wandte er sich an den Alten.

»Bitte heißt das noch immer«, schaute der Alte mit seinem von Falten überzogenem und ausgezehrtem Gesicht und einer Pfeife im linken Mundwinkel Edgar strafend an. Mit saurer Miene und schiefem Mund knurrt er: »Dritter Stock, Zimmer dreihundertsieben.«

Arsch, dachte Edgar, drang in das Dunkel des Korridors und nahm zwei Stufen.

»Nun gib nicht so an und renn mir nicht weg. Schließlich bin ich immer noch der Kleinere.«

»Genau. Und wirst es immer bleiben. Kann ich dafür. Streng dich an.«

»Ob wirklich der Kleinere, werden wir sehen. Nur der Jüngere werde ich bleiben.«

In dem dunklen Gang war es kühl. Endlich. Edgar war bereits an dem Zimmer angekommen und winkte seinem Bruder, sich doch zu beeilen. Jetzt, wo sie am Ziel waren. Außer Atem kam Josef an. Ihm hing die Zunge raus.

»Mach schon, klopf«, bedeutete er Edgar.

Herein, hörten sie auf ihr Zeichen eine Frauenstimme. Edgar öffnete die Tür. Ein fast kahler Raum tat sich vor ihnen auf. Drei riesige Fenster, durch welche wieder die Sonne hereinplatzte. Alle Wände mit großen, die ganze Fläche bedeckenden Schränken bestellt, alt und verstaubt, ein Tisch mit Bergen von Akten angehäuft und – eine junge Frau dahinter. Edgar schaute verwundert auf. Bleich, übermüdet, wie es schien, doch wohl mehr von der Hitze gepeinigt und vom Hunger ausgelaugt, saß sie vor diesen Papierhügeln. Ihr schwarzes Haar trug sie offen und fiel ihr über ihre schmalen Schultern, die nur ein feiner Streifen, der ihr Kleid hielt, überzog und sie so ihre weiße, leuchtende Haut frei gaben. So sah Edgar sie zuerst von der Seite, als er in den Raum trat. Doch in dem Moment, als sie sich ihr genähert hatten und nur noch einen halben Meter vor ihrem Tisch standen, schaute sie von ihrer Arbeit auf und drehte sich ihnen zu. Und da fielen Edgars Blicke als erstes auf den großen Ausschnitt, in dem sich die kleinen Hügel ihrer hellen Brüste abhoben und sich das kleine Tal zwischen ihnen abzeichnete. Josef ließ neben Edgar stehend seine Augen von ihr zu ihm wandern, um zu überprüfen, was sich hier abspielte. Leicht schüttelte er mit dem Kopf. Edgar schaute ins Gesicht der Frau und fuhr erschrocken zusammen. Was war jetzt, dachte Josef. Er wandte sich der Frau zu. Tatsächlich, was sie für wunderschöne Augen hatte. Dunkel wie die Nacht, voller Güte und Liebe. Obschon die junge Frau die beiden überarbeitet anschaute, blitzte doch ein leises Lächeln in ihren Augen. Die feinen Fältchen in den äußeren Augenwinkeln zogen sich zu einem freundlichen Lächeln zusammen.

»Und was wünscht ihr?«, ließ sie mit einer leicht angerauten Stimme vernehmen.

»Wir… mh… wir«, verlegen hustete Edgar und wusste vor Unsicherheit nicht, wie er anfangen sollte.

»Ja, wissen Sie... also, wir hörten von Ferientransporten...«, half Josef seinem Bruder aus der Verlegenheit.

»Ferientransporte«, unterbrach sie ihn, »ja...«, und sie schaute auf den Schreibtisch, als wolle sie Akten heraussuchen, wobei sie die Finger nervös über das raue Holz der Tischplatte streichen ließ.

Edgar kam es komisch vor. Er hatte einen siebten Sinn und merkte stets sehr schnell, wenn bei anderen etwas nicht so ablief, wie sie es sich wünschten. Und die Frau schien sich etwas anderes zu wünschen. Doch was? Er verfolgte die Szene am Schreibtisch, was würde sich tun? Dann blickte die Hübsche wieder zu den beiden her. Edgar drehte seinen Kopf halb zu seinem Bruder, um zu sehen, was er machte, hielt aber aus dem Augenwinkel die Frau im Blick. Josef verzog sein Gesicht.

»Also Ferientransporte, ja, ja...«

Sendreichs wohnten in einem großen herrschaftlichen Haus. Viele Parteien waren dort untergebracht. Ärzte hatten ihre über das große halbe Geviert reichenden Wohnungen und ihre Praxen. In Parterre gab es zwei Läden. Eine Glaserei und ein Eisenwarengeschäft. Doch Sendreichs Wohnung lag im dritten Stock des Hinterhauses. In einer ehemaligen Bedienstetenwohnung. Drei Zimmer, ein kleines Bad, kein Waschbecken darin, nur eine Toilette und eine Wanne, gerade groß genug, um dort stehen zu können. Gleich hinter der Eingangstür vom Flur aus zugänglich eine Küche. Nicht klein zwar, aber zur

Zeit stand der Webstuhl der Mutter dort. Eines der drei Zimmer hatten sie vermietet, das größte, um so eine kleine Nebeneinnahme zu erhalten. Was Christa Sendreich mit ihrem Teppich Weben verdiente war nicht viel. Es reichte gerade, um die drei vor dem Verhungern zu bewahren. Das Fenster in der Küche war so klein und hoch, dass man nur den Himmel sah, wenn man vor dem Tisch, der sich unmittelbar darunter befand, stand und hinausschaute. Das war auch schon was. Immerhin, den konnte man sehen. Wollte man aber in die Luisenstraße hinüberschauen und einen weiten Blick nach Lankwitz und zur Kaiser-Wilhelm-Gedächtniskirche bekommen, deren Kirchspitze weit aus dem Häusermeer und den Grünanlagen herausragte, dann musste man sich auf einen Stuhl stellen oder in das große Zimmer gehen, wo es zwei hohe, unten bis zur Gürtellinie reichende Fenster gab. Auch in dem letzten, ganz am Ende des Flurs gelegenen, zweitkleinsten Zimmer gab lediglich ein hohes, jedoch breites Fenster mit einem Sims davor einen Blick zum Nachbarhaus und auch zum Himmel frei. Dies war den kleinen Leuten wenigstens vergönnt: Der Blick nach oben, der zwar in diesen Tagen auch nichts Verheißungsvolles versprach, ergoss sich doch aus seinem Blau nur die Hitze und das blendende Licht der Sonne. Sendreichs Wohnung lag zudem noch nach hinten. Aber dafür hatten sie den weiten Blick nach Lankwitz. Über Gärten, Bäume, Grün und zum Himmel. Sendreichs mussten sich also in diesem Prachtbau aus dem Beginn des Jahrhunderts mit den schönen Fassaden und Balkons in den ersten zwei Stockwerken zur Straße mit ihren vielen, hohen Kastaniebäumen wie Fremde vorkommen. Und sie waren es auch. Alle, die im Haus wohnten, bis auf die Kaufleute, einen Klempner, die Hausmeisterin und einem Ehepaar direkt neben Sendreichs wohnend, waren Akademiker. Sendreichs, die kleinen Leute, mussten, wollten sie in ihre Wohnung, mühsam drei Stockwerke steile Stufen hoch steigen. Die Wohnungen der Ärzte in den ersten zwei Stockwerken reichten nicht nur über die ganze Hälfte des Hauses, sondern waren damit auch über den Hinter- und Vorderaufgang zugänglich. Die Stufen im Vorderaufgang waren tiefer und nicht so hoch. Die des Hinteraufganges steil und kurz. Täglich mindestens einmal galt es dieses Gebirge des Hinterhauses zu erklimmen. Doch dabei blieb es gewöhnlich nicht. Meistens war dieser Gipfel mehrmals am Tag zu ersteigen. Das brachte einen außer Atem. Zwar solle dieses Treppensteigen für die Gesundheit gut sein, das Herz stärken und den Herzkreislauf festigen. Den Beinmuskeln dürfte es auch nicht abträglich sein. Doch um solches kümmerten sich Edgar und Josef in diesen Jahren noch nicht. Sie fluchten jedes Mal, wenn sie dorthinauf mussten und ihnen die Puste dabei ausging. Dass sie dabei kräftige Muskeln bekommen würden, hätte sie in ihrem Alter vielleicht noch interessiert, ließ sie aber daran nicht unbedingt denken, wenn sie nur den Schmerz in den Schenkeln verspürten, die Lungen zu kochen anfingen und es ihnen schwindlig vor den Augen wurde. Die Mutter – der fiel es mit ihren nun auf die fünfzig zugehenden Jahren nur schwerer und dieses Treppensteigen brachte sie schier um ihr Leben. Für sie bildeten diese himmelstürmenden Treppenaufgänge nur eine Qual. Zumal in diesen Nachkriegstagen die Kräfte geschont werden sollten für die notwendigen, alltäglichen Verrichtungen. Und da auch noch Treppen steigen müssen. Doch wer von Kindheit an so hoch oben gewohnt hat, lernte wenigstens von früh an, dass Höhen nur mit Mühe erreicht werden, einem nichts geschenkt wird, aber auch, dass die Aussichten dann um so großartiger sein können. Für den, der es überlebt.

Die beiden kamen heim. Sie hörten schon im zweiten Stock den Schlag des Weberkammes, der hart und kräftig jede Reihe eines Flicklerteppichs festsetzte.

Edgar zog den Schlüssel aus seiner Hosentasche und öffnete die Wohnungstür. Oben in der Tür befand sich ein kleines dunkelgelbes Fenster, das man öffnen konnte, und vermutlich nur dazu diente, ein wenig Licht in den sonst dunklen Flur zu lassen. Erst nach wenigen Schritten bog der Korridor dem Geviert des Innenhofes folgend nach rechts, wo erst wieder ein Fenster von dem auch nicht eben hellen Innenhof Licht hereinließ.

Nicht gerade stürmisch traten die beiden zur Mutter in die Küche. Rechts hinter der Tür nahm der große Webstuhl Zweidrittel des Raumes ein. Ein nicht mehr neuer Webstuhl. Kantig, aus rohem, dunkelgelb gefärbtem Holz. Tausend weiße Garnfäden speisten sich von Rollen, die an einem schrägstehenden Brett hinten am Gerät auf groben, großen Nägeln steckten, spannten sich über einen Balken, führten durch aberhundert Ösen der beiden Schäfte, schlängelten sich durch den stählern gerüsteten Kamm, um sich dahinter zu einem aufgerissenen Maul zu öffnen, durch das Christa Sendreich dicke Streifen, die auf einem Holzstab gewickelt waren, durchschob, sie mit kräftigen Schlägen an die bereits fertig gewobene Ware anschlug und dann am Ende Reihe für Reihe den Teppich anwachsen ließen. Über einen Balken führte der bunte Streifen zu einem Holmen, wo die fertige Ware aufgerollt meterlang wartete, bis sie die Weberin abnahm und abschließend die wie eine ungemähte Wiese aussehende Oberfläche von den überstehenden Zipfeln stutzte. Christa Sendreich saß auf einem harten Brett, nur ein dünnes Kissen unter sich.

Die Frau hielt mit ihrer Arbeit inne. Den linken Arm auf dem Balken aufgestützt, steckte sie sich mit der Rechten eine graue Haarsträne, die sich neugierig aus dem Kopftuch hervorgewagt hatte, hinein. Ihre tief in den Augenhöhlen liegenden grauen, wachen Augen schauten ihre Jungen gespannt an. Das Gesicht war ausgezehrt. Die große, hagere Gestalt gebeugt. Ehe, Witwenschaft, Krieg, Tod des Mannes, mit dem Christa Sendreich keine allzu glückliche Ehe geführt hatte, und nun die Sorge um die beiden Jungen hatten die Gestalt der früher einmal so rüstigen, großen Frau ausgemergelt und geschwächt. Die grauen Augen schauten müde und wie von unendlich vielen Erfahrungen gestählt ihre beiden Jungen an.

»Nun, wie lief es?«, kam es mühsam über ihre Lippen.

Wer sollte es ihr sagen, überlegten die beiden. Sie zögerten. Einer schaute den andern an.

»Ist was?«, merkte Christa Sendreich, die nicht gewohnt war, dass sich ihre Jungen so zurückhaltend benahmen. Sie kannte sie als lebhaft und sehr geschwätzig. Besonders Edgar. Josef war eher stiller. Edgar erzählte gerne. Josef lächelte dabei immer nur verschmitzt in sich hinein, wenn er es aus dem Bruder heraussprudeln hörte. Jetzt, dachte er, bleibt ihm die Spucke weg, wie. Sollte er es der Mutter sagen. Jetzt konnte er zeigen, wie diplomatisch und geschickt er war.

»Sag du's«, nickte er mit seinem Kopf zu Edgar.

»Ja, Mama, es war nichts.« Edgar verzog seine Lippen bitter. Christa Sendreich zuckte zusammen, als habe sie jemand geschlagen.

»Wie, es war nichts?«, glaubte sie nicht richtig gehört zu haben.

»Ja, er hat's gesagt«, nickte Josef. »Wir können nicht wegfahren.

Die Hitze in der Küche schien sich plötzlich wie eine schwere Decke auf die drei zu legen. Christa Sendreich glaubte zu ersticken.

»Gib mir bitte Wasser, Josef.« Der ging an den Schrank, holte ein Glas, füllte es aus dem Kran mit Wasser und reichte es der Mutter. Sie nahm bedächtig zweimal einen Schluck.

»Danke. Und warum?«, wollte sie noch immer nicht glauben, was sie vernommen hatte. »Warum nicht? Spannt mich nicht auf die Folter. Oder wollt ihr mich …«

»Aber, Mama, wir wollen dich doch nicht … «, presste Edgar gedrückt heraus und unterdrückte im letzten Moment das Wort »verarschen«. Ein bitterer Zug durchfuhr seinen Mund.

»Und warum nicht? Warum könnt ihr nicht?«

»Der Zug«, Edgar kniff seine Lippen hart zusammen, er vermochte die Worte kaum auszusprechen, »ist besetzt. Wir kamen zu spät.«

»Ihr kamt zu spät.« Ihre Augen gingen nieder. Für Momente trat Stille in den Raum. Betroffenheit zeichnete sich auf den drei Gesichtern ab.

»Ist das nicht eine Scheiße, wie?«

»Na!«, schaute sie vorwurfsvoll zu dem Jüngsten hin. Zu spät, ging es ihr durch den Kopf. Die Worte schlugen wie ein Meißel in Granit ein. Ihr war, als ob ihr Kopf sich plötzlich entleert hätte. Ein Stich durchfuhr sie auf der linken Brustseite. Ihre Rechte griff zu ihrem Herzen. Eine maßlose Traurigkeit legte sich auf ihre Seele, schien sie zu lähmen. Christa Sendreich war, als schnürte sich alles in ihr zusammen. Ihre Kehle ließ keinen Laut heraus. Ihre Hände verweigerten den Gehorsam. Jäh trübte die Meldung ihren Blick. Wie erstarrt saß sie hinter dem Holzbalken auf dem harten Brett. Die Frau sah die großen Ferien vor sich. War es ihren Jungen nicht vergönnt, Glück zu haben. Sechs Wochen mit den Jungen alleine. Hunger, Hitze, Gram, Sorgen. Oh

Gott! Wieder nichts. Warum? Schicksal. Schicksal? Stumm wandte sie sich ihrer Arbeit zu, schob einen Streifen aus dickem groben Stoff durch die Kettfäden, trat energisch auf die Fußführung, die Fäden kreuzten sich ineinander, mit dem Schlagbaum donnerte Christa Sendreich eine neue Reihe an die vorherigen fest. Der Teppich war um einen Streifen gewachsen. Edgar glaubte der Wucht des Schlages zu entnehmen, als habe Mutter etwas zerschmettern wollen. Doch da könnte er sich auch getäuscht haben. Mutter war zwar energisch, packte an, wo es etwas zu bewegen und zu ändern galt, und gab nicht so schnell auf. Aber einfach zuschlagen, wie wild, als gelte es, sich gegen Unabwendbares aufzubäumen, das kannte er von ihr nicht. Und da hörte er sie sagen:

»Wer weiß, wofür er gut ist. Sehen wir.«

Wofür es gut sein sollte, konnte zu diesem Zeitpunkt niemand auch nur ahnen. Und es wollte Edgar, später freilich erst, scheinen, als sei ein Marionettenspieler am Werk gewesen, der den Handlungsablauf längst kannte, das Drehbuch längst schon geschrieben hatte und nun vor sich liegen hatte und nur noch dafür sorgte, dass es wirksam umgesetzt werde. Für Edgar, noch nicht vierzehn Jahre, wäre es zu viel verlangt gewesen, dass er sich schon ausgekannt hätte, wie es im Leben zugeht, obwohl er schon einiges erlebt und erfahren hatte. In seinem Alter hatte er bereits Erkenntnisse, die weit über dem üblichen Horizont der Erfahrung eines

Jungen seines Alters lagen. Doch dass dieses Zuspätkommen schicksalhafte Folgen haben sollte, konnte er nicht einmal ahnen. Folgen freilich ganz anderer Art, als er zunächst befürchtete und es schien, nämlich sechs Wochen in den Ferien bei der Mutter mit dem Bruder verbringen, ständig einen knurrenden Magen verspüren und noch ein Jahr Schule aushalten zu müssen, um dann die Lehre anzufangen, von der er nicht einmal wusste, ob sie ihn überhaupt interessierte.

Wie es so geht: eines folgt dem anderen, nicht selten Schlag auf Schlag - soll ja bekanntlich ein Unglück nie alleine kommen.

Die Sonne zog alle Nässe aus dem Boden, ließ das Laub an den Bäumen vergilben, bräunte die Gesichter der Menschen und machte sie um einige Schatten trüber. Heimtückisch nistete sich offensichtlich ein Bazillus bei Christa Sendreich ein. Gänzlich überraschend teilte sie eines Morgens ihren Jungen mit, dass sie krank sei und ins Krankenhaus müsse. Alle Spielregeln von Ferien schienen für Edgar in diesem Jahr außer Kraft gesetzt. Nun auch Mutter noch ins Krankenhaus.

»Warum ausgerechnet ins Krankenhaus«, wollte Edgar von ihr wissen?

Doch sie vermochte ihm keine befriedigende Antwort zu geben, wusste sie doch nicht einmal, was für eine Krankheit sie hatte. War dies, dass sie krank wurde und von ihren beiden Jungen weg musste, schon schlimm genug, so war noch schlimmer, dass die Versorgung der beiden Jungen nicht gesichert war. Wer sollte sich um sie kümmern? Alleine in dieser armseligen Zeit zu Hause sein, auf sich alleine gestellt, für sich sorgen, kochen, waschen, mit den Lebensmittelkarten haushalten und miteinander zurechtkommen zu müssen, wäre völlig unmöglich gewesen. Zwei Jungen im Alter von noch nicht neun und vierzehn Jahren, gänzlich unbeaufsichtigt, ungewohnt, ohne sorgende Hilfe eines Erwachsenen leben zu sollen, ohne Rat und Tat eines Erwachsenen, der Nähe der Mutter beraubt in dieser Zeit des Hungers und der Not – eine Katastrophe. Während zwei, drei oder gar noch weiteren Wochen. Keiner von ihnen konnte kochen. Wer schon kann das in diesem Alter? Zwar hatte Edgar hin und wieder Suppen oder einen Brei eingerührt, wenn die Mutter am Webstuhl saß und ihm von dort Anweisungen gab, wie dies zu machen ist. Und er hatte sich damals gerühmt und eingebildet, dass er wenigstens einmal würde gut kochen können, wenn er eine Frau bekäme, die dazu nicht in der Lage sei. Aber das waren Sprüche, wie sie kleine Jungs gerne von sich geben, wenn ihnen etwas gelungen und sie darauf stolz waren. Im Ernstfall hätte seine Kunst nicht ausgereicht, beide am Leben zu erhalten. Und vor allem aber, wären sie mit den Lebensmittelkarten ausgekommen, hätten sie sich also die Rationen einteilen können? Schwer nur vorzustellen.

Was also sollte die Mutter mit den beiden anfangen? Freunde, Verwandte, Bekannte, bei denen sie die Jungen hätte unterbringen können, gab es zumindest in Berlin nicht. Selbst wenn es sie gegeben hätte, wer schon wollte in diesen abscheulichen Zeiten zusätzlich zwei weitere Esser mehr am Tisch hocken haben? Wem sollte man dies zumuten? Und die Buben wieder nach Süddeutschland schicken – unmöglich für eine so kurze, vorübergehende Zeit. Wer auch hätte das zahlen können? Eine Fahrt nach dort bedeutete unüberwindliche Schwierigkeiten: Einen Pass musste man besorgen. Die Bahnfahrt zog sich Tage lang hin. Alleine hätten die Jungen eine solche Reise gar nicht unternehmen können. Sie in einen Urwald zu schicken, wäre weniger risikoreich gewesen. Diesen Plan durfte Christa Sendreich also erst gar nicht erwägen. Es erschien aussichtslos, eine gute Lösung zu finden. Die Mutter lag hilflos im Bett. Was konnte sie tun? Doch der große Marionettenspieler schien die Fäden schon gut im Griff zu haben und nicht aus der Hand zu lassen. Vorsorglich war in dem Drehbuch offensichtlich schon eingeplant - wer weiß wie lange schon? -, dass die Mutter zu Schwestern, die in der Pfarrei ihre Niederlassung hatten, ins Krankenhaus kam. Ein Glück, dass Schwestern in den Fall verwickelt waren. Wem sonst wäre der Gedanken gekommen und wer hätte überhaupt die Möglichkeit gehabt, die Jungen in einem Heim der Schwestern unterzubringen. Das Drehbuch schien gut geschrieben zu sein. Freilich, auch das wäre bald noch daneben gegangen. Zwar gab es ein Kinderheim, das den Schwestern gehörte, irgendwo in Berlin. Aber – wie gesagt ein Kinderheim. Und in dieses hätte Edgar eigentlich gar nicht mehr aufgenommen werden dürfen. Er war zu alt dafür. Nicht freilich Josef. Sollte man die beiden aber trennen? Und wohin dann mit Edgar? Nein. Getrennt waren die Brüder während des Krieges, nun nicht schon wieder. Denn Josef hatte sich während dieser kriegerischen Zeiten bei der Tante aufgehalten, während Edgar beim Onkel gelebt hatte. Nun also nicht noch einmal die Jungen trennen. Die Mutter wehrte sich energisch dagegen.

Also kamen die beiden ausnahmsweise zusammen ins Kinderheim. Sechs Wochen sollten sie dort bleiben.

»Was hältst du von dem Laden?«, fragte Josef, nachdem sie sich einige Tage in dem Kinderheim aufgehalten hatten.

Laden, nannte Josef dies. Nun, diese Einschätzung wurde dem Heim nicht gerecht. Edgar kratzte sich am Kopf. Fremd, gewiss, fremd empfand er die neue Umgebung. Das große Haus mit den unendlich erscheinenden Zimmern und Fenstern. Der riesige Innenhof, der ausgedehnte Spielplatz und der gigantische Garten hinter dem Gebäude, wohin niemand der Jungen und Mädchen durfte, aber trotz Verbot immer wieder welche entwichen. Er war wie die verbotene Frucht im Paradies, untersagt und darum so anziehend. Paradiesisch im Vergleich zum Leben zu Hause kam bei aller Fremdheit zumindest Edgar das Leben im Heim vor. Gewiss, sehr fromm ging es Edgar in der ungewohnten Stätte zu. Fast schon zu fromm. Da mussten die Jungen vor und nach jedem Essen beten. Nicht dass Edgar das Gebet ganz fremd war. Auch zu Hause verrichteten sie vor und nach den Mahlzeiten ihre Gebete und Edgar dankte dem Herrgott jeden Abend für den zurückliegenden Tag. Jedoch hier in dem Heim – da gab es des Frommen zu viel. Edgar war kein besonders religiöser Junge. Wäre er das gewesen, hätte er zumindest als Messdiener am Altar gestanden, wie das einem katholischen Jungen in seinem Alter zur damaligen Zeit gewöhnlich zustand. Und obschon die Eltern natürlich jeden Sonntag in die Kirche gingen, mit den beiden Jungen, so hielten sie diese aber nicht dazu an, Messdiener zu werden. Zeugte das davon, dass man in Sendreichs Haus liberal war? In religiöser Hinsicht nicht unbedingt, aber die Eltern zwangen die Söhne zu nichts. So erinnerte sich Edgar, dass ihm sein Vater einmal anbot, Geige spielen zu lernen. Als Edgar aber keine Neigung dazu zeigte, beharrte der Vater nicht darauf.

Edgar erinnerte sich an eine Szene mit seinem Vater. Es war noch während des Krieges gewesen. Noch bevor er zu seinen Verwandten nach Süddeutschland gekommen war. Er dürfte also vielleicht sechs, sieben Jahre gewesen sein. Der Vater trat an ihn heran. Der war ein großer Mann von nicht weniger als ein Meter einundneunzig. Edgar stand vor dem Riesen. Vater sprach ihn an.

»Wie ist das, Edgar, möchtest du nicht später mal ins Kloster?«

Der Bub verstand nicht recht. Die Frage erschien ihm wie der Weihnachtsmann zu Ostern. Er fragte verwundert:

»Kloster, Papa? Was ist das?«

»Junge, ich bitte dich. Dort leben Mönche. Männer also, die beten, den ganzen Tag, und arbeiten.«

Nicht wenig verdutzt schaute Edgar vor sich hin. Beten, den ganzen Tag. Arbeiten. War das nicht bisschen viel des Guten? Übertrieben. Den ganzen Tag.

»Ich glaube nicht. Nichts für mich.«

Und wenn die Mutter nicht dazu gekommen wäre und den Vater ermahnt hätte, den Jungen doch nicht mit solchen Fragen zu belästigen, - was waren das für Fragen an einen Jungen in diesem Alter – dann hätte Vater womöglich so schnell nicht aufgegeben. Später allerdings gestand sich Edgar ein, dass Vater vermutlich seinen persönlichen Wunsch in dem des Sohnes verwirklicht gesehen hätte. Vater stammte aus dem Schwarzwald. War ein stiller, ruhiger Mann, unternahm am liebsten alleine etwas. So ging er auch sonntags ohne die Familie in die Frühmesse. Ob nur deshalb, weil er gewohnt war, unter der Woche früh aufstehen zu müssen? Da verließ er schon um fünf Uhr das Haus, weil er weit nach außerhalb Berlins fahren und früh mit der Arbeit anfangen musste.

Nein, also von fromm konnte bei Edgar nicht die Rede sein. Er war ein ganz normaler Junge, der sich mit seinen Freunden auf der Straße herumtrieb, im Garten mit den Kindern der einzigen Familie im Haus, die Kinder hatten, spielte. Indianer gewöhnlich. Und er tollte sich gerne in den Ruinen Berlins herum. Nicht ungefährliche Spielplätze in diesen Jahren nach dem Krieg. Doch das kümmerte Edgar wenig. Jugend. Es machte Spaß, der Reiz lag nicht zuletzt auch in der ständigen Gefahr, in dem Unheimlichen der düsteren Mauern, des Drohenden der verrottenden Balken und der überhängenden Eisenpfeiler. Gedanken an Kloster oder ähnliches – nein, nein, die waren ihm völlig fremd, kamen ihm nicht. Früher nicht, jetzt nach dem Krieg gleich zweimal nicht. Und so fühlte Edgar sich in der neuen Umgebung des Kinderheimes mit seinen frommen Gepflogenheiten fremd.

Er war auch kein besonders folgsames, braves Kind, wie die Schwestern es möglicherweise gerne gesehen hätten. Ganz normal war er. Er raufte sich, schlug sich, fühlte sich am wohlsten, wenn es hoch herging. So hatte sich der Vater einmal sogar die Mutter zu mahnten genötigt gesehen, den Jungen nicht mit der Hand an den Kopf zu schlagen. Dass Edgar nicht immer nur das tat, was die Eltern wünschten, wie die meisten Kinder, zeigt ein Ereignis aus der Zeit, als er sich bei den Verwandten in Württemberg aufhielt. Vater hatte Edgar verboten, Fußball zu spielen. Warum? Er hatte selber mal in der Mannschaft seiner Heimatgemeinde dem Fußballverein angehört. Und da muss er einen Sportunfall erlitten haben. Daraufhin ging er am Stock. Um wohl seinem Sohn ein ähnliches Schicksal zu ersparen, verbot er ihn dieses mörderische Hobby. Die Eltern wohnten weiterhin während Edgars Aufenthalts bei dessen Verwandten in Württemberg weit weg von ihm in Berlin. Da glaubte Edgar es mit dem Verbot des Vaters nicht so genau nehmen zu müssen und spielte mit seinen Freunden Fußball, barfuß.

Alle machten es so. Nur einer nicht. Und es kam, wie es kommen musste, als Strafe oder Denkzettel, damit sich das Kerlchen einprägte, nicht gegen Vorschriften der Eltern zu verstoßen. Oder überhaupt nicht gegen Vorschriften. Der Kamerad, der mit den Schuhen spielte, traf ausgerechnet Edgar an die Innenseite des rechten Knies, dass eine klaffende Wunde entstand. Die Eltern hielten sich nun gerade während dieser Zeit zu Besuch bei Edgar auf. Dass Edgar dem Vater die Ursache dieser Verwundung eingestehen musste, war für ihn peinlich, sehr peinlich sogar. Er erlebte, was es heißt, vom Vater eine Rüge erteilt zu bekommen. Sie hatte sich gesalzen. Es sollte Edgar eine Lehre fürs Leben bleiben. Fußball interessierte ihn fürderhin nie mehr. Man sollte eben nicht gegen elterliche Verbote verstoßen. Hätte er sich nur damals schon besser in der Bibel ausgekannt. Dort war es doch vorgezeichnet, was es für Folgen hat, wenn man Verbote überschritt. Nun ja. Man kann nicht alles schon so früh wissen.

Edgar hielt sich also mit seinem Bruder im Kinderheim auf.

Gefiel es ihm nun dort nicht? Keineswegs. Frömmigkeit muss nicht unbedingt das Leben verbittern, zumal wenn sie sich in Maßen hält und so empfand Edgar sie im Laufe des Aufenthaltes im Heim. Gewöhnung ist nie ohne Folgen.

Sodann gab es viele Dinge und Erlebnisse, die ihn im Heim in Bann schlugen. Ganz neue Erfahrungen machte er dort. Die Ordnung gefiel Edgar. Zu einem ganz wesentlichen Teil mussten die Jungen mit dazu beitragen. Anfangs sagte Edgar diese nicht zu. Die Jungen deckten die Tische, räumten die Teller nach dem Essen ab, spülten. Edgar lernte Betten machen. Dass sie ordentlich gelegt wurden, darauf achten die Schwestern. Auch daran gewöhnte sich Edgar, er war doch anpassungsfähig. Im Heim war es immer aufgeräumt und ordentlich. Sogar die Räume kehrten die Jungen. Und dann gefiel Edgar, dass sie nicht zu hungern brauchten. Jeden Morgen, Mittag und Abend – und sogar nachmittags gab es zu essen. Nicht Unmengen, aber regelmäßig. Und dann die Ausflüge in den Grunewald. Ganze Tage tummelte sich das junge Volk zwischen den Bäumen, auf dem Moos, im Gestrüpp. Trieb wilde Spiele. Jagte durch die Wälder. Die Bande tobte, rannte, lachte, schrie, vergnügte sich. Schwarz wie die Neger kamen alle heim, dass man nicht recht wusste, war es die Sonne, die sie geröstet, oder der Staub, der ihre Gesichter verschmiert. Beides natürlich. Freundschaften schlossen Edgar und Josef. Edgar war ein Junge, der schnell Freunde gewann. Offensichtlich kam ihm sein offenes Wesen dabei zu gute. Außerdem sagte Edgar der geregelte Tagesablauf sehr zu. Zu festen Zeiten aufstehen, essen und schlafen gehen empfand er als äußerst angenehm. Auch sich an ein festes Tagesprogramm halten zu müssen sagte ihm zu. Zwar war auch dieses für Edgar anfangs gewöhnungsbedürftig, doch dann kam es ihm wie ein Weg inmitten eines Urwaldes und einer Wildnis vor.

Und dann gab es zwei Erlebnisse, die sich ihm unvergesslich einprägten. Eines Tages baten ihn die Kameraden, er möge ihnen Geschichten erzählen. Danach befragt, was die anderen dazu veranlasst hat, wusste Edgar es nicht. Nie hatte er bisher so etwas gemacht. Warum sie also auf diese Idee kamen, sollte ihm unerklärlich bleiben, wie später noch manches. Er erzählte selbst erfundene Geschichten. Ohne die Geschichte von Robinson Crusoe je gelesen zu haben, erzählte Edgar diese. Dann saßen die Jungen auf der Steintreppe des Mittelhofes um ihn herum und lauschten und hingen an seinen Lippen. Aus seiner Phantasie zauberte Edgar die Geschichte, dass er sich selber wunderte, dazu fähig zu sein. Und zu recht. Denn zu Hause gab es keine Bücher. Wenigstens so gut wie keine. Die Schildbürger hatte Edgar mal im Krieg geschenkt bekommen. Aber sonst, sonst hatte Edgar bis dahin nichts gelesen. Bücher waren ihm so fremd wie Marsbewohner. Nicht einmal, dass er sie bei seinem Freund daheim im Haus wahr genommen hätte. In dessen Familie es mit Sicherheit viele Bücher gab. Der Vater war Augenarzt. Gelegentlich hatte Edgar sogar zuhören dürfen, wenn der Vater des Freundes vorlas. Doch nur selten befand sich Edgar unter den Zuhörern. Edgar zeichnete sich auch in der Schule nicht besonders aus. Volksschüler war er nur. Er glänzte nicht durch auffallende Leistungen und Ergebnisse. Er hatte eine miserable Schrift. Das Lernen fiel ihm nicht leicht. Insbesondere fremde Sprachen sagten ihm nicht zu. Englisch mussten die Schüler damals in Berlin schon lernen. Sendreichs wohnten im amerikanischen Sektor. Aber dass Edgar Englisch lernen musste, gefiel ihm gar nicht. Fremde Sprachen, oh Gott, eine Qual für ihn. In Württemberg, wo Edgar sich noch wenigen Wochen nach dem Krieg aufgehalten hatte, bis die Mutter ihn dann mit nach Berlin nahm, hatte er auch Französisch gelernt. Der Klang der Sprache hörte sich zwar schön an, aber Freude, besondere Freude hatte die Sprache selber ihm nicht bereitet. Fremde Sprachen lagen Edgar nicht. Warum er nun seinen Kameraden Geschichten erzählte und die überhaupt wussten, dass er dies konnte, weiß der liebe Gott, warum das so war. Er tat es – und es machte ihm Spaß.

Und dann darf nicht unerwähnt bleiben, dass er sich in ein Mädchen verliebte. Schon damals auf dem Dorf bei seinen Verwandten hatte er sich als kleiner Junge bereits in eine Dorfschönheit verguckt. Maria, wie sie hieß, war zwar älter als er, was ihm wenig kümmerte. Ihr liefen alle Jungen im Dorf nach. Trotz Edgars Leidenschaft zu der Umschwärmten, endete alles tragisch. Er konnte ihr seine Passion nicht eingestehen. Das war schmerzlich. Und ähnlich sollte es ihm im Heim ergehen. Dort gab es nämlich auch Mädchen. Allerdings, sie wurden von den Schwestern streng vor den Jungen gehütet und abgeschirmt. Die Mädchen waren in einem eigenen Bereich untergebracht. Peinlich achteten die Schwestern darauf, dass die Jungen und Mädchen nicht zusammenkamen, aber zu vermeiden war dennoch nicht, dass die Jungen sie sahen. Immer wieder mal. Schließlich gab es die Kapelle, wo sich alle einfanden. Edgar wusste sogar, dass sich einige Jungen und Mädchen zuweilen in dem so streng verbotenen Garten trafen. Er getraute sich das nicht. Dafür war er zu schüchtern. Und es schien ihm zu riskant, auch hier wieder mal gegen Vorschriften zu verstoßen. Nein, nein, das sollte dieses Mal nicht passieren. Aber gefeit, gefeit gegen die Schönheit der Mädchen war er damit noch lange nicht. Warum auch? Und ging Edgar das Verständnis für den Schutzwall, den die Schwestern um die Mädchen legten, ab. Edelgard hieß die Angebetete. Tragisch verlief auch dieser Fall. Edgar konnte ihr seine Liebe nicht eingestehen. Die Gelegenheit bot sich nicht. Und ob er es gemacht hätte, wenn sich die Möglichkeit dazu ergeben hätte, war er sich nicht sicher. Eine gewisse Schüchternheit war ihm eigen. Aber gewitzt, wie er war, ergriff er die nächst beste Gelegenheit, wenigstens in ihre Nähe zu kommen. In dem Heim wurde ein Sommerfest veranstaltet. Unter anderem führten die Kinder ein Theaterstück auf. Sobald Edgar mitbekommen hatte, das seine Bewunderte mitspielte, meldete er sich sofort, auch mitwirken zu dürfen. Er erhoffte sich, auf diese Weise wenigstens in ihre Nähe zu kommen. Bei den raren Gelegenheiten, die Mädchen zu sehen, musste jeder erdenkliche Anlass genutzt werden. Aber gebracht hat auch diese Chance nicht allzu viel.

Von einem ›Laden‹, wie sich Josef ausdrückte, konnte bei dem Heim nun wirklich nicht die Rede sein. Im Laufe des Aufenthaltes gefiel es Edgar sehr gut dort. Und schneller, als er ihm lieb war, waren auch diese sechs Wochen vorübergegangen.

Die Brüder kehrten nach Hause zurück.

Eine weitere unangenehme und ärgerliche Angelegenheit trug sich noch zu. Die Mutter, der Bruder und er hatten unweit von der Wohnung in einer Ruine mit viel Mühe und Arbeit noch vor der Krankheit der Mutter ein Beet angelegt. In einer verborgenen Ecke, dass niemand es entdecken sollte. Darauf hatten sie Bohnen, Salat, Tomaten, Karotten, Kartoffel und Kräuter angepflanzt, um im Sommer endlich einmal etwas Kräftigeres in den Suppentopf zu bekommen. Das Essen fiel immer so mager aus, dass sich Edgars Fantasie entzündete. Zerschnitt er Pellkartoffeln in Scheiben und strich ein wenig Butter darüber und legte Harzerkäse drauf, stellte er sich stets eine große Brotschnitte vor. Und nun erhofften sich Sendreichs, im Sommer endlich einmal wieder Gemüse zu bekommen. Vitamine – in dieser Zeit der Auszehrung und der Abmagerung. Und was wurde aus dieser Geschichte? Auch nichts, weil sie alle drei ja von zu Hause weg gewesen waren. Das Jahr 1947 hatte es also nicht gut mit ihnen gemeint.

Wirklich nicht?

Als die drei sich dann wieder zusammen in ihrer Wohnung eingefunden hatten, wollte die Mutter wissen, wie es den beiden in dem Heim gefallen hatte. Mütter sind neugierig.

Wer nichts oder so gut wie nichts zu erzählen wusste, war Josef. Was sollte er schon erzählen? Es war, wie es war. Froh fühlte er sich jetzt, endlich wieder zu Hause sein zu dürfen, auch wenn es nicht mehr regelmäßig und ausreichend zu essen gab. Bei der Mutter war es immer noch am besten. Damit war der Fall für ihn erledigt. Nicht so für Edgar. Erzählfreudig, wie er war, erzählte und erzählte er und wusste eine Unmenge zu berichten. Ihm habe es im Heim gut gefallen. Sehr gut sogar. Es war schön. Da hätten sie viel erleben dürfen. So schlecht sei es nun doch nicht gewesen, dass sie ins Heim hätten kommen müssen. Gewiss, auch wenn es mit dem Preis der Krankheit der Mutter erkauft worden sei. Ausgezeichnet habe er es im Heim gefunden. Tolle Kameraden habe er kennen gelernt. Das Herz floss ihm vor Begeisterung über. Josef wunderte sich nur, wie Edgar schwärmte. Doch Edgar muss bei seiner Begeisterung das eine oder andere Wort entwichen sein, das er vorher besser auf die Goldwaage gelegt hätte. Und wie es mit solchen unausgewogenen Worten so ist: Ihnen wird Gewicht, allzu großes Gewicht beigemessen, wenn der Sprecher sie mit viel Lob, zu viel Lob belastet, sie leichtfertig, waghalsig von sich gibt, seine Erzählung unausgewogen ist, das einzelne Wort nicht ausreichend genug auf der Waage seiner Zunge abgewogen wird. Und so ist ihm wohl ein unglückliches, auf Seiten der Mutter als überbewertetes Wort entwichen. Nicht dass es ein falsches Wort war. Nein, Edgar meinte, was er sagte, aber er hätte bestimmte Formulierungen vorsichtiger abwägen sollen. Doch kann man das von einem Jungen in seinem Alter verlangen? Indes Mütter hören scharf, die Worte ihrer Kinder wiegen sie zuweilen auf der Goldwaage ihres Ohres und taxieren sie mit ihrem empfindsamen Herzen, das kritischer als ein Zollbeamter aufpasst und feiner als irgend ein Seismograph registriert. Edgar sagte was wie, dass er vielleicht gerne Bruder werden würde. Ihm war der doppeldeutige Sinn dieses Wortes durchaus klar. Ordensbruder meinte er, nichts anderes. Was auch anderes hätte er damit andeuten können? >Vielleicht< hatte er noch ausdrücklich seiner Äußerung beigefügt und damit, seiner Meinung nach, genügend zum Ausdruck zu bringen sich bemüht, dass es sich um eine Möglichkeit handle, eine noch sehr vage Möglichkeit, die gewissermaßen noch den Status der Abwägung und Unsicherheit in sich birgt, man ihr damit auch keine letztendliche Gewissheit beimessen dürfte. Damit aber verlieh Edgar der Aussage eben auch Unschärfe, eine zu große Unschärfe. Das ist gefährlich. Höchst gefährlich sogar. Das konnte er in seinem Alter nicht wissen. Der Mensch liebt nämlich Ungenaues nicht, kann damit nicht umgehen. Das ist zu unsicher, zu wage, zu unklar. Dem Nebel einer solchen Äußerung dichtet er dann gerne, nur allzu gerne Figuren, Bilder zu. Wenn man jemand schwärmen hört, wird man aufmerksam, überaufmerksam, hellhörig und glaubt, das noch nicht in die rechte Form gegossene Wort selber gestalten, ihm die passende Prägung erst verleihen zu müssen. Mütter, zumal katholische, glauben in solchen Worten ihrer Söhne die geheimen, wenn auch noch so nebulösen Wünsche erkennen zu dürfen, wenn nicht sogar zu müssen, dass der Junge Priester werden möchte. Auszuschließen ist das nie, auch wenn bei Christa Sendreich solche Gedanken nicht unbedingt nahe lagen.

Als Edgar später über diese Äußerungen und alles, was sich im Anschluss daran ereignete, nachdachte, konnte er sich nicht mehr recht erinnern, was genau er gesagt, wie er sich wirklich ausgedrückt hatte, ob er nur dieses eine Wort ›Bruder‹ gesagt hatte oder nicht doch eine Anmerkung hinzugefügt hatte, die dieses Wort auf eine andere Bahn gelenkt hatte, als beabsichtigt. Allerdings war ihm sehr bald bewusst geworden, dass er da etwas von sich gegeben hatte, was seine Folgen hatte. Es hatte eingeschlagen. Edgar hatte ins Schwarze getroffen. Schicksalsschwere Konsequenzen ergaben sich aus der Erzählung. Dass es ausgerechnet solche sein würden, wie sie dann kamen, fand er mehr als sonderbar. Wirklich. Was tat sich danach?

Die Mutter muss diesen Erzählungen ihres Ältesten ein Gewicht beigemessen haben, mit dem Edgar seine Ausführungen nicht belastet hatte.

Ein Wort, einmal in die Welt gesetzt, lässt sich, wie eine Schneeflocke zur Lawine geworden, nicht mehr aufhalten und zeitigt ungeahnte Wirkungen. Nichts hilft da mehr. Wer weiß, welch geheimnisvoller Souffleur Edgar diese unbedachten Worte sogar in den Mund gelegt hatte. Der große Puppenspieler wird seine Finger schon wieder an den Fäden gehabt, diese geführt und der Marionette seine Stimme eingegeben haben. Wer weiß.

Später erinnerte sich Edgar eines Vorfalls, der ihm nicht minder bedeutungsvoll erschien. Der Vorfall bewirkte bei Edgar, dass er später tiefsinniger über das Leben nachzudenken begann.

Er muss noch sehr klein gewesen, aber schon in die Schule gegangen sein. Da fuhr er mal mit seiner Mutter in die Stadt. Mit der S-Bahn. Sie standen auf dem Bahnsteig und warteten, dass der Zug kam. Und da passierte es Edgar, dass, während er vor sich hindöste, ihn ein Tagwunsch überfiel. Wie eine heiße Sehnsucht überkam es ihn, Lehrer werden zu wollen. Dieses Erlebnis hatte Edgar so schnell wieder vergessen, wie es über ihn hergefallen war. Im Zusammenhang der nachfolgenden Geschehen erst erinnerte er sich wieder daran. Sollte doch ein großer Puppenspieler seine Finger im Werk gehabt haben? Zuweilen schien es ihm so. Später war er sich ziemlich sicher.

Was nun hatte die Mutter verstanden? Sie muss aus den Erzählungen ihres Sohnes herausgehört haben, dass er sich wünschte, Priester zu werden. Denn, was sie nach diesem Tag, an dem Edgar ihr dies alles erzählt hatte, unternahm, war eindeutig. Edgar war mehr als überrascht. Die Mutter wandte sich an die Schwestern. Diesen berichtete sie ihre Erkenntnis. Die Schwestern dürften erfreut gewesen sein, endlich mal einen Jungen in ihrem Heim gehabt zu haben, bei dem es gefruchtet hatte. Und so hatten sie nichts Eiligeres zu tun, als es ihrem Vorgesetzten zu melden. Dieser muss hinter dem ungewöhnlichen Ereignis etwas erkannt haben, das der Beachtung wert erschien und Aufmerksamkeit forderte. In höchstem Maße. Achtung war geboten, hinter einem solchen Ereignis die Vorsehung am Werk zu wissen, und es galt, ihr unter die Arme zu greifen. Gott handelt durch uns Menschen ist dem Theologen ein geläufiges Wissen. Ereignisse solchen Ausmaßes durften nicht übersehen werden. Hier galt es, Zeichen Gottes zu erkennen. Das verpflichtete.

»Wie alt ist der Junge?«, fragte der Pater Frau Sendreich.

»Bald wird er vierzehn.«

»Oh ja, da dürfen wir nicht noch ein Jahr warten. Ich werde mit den Mitbrüdern Verbindung aufnehmen.«

»Sicher, Pater, Sie denken an eine Missionsschule. Die Ihrige. Aber – das wird ja was kosten. Ich aber werde die Kosten nicht aufbringen können.«

»Liebe Frau Sendreich, wenn Gott jemanden beruft, darf Geld keine Rolle spielen. Wir werden Mittel und Wege finden.«

Sie fanden sich.

Noch im Herbst dieses Jahres könne Edgar auf das Internat kommen, kam der Bescheid.

Als die Mutter Edgar davon erzählte, gab es niemanden, der mehr darüber erstaunt war, als er selber. Jedoch hat das Staunen nicht selten im Gefolge, dass man darüber die Worte verliert, es einem gewissermaßen das Denken und Reden verschlägt und man auf neue Gedanken kommt. Um so mehr, je größer das Staunen ist. Und so war es bei Edgar. Man fragt sich freilich, warum er nicht Einspruch erhoben, protestiert hatte, wenn er schon über die Entscheidungen der Erwachsenen so überrascht war und sie eigentlich nicht als die seine ansah? Das ist es ja gerade, was seine Gesinnungsänderung verriet. Wenn Erwachsene, noch dazu Schwestern und Patres und nicht zuletzt die Mutter, es als richtig erachteten, dass er berufen ist, dann müsste am Ende doch etwas Wahres dran sein, so dachte er. Waren die Erwachsenen nicht auf diesem Gebiet zuständiger, erfahrener als er kleiner Mensch? Unkompetent in solchen Angelegenheiten. Was sollte er schon in einer solch bedeutsamen Frage mitsprechen können? Wer war er? Hatte man ihn nicht um seine Stellungnahme befragt? Selbstverständlich, man hatte. Aber es war nichts anders herausgekommen, als herausgekommen war. Wie hätte es auch anders sein können? Alles Auslegen und Deuten hängt schließlich nicht nur vom Wort des Sprechenden, sondern letztendlich vom Interpreten ab.

Kurzum, man entschied, Edgar sollte noch im Herbst ins Internat kommen. Von jetzt an stellte er sich ganz darauf ein.

Erste Stufen nach oben

Der Herbst zog ins Land. Die Hitze ließ nach. Nicht der Hunger. Die Berliner plünderten die Wälder. Kein Stück Holz blieb auf dem Boden liegen. Der Winter stand vor der Tür. Wenn schon nicht der Magen die nötige Wärme und Energie lieferte, so sollte doch wenigstens der Ofen für ausreichend Gemütlichkeit sorgen, dass man nicht auch noch erfror.

Edgar packte seinen Koffer. Einer nur war es. Wenige Kleidungsstücke nur hatte er unterzubringen, obschon die Mutter wusste, dass es dort, wohin er kam, kalt sein würde. Doch der Mensch braucht wenig, wenn er nicht im Überfluss aufgewachsen ist und sich zu bescheiden gelernt hatte. Sendreichs hatten dies gelernt.

Edgar musste sich verabschieden. Wieder einmal, wie damals schon, als ihn die Mutter während des Krieges alleine bei den Verwandten zurückgelassen hatte und er sich ganz verlassen vorgekommen war und Edgar weinend im Bett lag und sich alle möglichen oder vielmehr unmöglichen Fluchtpläne ausdachte, wie er wieder nach Berlin kommen würde. Mit nicht ganz vierzehn ist man für große Abschiede nicht gerüstet. Noch nicht. Zu verabschieden galt es sich von den Freunden in der Schule. Sie mögen ihn vielleicht beneidet haben, als sie hörten, dass dieser unscheinbare Junge nun aufs Gymnasium gehe.

Gewundert werden haben sie sich bestimmt. Sich verabschieden musste Edgar von seinen Spielgefährten in der Straße. Von dem Garten, in dem er mit seinen Freunden Indianer gespielt, von den Ruinen, zwischen deren zerfallenden Mauern er sich herumgetrieben hatte, halsbrecherisch und gefährlich. Von den Straßen unter den hohen Kastanienbäumen, deren Früchte ihm im Herbst zum Werfen dienten. Diese herrlichen Früchte, dunkelbraun, mit dem hellen Auge darin. Während der Schulzeit besuchte Edgar regelmäßig einmal die Woche im Pfarrhaus den Religionsunterricht. Eine Bande von Jungen und einem Mädchen lauerte ihnen nach dem Unterricht auf und verfolgten sie. Dann begann eine Hetzjagd. Daran nahm Edgar nur teil, weil das Mädchen ihm gefiel. Das alles sollte nun zuende sein. Edgar ahnte nicht, dass es für immer sein würde. Wer denkt in diesen Jahren an Endgültigkeit. Ja er wusste nicht einmal, was wirklich auf ihn zukam. Es sollte sich zeigen, dass er ganz falsche Vorstellungen davon hatte, was ihn erwartete.

Eine Szene vor dem Tag der Abfahrt blieb unausrottbar in Edgars Gedächtnis hängen. Dieser Sommer hatte offensichtlich nicht nur bei ihm eine Wandlung gebracht, sondern auch bei einer jungen Frau, Christel, die in dem Heim gearbeitet hatte. Sie hatte ebenfalls die Berufung ereilt. Mit Edgar sollte sie im gleichen Zug in den Westen fahren. Zusammen waren sie zum Bahnhof Zoo gegangen, um die Fahrkarten abzuholen. Und dann passierte auf dem Heimweg etwas, das ihm das Herz schier brechen ließ. Er und Christel gingen zwischen den zerfallenen Häusern der Pfalzburger Straße in Wilmersdorf. Ruinen, Mahnmale aus den schrecklichen Tagen des Krieges, säumten den Weg. Leer, tot, traurig dreinschauend. Niemand hätte sich vorstellen können, dass sie jemals wieder zu neuen Gebäuden erblühen würden.

Plötzlich sagte Christel:

»Du, ich muss.«

»Dann geh doch in die Ruinen.«

»Um Gottes Willen.«

Warum tat sie es nicht? Schämte sie sich?

»Mach es doch, bitte«, drängte Edgar.

Sie gingen weiter. Nur weil sie sich vor ihm schämte? Sie, die schon Große vor ihm, dem Kleinen? Er schaute sie immer wieder an. Flehend, bittend, sie um Einsicht angehend. Sie wollte nicht. Da blieb sie auf einmal stehen. Schaute verlegen drein. Edgars Herz verkrampfte sich.

»Nun ist es geschehen«, rief sie auf einmal aus.

Der Tag des Abschieds war gekommen. Die Mutter und Josef brachten Edgar zum Bahnhof Zoo. Von hier fuhren die Züge in den Westen. Zu Hunderten warteten die Menschen auf den einfahrenden Zug. Mit Getöse und dicker Dampfwolke schnaubte er an. In Edgars Begleitung befand sich außer Christel noch eine Schwester. Den beiden hatten sie es wohl zu verdanken, dass sie einen Sitzplatz bekamen. Holzbänke damals noch. Hart, wie es sich gehörte, wenn man sich auf den Weg zum geistlichen Beruf begab. Schließlich galt es, sich an Entbehrung zu gewöhnen – und Unbequemlichkeit. Freilich, die Jahre bisher in Edgars Leben hatten auch nicht gerade zum Luxus erzogen. So brauchte die erste Strecke zu dem entbehrungsreichen Beruf nicht zu guter Letzt noch Luxusklasse zu sein.

Der Zug fuhr los. Abschied von Berlin. Wannsee, Hallensee, der Grunewald flogen an dem Fenster vorbei. Die Birkenwälder der Mark Brandenburg grüßten ein letztes Mal. Die Zone, wie es damals noch hieß, roch regelrecht nach der Besatzungsmacht, die hier hockte. Russen. An der Grenze bei Helmstedt Passkontrolle. Dann rollte der Zug in die Nacht. Tock, tock – tock, tock hörte man das Gleiten über die Gleisanschlüsse. Nebel breitete sich über den Feldern aus. Es war Oktober. Die ersten frischen Nächte meldeten sich. Gelegentlich huschte ein Gegenzug gespenstisch vorbei. Lichter, ein Donnern, ein Windstoß schlugen gegen die Scheiben. Immer wieder fielen Edgar die Augen zu.

Der Zug erreichte Köln. Die drei mussten sich zu Fuß zu dem Haus der Schwester durchschlagen. Damals starrte die Stadt auch hier nur von Ruinen. Vorbei an Schuttbergen, Trümmerhaufen, verkohlten Mauern, durch menschenleere Straßen. Grauer Himmel hing über der ausgestorbenen Stadt. Wenn einem Menschen begegneten, zogen sie müde Karren hinter sich her. In ihren zerlumpten Kleidern und Anzügen schlichen sie wie Gespenster durch diese Geisterstadt. Ihre Gesichter waren ausgehöhlt.

Die Blicke erloschen. Die Gestalten zerfallen und abgemagert. Schatten ihrer selbst.

Edgar rackerte sich mit seinem Koffer ab. Das fing gut an, murrte er in sich hinein. Sah so der Weg nach oben aus? Last, Schleppen, Druck.

»Leb wohl. Und alles, alles Gute für dich«, verabschiedete sich Edgar von Christel.

»Lass es dir ebenfalls wohl ergehen. Bleib tapfer. Vielleicht sehen wir uns mal wieder.«

»Ja.«

Damit sollte es jedoch nie mehr etwas werden. Die erste Begleiterin Edgars zu seinem Weg war eine Frau, die zwar den Weg ihrer Berufung gefolgt, aber schon bald ihn verlassen sollte.

Am anderen Tag begleitete ihn ein Pater, der mit zur Missionsschule fuhr. Er war ein wortkarger, verschlossener Mann. Während der stundenlangen Fahrt sprach er kaum ein Wort mit Edgar.

Am Abend kamen Edgar und der Pater unweit in einem kleinen Städtchen an. Von dort bis zu dem Dorf, in dem sich das Internat befand, mussten sie drei Kilometer gehen. Der Ort lag abseits aller Zivilisation. Hier wirkte alles verfallen, trist, öde, verlassen. Kein Mensch ging auf der Straße. Kein Vogel war mehr zu hören. Die Bauernhäuser zeigten Narben des Krieges. Granatlöcher zernagten die Mauern. Als Edgar und der Pater die Dorfstraße einbogen, hob sich am abendlichen Himmel gespenstisch ein riesiges Gebäude ab. Ein Netz von Fenstern breitete sich über die ganze Front. Daneben ragte der Kirchturm der Pfarrkirche bizarr in die Höhe.

Entlang der Straße zog sich eine lange Mauer. Übermannshoch. Das Pflaster war durchlöchert und holprig. Es drückte sich durch die dünnen Sohlen der Schuhe. Der Koffer zog Edgars Arme nach unten. Er kam sich wie ein Affe vor. Edgar hätte das Gepäckstück am liebsten in den Straßengraben geschmissen.

Die beiden kamen an schäbigen Höfen vorbei. Der Mist vor dem Haus stank erbärmlich. Kühe blökten. Sie schrieen vor Hunger. Edgars Magen knurrte. Die Straßenlaternen gaben nur ein schummriges Licht von sich. Edgars und des Paters Schatten huschten gespenstisch an der Mauer entlang. Wind zog die Dorfstraße hoch und schlich sich unter Edgars Kleidung und hockte sich dort fest. Erste Nebel krochen aus dem Bach hervor, der nur wenige zehn Meter vom Weg entfernt sein monotones Lied sang. Der Pater stammte aus der Gegend. Diese war karg, hart und unfreundlich. Von den Anhöhen erklang eine schaurige Melodie, die der Wind pfiff und zu der das Geäst der Bäume wild seinen Rhythmus schlug. Wahrscheinlich hätte Edgar an diesem düsteren Abend das große Leid überfallen, wenn er schon gewusst hätte, dass auch dieser zweite Begleiter später einmal den Orden verlassen würde. Was hatte man ihm da für Gefährten an die Seite gestellt? Wie gut, dass man nicht immer alles schon vorher weiß.

Sie kamen an die Pforte. Eine alte, dunkel gekleidete, verschrumpelte Frau lugte aus dem Verschlag der Pforte heraus, um sich nach den Ankommenden zu erkundigen.

»Ach Sie, Pater, sind es. Dass Sie aber auch so spät dran sind.«

»Heutzutage mit dem Zug unterwegs sein zu müssen…«, gesprächig, wie der Pater war, ließ er es bei dieser Bemerkung.

»Und wen bringen Sie da mit?«

»Den Berliner.«

»Richtig. Wir erwarten ihn bereits seit Wochen. Die Schule hat ja schon lange angefangen. Also, dann kommt mal rein.«

Sie traten durch die große, hölzerne Pfortentür. Mit einem schallenden Schlag schnappte das Schloss zu. Der Pater verabschiedete sich, indem er irgend etwas zwischen seinen Zähnen nuschelte, und dann davonzog.

Edgar ging mit der Dunklen in ein Zimmer, die Pforte. Ein Eisenofen bollerte. Es war warm. Edgars Hände waren steif, er fror und zitterte. Sein Koffer entglitt ihm aus den Händen.

»Setz dich«, zischte die Alte aus ihrem verwelkten Mund.

Edgar zuckte zusammen und sackte auf einem Stuhl nieder. Er krächzte unter ihm.

»Wie heißt du?«, schlug der Kasernenton an Edgars Ohr. Geschäftig huschte die gebeugte Gestalt durch den Raum.

»Edgar.«

Scheu schaute er sich im Zimmer um. An den Wänden hingen Bilder. Schrill, bunt. Landschaften mit Bergen, Blumen, Heiligenbilder. Ein großes Kruzifix duckte sich in der Ecke. Der Heiland schaute traurig auf die Szene herunter. Ja, mit dir hat man es auch nicht immer nur gut gemeint, warf Edgar einen mitleidigen Blick zum Gekreuzigten hoch.

Die wie in Trauer Gekleidete telefonierte.

»Der Superior wird gleich kommen, dich abholen.«

Superior? Edgar getraute sich nicht zu fragen. Nach diesen nicht gerade ermunternden Erlebnissen der letzten Tage und Stunden hatte es ihm die Sprache verschlagen. Selbst ihm. Die Hände zwischen den Knien, die Schultern eingezogen, wagte Edgar nur noch die Augen zu rollen. Hoffentlich kommt der Pater bald. Edgars Magen knurrte. Er hatte den ganzen Tag nur drei Schnitten gegessen. Selbst sein nicht eben verwöhnter Magen rebellierte da.

Es klopfte leicht und schnell. Ein Pater in einer Soutane trat ein. Der schwarze Rock reichte ihm bis auf die Knöchel. Das Zingulum schnürte das Tuch zusammen. Der Pater mochte vielleicht fünfzig sein. Schlohweißes, langes, nach hinten gekämmtes Haar. Hageres, schmales Gesicht, klein. Die Augen verrieten eine wache Intelligenz und ließen keinen Zweifel daran, dass der Pater wusste, was er will.

Edgar sprang von seinem Stuhl auf, ging auf den Eintretenden zu. Der schaute ihn scharf an, aber nicht streng.

»Pater Olig, ich bin der Superior, mir unterstehen die anderen Patres, und Schulleiter.«

Unterstehen? Hatte Edgar richtig gehört? Mhe. Da durfte er gespannt sein, wie lange er es aushalten würde.

»Komm, wir bringen deinen Koffer in den Studiersaal und dann kannst du noch mit den anderen essen.«

Was hörte Edgar da? Studiersaal. Studieren. Was für Worte?

Sie durchschritten einen dunklen, unterirdischen Gang. Die »U-Bahn« nannten die Schüler den Flur.

Der Pater und Edgar kamen an einer Tür vorbei, von woher Besteckklappern zu hören war. Essensgeruch stieg Edgar in die Nase. Die Tür ließen sie links liegen, gingen durch einen Kreuzgang. Der führte an einem Innenhof vorbei. Dort erkannte Edgar im Halbdunkel Pflanzen und Gefäße. Der Pater öffnete eine Tür. Ein riesiger, nüchterner Saal tat sich auf. Ein Meer von Pulten. Schön geordnet. In Reih und Glied. Sonst gab es in dem weiten Raum nichts. Die Pulte sahen schäbig, verbraucht aus, als ob hier schon Generationen von Schülern gesessen hätten. Und so war es. Neue Möbel hatten sich die Patres in diesen harten Zeiten nicht leisten können. Als der Superior und Edgar sich den Pulten näherten, entdeckte Edgar, dass die Schreibflächen voll gekritzelt waren. Kerben befanden sich in den Rändern. Hier schien man angestrengt zu arbeiten. Ein großes Kruzifix hing an der Wand. Das war auch nicht gerade ermunternd, den Leidenden vor sich sehen zu müssen, wenn man aufschaute.

»Hier ist der Studiersaal. Hier machen die Jungen ihre Aufgaben und halten sich untertags auf.«

Schöner Aufenthaltsraum, dachte Edgar. Und Aufgaben machen. Hatte er da richtig gehört? Nicht zu glauben, Edgar hatte sich vorgestellt, dass er in der Missionsschule reiten lernen würde. Wenn man Missionar werden wollte – soviel hatte er mittlerweile mitbekommen, dass er dies werden sollte -, dann müsste man doch reiten können, um in den Urwald zu gelangen. Das waren seine Vorstellungen von dem, was er hier erwartete. Aber lernen, also offensichtlich in die Schule gehen, studieren gar, wie der Pater sich ausgedrückt hatte – was genau das war, entzog sich seiner Vorstellungskraft -, daran hatte er nicht gedacht. Es befiel ihn Entsetzen. Lernen. Er hatte eigentlich genug davon. War froh, in einem Jahr aus der Schule zu kommen. Und nun sollte es damit doch kein Ende haben? Ah, vielleicht war es doch nicht so, wie er befürchtete. Da musste es sich um ein Missverständnis handeln.

»Stell deinen Koffer dort vorne ab. Es ist dein Pult.«

Die Last war Edgar wenigstens los. Jetzt knurrte der Magen wieder.

Sie verließen den Studiersaal und gingen den Kreuzgang zurück. Edgar fröstelte. Die Wände waren weiß gekalkt. Graue Fliesen tönten unter seinem Schritt. Ein dumpfes Echo halte wieder.

Sie kamen erneut vor die Tür, aus der Edgar vorher die Geräusche gehört hatte. Da zog ihm ein feiner Duft in die Nase. Gott sei Dank. Sie traten in einen mittelgroßen Raum. An vier langen Tischen saßen zu beiden Seiten jeweils sieben Jungen über Teller gebeugt und stocherten schweigend im Essen herum. Ein Junge las an einem Pult sitzend vor. Mit kräftiger Stimme versuchte er, das Klappern der Teller und Gabeln zu übertönen. Zwei Jungen in weißen Schürzen gingen von Tisch zu Tisch und brachten oder holten Schüsseln ab. Zum Teil sammelten sie Teller und Bestecke schon ein, um sie hinter einer kleinen Durchreiche abzugeben. Ein Pater schritt im Raum auf und ab. Als Edgar und der Superior den Raum betraten, schauten zwei aufmerksame Augen durch die Brillengläser. Edgar stellen fest, dass der Pater humpelt. Leicht zog er sein rechtes Bein nach.

»Pater Haklen«, stellte der Superior den Pater vor. »Er ist Präfekt.« Pater Haklen kam auf die beiden zu und reichte Edgar die Hand. Edgar macht eine tiefe Verneigung. Ist es schon so weit mit mir, ging es ihm in diesem Moment durch den Kopf. Sicher, Mutter hatte ihm Anstand und Ehrfurcht vor Erwachsenen beigebracht, aber gleich so einen tiefen Bückling zu machen.

»Edgar.«

Pater Haklens Blick ruhte auf Edgar.

»Du bist der Berliner, wie? Edgar.« Der Pater schaute ihn streng an. Aber Edgar merkte gleich, wie intelligent die Augen des Paters blitzten.

»Schön, dass du gekommen bist. Wir haben dich schon seit langem erwartet.«

»Guten Abend, Pater«, brachte Edgar gerade noch heraus.

»Nun, du wirst Hunger haben. Setz dich hier und greife kräftig zu. Das ist René Kiefer.«

Edgar setzte sich. Sein rechter Nachbar rückte auf der Bank zur Seite, um Edgar Platz zu machen. Er war ein kleiner, gedrungener Junge. Dunkles Haar. Volles Gesicht mit einem verschmitzten Lächeln darin. Er gab Edgar die Hand.

»Sei gegrüßt. René«

»Edgar. Abend.«

Einer der Tischdienst verrichtenden Jungen brachte einen Teller, Gabel und Messer und stellte eine Schüssel vor Edgar. Obschon Edgar der Magen knurrte, dass es nur so in den Gedärmen krachte und er meinte, alle müssten es hören, getraute er sich nicht sogleich zuzugreifen. René schaute Edgar an, nickte mit dem Kopf, schob ihm die Schüssel hin.

Da sagte der Pater: »Zu Ehren unseres neuen Kameraden: tu autem.«

Kaum hatte der Pater das gesagt, brach ein Orkan los. Hätte man noch vorher meinen können, man befinde sich in einer Kirche, so erweckte der Saal jetzt den Eindruck eines Bazars. Sprechen und Tuscheln und Lachen und Lärmen hoben an, als ob ein Staudamm gebrochen wäre. Der ganze Speisesaal war von Dröhnen erfüllt. Edgar gellte es in den Ohren.

René lachte zu Edgar hin. Er schien zu erraten, was durch Edgars Kopf ging. Er wird dies alles nicht verstehen wie wir alle nicht zu Anfang. Diese Unruhe, dieser Lärm, dieser Krach.

»Iss. Brauchst keine Angst zu haben. Wir warten, bis du fertig bist. Hier wartet immer jeder auf jeden. Wir müssen das. Und was Pater Haklen sagte: »tu autem«, ist der Startschuss zum Sprechen.«

Edgar legte sich Kartoffeln und Rotkohl auf den Teller und goss sich Soße über. Warmes Essen am Abend. Bin ich gar nicht gewohnt. Zu Hause gab es nur Brot, wenn es welches gab.

René grinste. Was hatte er nur, dachte Edgar? René musterte den Neuen.

»Du kommst von Berlin?«

Edgar nickte nur.

»Die meisten von uns sind aus der näheren oder nur etwas entfernteren Umgebung, Eifel, Mosel. Hattest eine lange Reise, wie?«

Edgar fiel nach diesem langen, anstrengen Tag nicht viel ein, was er sagen sollte. Nicht nur, weil er jetzt Hunger hatte, sondern ihm alles sehr neu vor kam. Beinahe fremdartig, abweisend, düster. Den Lärm der Jungen vermochte er mit seiner derzeitigen Stimmung nicht in Einklang zu bringen. Ihm war alles andere als fröhlich zu Mute. Der Speisesaal erschien ihm klein, eng, provinziell. Der Lärm um ihn herum erdrückte ihn fast. Die fremden Gesichter, die sich neugierig nach ihm umsahen, verunsicherten ihn. Wie ein dickes Tuch legte sich Mattigkeit und Kraftlosigkeit auf seine Seele.

»Lass dich nicht verwirren«, versuchte René Edgar zu beruhigen, erinnerte er sich doch an seinen ersten Abend vor wenigen Wochen. Damals waren sie zu vielen Neuen gekommen. Die gemeinsame Fremdheit unter den Alten verlieh einen gewissen Schutzwall. Edgar musste sich gänzlich überfordert vorkommen. René konnte es ihm nachfühlen.

»Wir werden in einer Klasse sein. Erste Klasse, Unterstufe, wie es hier heißt...« Und dann erzählte ihm René, dass sie hier an der Missionsschule nur vier Jahre auf die Schule gehen würden. Anschließend besuchen sie das Gymnasium in der Nachbarstadt. Die kenne er ja schon. Kennen, dachte Edgar. Dort sei er am Abend angekommen. Und Edgar erfuhr, dass sie zu sechzehn Jungen in der Klasse seien. Sie hätten als erste Fremdsprache Latein. Edgar schrak zusammen. Latein. Um Gottes willen. Davon hatte er ja noch nie gehört. Vielleicht hatte er Glück, dass es leichter als Englisch und Französisch ist. Wird so sein, wenn sie es hier lernen. Wird so eine Universalsprache sein, die auf der ganzen Welt gesprochen wird. Schließlich würden die Missionare einmal in Welt hinaus müssen. Da war es angezeigt, im Besitz einer solchen Sprache zu sein. Gewissermaßen um eine internationale Sprache wird es sich handeln. Schön. Die würde dann ja wohl leicht zu erlernen sein. Wie sich dies für eine solche Sprache gehörte. Unkompliziert, einfach. Wenigstens ein Lichtblick.

»Übrigens, wenn Pater Haklen eben sagte: ›tu autem‹, so war das eine Abkürzung von ›tu autem, domine, miserere nobis‹. Das hieß: du aber, Herr, erbarme dich unser. Ist Latein.«

René schaute grinsend zu Edgar hinüber. Verängstigt, in sich zurückgezogen wie eine Schnecke in ihrem Haus, zog Edgar seine Schultern ein. Aber er ließ es sich schmecken. Besonders leckeres Essen war es nicht gerade. Aber wenn einen der Hunger quälte wie ihn ... Doch er war nicht hierher gekommen, um Ferien zu machen, ein bequemes Leben zu führen, sich zu erholen. Der Superior und René hatten ihm ja schon einen Vorgeschmack vermittelt, dass hier alles andere als gespielt, sich erholt wurde. Latein, studieren, Gymnasium – er vermochte sich keine Vorstellung zu machen, worum es sich wirklich dabei handelt. Er hatte zwar in Berlin einen seiner besten Freunde im Haus. Der Sohn des Augenarztes. Er war so alt wie Edgar. Der ging aufs Gymnasium wie dessen Schwester auch. Schon einige Jahre. Doch was genau er auf dem Gymnasium lernte, danach hatte sich Edgar nie erkundigt. Edgar hätte es mal besser getan. Spätestens damals, als er sich von ihm verabschiedete. Wie dumm. Hinterher ist man immer klüger. Aber wenn die Jungen hier aus der Gegend kamen, also vermutlich Bauernjungen waren – die kannte er schließlich -, dann dürften die Anforderungen hier an der Schule nicht so hoch sein. Obgleich er sehr wohl wusste, dass die Jungen vom Land keineswegs weniger begabt waren als die aus der Stadt. Er konnte nicht ahnen, dass die meisten seiner Mitschüler wieder von der Missionsschule weggehen sollten. Wenn auch nicht nur deshalb, weil die Anforderungen in der Schule zu hoch waren, sondern weil ihnen das Leben im Internat nicht zusagte. Aber immerhin – es waren nicht wenige, die aus schulischen Gründen auf eigenen Wunsch oder auf Anraten der Patres das Haus verließen.

»Lass dich nicht entmutigen«, versuchte René seinen neuen Kameraden aufzumuntern, merkte er doch, dass er ihn mit diesen vielen Auskünften nicht gerade die ersten Stunden erleichterte. »Sicherlich bist du ein starker Kopf. Lernst leicht. Das sollte man schon. Denn was andere auf dem Gymnasium in sechs Jahren lernen, müssen wir hier in vier schaffen. Und das bei drei Fremdsprachen, Latein, Griechisch, Französisch.«

Edgar schrak zusammen. Drei Sprachen. Drei Fremdsprachen. Es blieb ihm der Bissen im Hals stecken. Kräftig versuchte er zu schlucken.

»Ist dir was nicht bekommen?«, bemerkte René. Witzbold. »Nimm einen Schluck«, sagte René und reichte Edgar ein Glas mit Wasser. Edgar nippte. Der Brocken rutschte, wie ein Stein. Edgar schob den Teller beiseite. Es reichte ihm. Pater Haklen kam zu Edgar und sah, dass er fertig war. Er gab dem Jungen, der vorgelesen hatte und schon wieder vorne am Pult stand, ein Zeichen. Langsam drehte Edgar seinen Kopf dorthin und wagte jetzt zum ersten Mal einen Blick in den ganzen Raum. Einige Jungen schauten ihn neugierig an. Pater Haklen klatschte in die Hände. Nur wenige Sekunde dauerte es, dass es still war. Edgar staunte.

»Jetzt kommt das Martyrologium…«, konnte René Edgar gerade noch erklären, als ihn Pater Haklens scharfer Blick traf und ihn verstummen ließ. Edgar zuckte zusammen. René schien davon ungerührt, blickte verstohlen zu Edgar herüber und lachte schief. Dann las der Junge am Pult vorne aus einem dicken Buch: »Martyrologium für den 15. Oktober. Fest der Heiligen Theresia… Tu autem, domine, miserere nobis.« - »Deo gratias«, erschallte es aus vielstimmigen Kehlen. »Gott sei Dank«, hörte Edgar René noch schnell sagen. Und in demselben Moment schossen alle aus den Bänken und rückten diese so hart an den Tisch, dass es wie Kanonenschüsse durch den Raum donnerte. Dann stellten sie sich neben den Bänken auf, richteten sich zum Kruzifix aus, falteten die Hände und es hob ein langes Tischgebet an, wenige Minuten dauernd. Kaum war es beendet, stob die Masse, insbesondere drängten die Jüngeren wie beim Erstürmen einer Festung hinaus. Beinahe hätte die vorbeidrängende Schar Edgar umgeworfen, doch im letzten Moment riss ihn René an sich, indem er ihn an den Schultern ergriff. Mein Gott, wo bin ich hingeraten, schoss es Edgar durch den Kopf. Ich dachte, das seien alles brave, fromme, stille Jungen. Missionsschüler. Es sollte nicht Edgars einzige Überraschung bleiben. Hier nicht und später nicht. Überraschungen sollten zum Bestandteil seines Lebens werden.

Im Strom der Hastenden zogen sie hinterher in den Studiersaal.

»Komm, ich werde dir helfen, deine Sachen auszupacken«, bot sich René an.

Vorbei an rennenden und schreienden Jungen kamen sie in den riesigen Raum. Dort herrschten ein Treiben und Toben, dass es Edgar schwindlig wurde. Nur wenige Jungen hockten an ihren Pulten, unterhielten sich oder spielten. Zwei Jungen, deren

Pulte rechts von Edgars standen, kamen auf Edgar zu und begrüßten ihn:

»Fritz Raue.« Ein kräftiger Junge, mit drahtigem Haar, starkem Gesichtsausdruck, sportlicher Typ.

»Edgar. Abend.«

»Philipp Zoller«, weiche Gesichtszüge, blass, große abstehende Ohren, ein ständiges Lächeln um den Mund. Ein Gesicht wie eine Birne.

»Abend.«

Philipp machte den Eindruck, als glänzten seine Augen vor Begeisterung. Irgend etwas störte an ihm, ohne es im Moment genau ausmachen zu können, was es war. Fritz schien ein aufgeweckter Junge zu sein. René ging mit Edgar an dessen Pult.

»Wir kommen aus einem Dorf an der Mosel«, erklärte René. »Fritz ist in Ordnung. Philipp – der spinnt was.« René drehte seinen rechten Zeigefinger an der Schläfe. »Überkandidelt. Zu fromm. Wird es nicht lange hier aushalten.«

Mhe. Zu fromm. Sollte das keine gute Grundlage für hier sein, fragte sich Edgar. Edgar würde sich gut umsehen und aufpassen.

»Komm, lass ihn mich tragen«, packte René den Koffer an und forderte Edgar auf, ihm zu folgen. »Der Neue«, hörte Edgar im Vorbeigehen. »N' Abend«, grüßte der ein oder andere. Die beiden schlängelten sich durch die Pfade der Pulte, vorbei an immer wieder herumrennenden Jungen. Hier schien nicht gerade Traurigkeit zu herrschen. René geleitete Edgar eine schmale Treppe hoch, sie kamen zu einem offenen Geviert. Zwei Fenster ließen den

Blick zu dem in der Ferne liegenden Städtchen frei. Dort brannten Lichter. Sonst aber hockte die Nacht auf dem Fenstersims. Edgar dachte an Berlin. Wie doch hier alles so ruhig ist. Mutter und Josef werden jetzt zu Hause sitzen und … Ja, was werden sie machen? Ob sie jetzt auch an ihn denken? Er vermutlich würde jeden Tag, jede Stunde mit seinen Gedanken bei ihnen verweilen. Ob das so richtig war, dass man ihn hierhin geschickt hatte? Ja, geschickt, das war das richtige Wort. Denn eigentlich so ganz freiwillig war er nicht von sich aus gegangen. Er hatte zugestimmt.

»Hier drüben, komm«, hörte Edgar Renć, »hier drüben um die Ecke sind unsere Schlafräume.« Sie bogen links einen finsteren Gang ein. Der Holzboden knarrte unter ihren Tritten. Links und rechts befanden sich Türen.

»Wir schlafen hier zu sechs, sieben Jungen in einem Raum.«

An der letzten Tür rechts hatten sie ihr Ziel erreicht. Sie betraten ein enges, mit Betten vollgestopftes Zimmer. Dort drängten sich sechs Doppelbetten, sogenannte Doppeldecker, aus Eisengestellen.

»Hier unten ist dein Bett. Ich schlafe gleich dahinter. Im Gang sind Spinde. Dort kannst du deine Sachen unterbringen.«

Edgar schaute sich das Bett an. Ein Kopfkissen, klein und mager, und zwei Decken, die ordentlich zusammen gefaltet in ein Leinentuch gehüllt waren.

Ob die warm genug sein werden, hatte Edgar seine Bedenken.

»Ich zeige dir noch dein Spind und dann kannst du alleine in Ruhe auspacken. In Ordnung?«

»Sicher.«

René führte Edgar in den nur schwach erhellten Gang und zeigte ihm einen Spind von der Größe, dass gerade mal das Allernötigste hineinzupassen schien. Etwas mehr als einen halben Meter breit. Gott sei Dank besaß Edgar nicht viel.

»Die Schwestern waschen uns wöchentlich die Sachen. Ich hoffe, dass du deine Wäschestücke alle mit einer Nummer versehen hast.«

»Ich natürlich nicht. Mutter. 38.«

»Dann bis gleich. Kommst in den Studiersaal, wenn du fertig bist.«

Edgar beeilte sich. Die wenigen Sachen waren schnell untergebracht. Während er sich noch einmal im Schlafzimmer aufhielt, hörte er es schellen. Jemand läutete mit der Hand eine Glocke. Schrill dröhnte das Metall durch die Räume. Draußen war es stockdunkel. Edgar brachte seinen leeren Koffer zum Spind und legte ihn oben drauf.

Wie auf einen Schlag war es nach dem Schellen im Haus ruhig geworden. Niemand rannte mehr herum. Totenstille war ins Gebäude eingekehrt. Wo befanden sich die Jungen? Schwach nur erhellten die Birnen den Flur. Edgar ging hinunter. Die Bretter knarrten unter seinen Schuhen. Edgar öffnete die Studiersaaltür. Da saßen die Jungen alle, ruhig, gesammelt, still, als seien sie Musterknaben reinsten

Wassers. Sie hatten Bücher oder Hefte aufgeschlagen, stützten die Köpfe auf die Rechte und schienen in die Lektüren vertieft. Edgar kannte die Meute von vorhin nicht mehr wieder. Als er in den Raum trat, wandten sich Dutzend Augen zu ihm um und glotzten ihn an. Vorne entdeckte Edgar einen Pater. Er ging mit einem schwarzen Buch in der Hand auf und ab. Dabei bewegte er die Lippen. Als er Edgars Eintreten bemerkte, legte er ein rotes Bändchen zwischen die Seiten und klappte das Buch zu. Der Ledereinband glänzte. Edgar erfuhr bald, dass die Patres mit Vorliebe ihr Brevier, das Stundengebet, verrichteten, wenn sie bei den Schülern Aufsicht hielten.

Edgar ging auf den Pater zu.

»Grüß Gott, Pater…« Edgar hatte schon mitbekommen, dass die Schüler die Patres mit Titel und Namen grüßten.

»Pater Saiker.«

Edgar reichte dem Pater die Hand und machte erneut eine tiefe Verneigung. Nun war es ihm also offensichtlich schon in Fleisch und Blut übergegangen. Schöne Bescherung, dachte er.

Gütige, aber ernste Augen schauten Edgar an. Wie eine alttestamentliche Patriarchengestalt erhob sich vor ihm die große Figur. Edgar verspürte einen kräftigen Händedruck, der sich wie eine Schraubzwinge um seine Hand legte. Pater Saiker schob das Buch unter seine linke Achsel und begleitete Edgar an sein Pult.

»Es sind jetzt noch einige Minuten Studium, bis viertel nach acht, dann ist Abendgebet. Vielleicht kannst du eine Karte nach Hause schreiben, damit deine Eltern wissen, dass du gut angekommen bist. Sicherlich gibt dir jemand von den Kameraden die nötigen Unterlagen.«

Mit seiner ungelenken Schrift kitzelte Edgar auf die Karte. Wenige Sätze. Als die Mutter und Josef die Karte später erhielten, rätselten sie über einem Wort. »Hier ist soweit alles gut.« ›Soweit‹? Was sollte das heißen, fragte Josef die Mutter. »Warum schreibt er ›soweit‹?« Er verdeckt was, meinte er. Das sei Unsinn, antwortete sie. Er drückt sich nur ungenau aus. Was solle schon Besonderes hinter dem Wörtchen ›soweit‹ stecken, tat die Mutter Josefs Bedenken ab. Allerdings sagte sie nicht alles, was sie dachte. Man schreibt in der Tat nicht ohne Grund ›soweit‹.

»Er wird doch nicht meinen, dass dort, ›so weit‹ weg, alles gut ist? Wie?«, bemerkte Josef.

»Du wirst doch wissen, dass es dann heißen müssten: ›so weit‹, auseinander geschrieben. Und er lässt nicht einfach das Wörtchen ›weg‹ aus«, bemerkte Christa Sendreich.

»Man schreibt aber auch nicht einfach so ein Wörtchen ohne Sinn und Absicht hin«, ließ Josef nicht locker.

»Man, was heißt hier man. Man vielleicht, aber Edgar und so junge Menschen wie er, des Schreibens ungewohnt, unkundig, benutzen Flickwörter, ohne sich dabei etwas zu denken. Man darf nicht jedes Wort auf die Goldwaage legen.«

Josef schaute seine Mutter verschmitzt an. »Wer legt Worte auf die Goldwaage? Warst nicht du es, als Edgar vom Heim sprach. Und nun sitzt er dort bei den Patres. Du siehst, welche verheerenden Folgen Wörter haben können.« »Wörter, Worte - nicht aber Flickwörter.«

»Hoffentlich behältst du recht, Mama. Ich traue dem Braten nicht.« Christa Sendreich musterte Josef mit einem vorwurfsvollen Blick.

»Nimm nicht solche Worte in dem Mund. Kann man Hunger bekommen. Überlege dir gefälligst, was du sagst.«

»Du meinst, junge Menschen nehmen Worte in den Mund, ohne sich etwas dabei zu denken. Edgar ist jetzt auf der höheren Schule, wenn ich das richtig sehe...«.

Sie nickte: »Du siehst richtig.«

»Also, dann dürfte und müsste er auch sorgfältig mit den Worten und Wörtern umgehen, also wissen, was er schreibt.«

»Noch nicht. Er wird es erst lernen müssen.«

Edgar schreckte, während er noch die letzten Worte auf die Karte kritzelte, zusammen. Plötzlich hob ein Rascheln und Rumoren an. Der ganze Studiersaal begann, Bücher und Hefte einzupacken. Ein Bienenschwarm schien aufzubrechen. Edgar beendete deshalb schnell: »...Euer Edgar.«

»Scheint so«, bemerkte Josef. »Hat sogar vergessen, Grüße hinzuschreiben. Schreibt nur ›Euer Edgar‹. Was ist das für eine Art.«

»Nun, mäkele nicht an deinem Bruder herum.«

»Er hat es aber unterlassen, uns einen vernünftigen Gruß darunter zu schreiben, obschon noch Platz genug war. Da, schau. So was macht man nicht. Scheint seine gute Kinderstube zu vergessen.«

»Vergiss du deine nicht.«

Im Saal hatten sich alle erhoben. In den hinteren Reihen des Studiersaales nahmen die Großen Aufstellung. Die schon aufs Gymnasium in der benachbarten Stadt gingen und studierten, waren in dem Raum getrennt. Sie genossen gegenüber den Kleinen Sonderrechte und fühlten sich, wie immer Größere, als die Besseren und Überlegeneren. Was sie in einer gewissen Weise auch waren. Zum gemeinsamen Abendgebet mussten sie jedoch zu den Kleinen herunterkommen. Pater Saiker wurde durch Pater Haklen abgelöst. Edgar schaute sich um, wie sich die anderen aufgestellt hatten. Hinter dem Pult. Die Hände gefaltet. Dem Kruzifix zugewandt. Er schielte zu dem Gekreuzigten hoch. ›Ob ich hier richtig bin, Heiland?‹ - ›Aber, wer wird schon gleich zu Beginn zweifeln.‹ - Schon, aber in dieser Umgebung. So fromme Jungen. Ich war ja bereits in dem Heim nicht sonderlich von der Frömmigkeit angetan. - ›Man sollte den Tag nie vor dem Abend loben.‹ Abend? Es ist doch Abend. ›Gewiss, aber noch nicht Tagesabschluss. Sprichwörter sind sinngemäß auszulegen. Wortklaubereien betreiben kleinliche Geister. Bevor der Mensch nicht eingeschlafen ist, kann man nie ganz sicher vor ihm sein. Nur wer schläft sündigt nicht.‹ - Sündigen? - ›Sagte ich etwas anderes?‹ - Nein, aber... - ›Nun, gedulde dich.‹

»Im Namen des Vaters und des Sohnes und des Heiligen Geistes. Amen.«

Edgar schreckte aus seinen Gedanken auf.

»Bevor des Tages Licht vergeht, hör, Welterschaffer, dies Gebet...«, tönte es im Chor durch den gefüllten Raum. Kräftig, monoton, fast schon militärisch klang es in Edgars Ohren.

Fremd und lang erschienen Edgar die Gebete. Er hatte zu Hause immer nur kurz gebetet. Und nicht stehend. Stets im Bett. Zuweilen war er darüber eingeschlafen. Aber auch schon mal vergaß er es. Er hasste lange Gebete. In Württemberg bei den Verwandten auf dem Land beteten sie auch immer so lange. Vor dem Mittagessen vor allem. Zu dem eigentlichen Tischgebet beteten sie noch den englischen Gruß. Drei Ave. Die Tante verrichtete dabei die letzten Vorkehrungen zum Essen, trug Schüsseln auf, wischte sich die Hände ab. Und Cousins und Cousine nahmen dabei auch nicht die frömmste Haltung ein. Hier standen die Jungen alle in Reih und Glied. Allerdings, als Edgar vorsichtig seinen Kopf zur Seite drehte und zu seinen Nachbarn hin schielte, entdeckte er, dass nicht alle mit gleicher Inbrunst beim Beten waren. Der eine oder andere ließ die Hände zur Faust gefaltet hängen, während die meisten die Handflächen andächtig in Höhe der

Brust hielten und den Kopf leicht geneigt, den Blick fromm nach unten gesenkt den Anschein erweckten, dass sie dem Gebet ganz hingegeben wären. Andere hielten die aneinander gelegten Hände in Höhe des Mundes, als müssten sie den Kopf abstützen. Wieder andere hielten die Hände kurz unter dem Kinn hart an die Brust und richteten den Kopf hochgeworfen auf. Philipp gehörte zu diesen. Einige drehten sich zu ihren Nachbarn um und schnitten Fratzen.

Edgar gab sich Gedanken hin. Das waren ja nette Bürschchen. Fromme Jungen, von wegen. Vielleicht halte ich es dann doch hier aus.

Auf einmal stimmte der Pater ein Lied an. »Wunderschön prächtige...«. Das kannte Edgar und fiel zaghaft mit ein. Er war kein großer Sänger: »hohe und mächtige, liebreich und holdselige...« - seine Gedanken schweiften erneut ab. Er dachte an alles andere, nur nicht an die Gottesmutter. Zu Mädchen, die er kennen gelernt und verehrt hatte, ging seine Phantasie. ›Liebreich‹ - während des Krieges hatten ihn die Eltern in einen Bunker geschickt. Der befand sich tief unter dem Gelände des Hollerithgebäudes unweit vom Bahnhof Lichterfelde Ost. Dort musste Edgar jeden Abend hin. Die Eltern hatten sich erhofft, dass wenigstens er überleben sollte, falls eine Bombe das Haus treffen und alle Bewohner töten würde. Im Bunker gab es eine Betreuerin. ›Holdselig‹ und ›liebreich‹ war sie. Das blonde Haar schön glatt hinten zusammen gebunden. Und dann diese Augen und dieses Gesicht mit der hellen Hautfarbe. Jedes Mal, wenn er morgens nach Hause musste, schmerzte Edgar das Herz. Und, wenn er abends in den Bunker zurückkam, pochte es gewaltig. Es drohte seine Brust zu zersprengen. Das waren noch Zeiten. Er ahnte nicht, dass es mit solchen Freuden vorbei sein sollte - vorerst jedenfalls. Da ertönte ein Krach. Er schaute erschrocken um sich. Alle Jungen sanken auf die Knie. Auch das noch. Was war nun? »Es segne euch der allmächtige Gott, der Vater, der Sohn und der Heilige Geist«, sprach Pater Haklen und zerschnitt mit einem großen Kreuzzeichen die Luft. Wie ein Donner ertönte es. »Amen.« Kaum gesagt, schnellten alle auf und stürmten zum Saal hinaus. Eine sonderbare Stille brach über den Raum. Wie von einer geheimnisvollen Krankheit plötzlich heimgesucht, befiel den Pulk Stummheit und er zog in sich gekehrt ab. Edgar schaute sich nach René um. Der kniepte mit einem Auge und deutete mit dem Kopf an, dem Sog zu folgen. Bettruhe stand auf dem Programm. Nicht zu glauben. Um diese Zeit. Kurz nach acht. Der Fluss drängte vor den Studiersaal nach draußen. Noch ehe Edgar selber sich außerhalb des Raumes befand, glaubte er von dort leises Gemurmel zu vernehmen. Hörte er richtig? Er schaute zu René hin. Der grinste wie gewohnt und ging mit seinem rechten Zeigefinger an seine Lippen. Aber als sie draußen waren, flüsterte er:

»Jetzt ist Silentium, Stillschweigen bis morgen früh.«

Verwundert schaute Edgar René an. Der hob bedeutungsvoll seinen Kopf und schob sein Kinn nach vorne, wo das Getuschel zu vernehmen war.

Vielsagend wiegte René mit dem Kopf und zog seine Augenbraue nach oben. Dann schaute er sich um, wie um sich zu vergewissern. Edgar getraute sich keine Frage zu stellen. René schirmte mit seiner Rechten den Mund ab.

»Natürlich halten sich nicht alle daran.«

›Natürlich‹, dachte Edgar. Nette Bande. Als Missionsschüler. Er kratzte sich hinter dem Ohr. Mit seinem zu einer Schnute verzogenen Mund gab er René zu verstehen, dass ihm der Sinn für solches Verhalten abgehe. Der wusste mit nicht minder gewitztem Gesicht dieses Geheimnis menschlichen Verhaltens nur durch Schweigen zu kommentieren.

Während sich alle mit geheimnisvollem Zeremoniell umzogen und eifrig die Zähne putzten, plätscherte das Flüstern und Murmeln munter weiter – sofern der Pater durch seine Anwesenheit nicht dieses abendliche Konzert störte. Tauchte der Schwarzrock wie ein deus ex machina auf, verstummte auf einem Schlag auch der leiseste Ton. Taubstumm schlichen die Jungen durch die Zimmer.

Die Patres hatten Christa Sendreich ausdrücklich gebeten, Edgar statt eines Schlafanzuges ein Nachthemd mitzugeben. Das Geheimnis dieser Bitte enthüllte sich an diesem Abend. Sollten die Jungen, zukünftige Soutanenträger, sich auf die Weise schon an Röcke, eigene, gewöhnen? Nein. Als Edgar entdeckte, wie die Kameraden das Nachthemd über die Hosen stülpten und sich darunter verschämt auszogen, ahnte er den Zweck dieses Manövers. Offensichtlich galt es zu verbergen, was einen Jungen ausmacht. Wussten sie es nicht? Sollten sie es nicht wissen? Es vergessen lernen?

Die Jungen wirkten in ihren Nachthemden wie Gespenster.

Edgar hatte ein Bett unten bekommen. Über ihm schlief Philipp. Der hatte bisher keine Silbe von sich gegeben. Gerade mal, dass er leicht mit dem Kopf nickte, bevor er in sein Bett hochstieg und sich unter der Decke verkroch. Lediglich noch seinen stacheligen Haarschopf ließ er aus dem Unterschlupf hervorschauen.

Pater Haklen hielt sich, während sich die Jungen umzogen, inmitten von ihnen auf. Er ging mit seinem stockenden Schritt durch die Zimmer.

»Gute Nacht, schlaft gut«, rief er in die Zimmer und löschte das Licht. Nur noch eine rote Glimmlampe warf einen blassen Schein in das Dunkel der Räume.

»Gute Nacht, Pater«, dröhnte es aus den Kehlen. Edgar hatte den Eindruck, als nutzten einige die Gelegenheit, noch einmal kräftig schreien zu können.

Nach einer Weile schien sich der Pater aus dem Bereich der Schlafzimmer zurückgezogen zu haben. Sein Schritt war nicht mehr zu hören. Jemand aus dem Nachbarzimmer stand auf, um sich auf den Flur umzusehen. Die Glimmröhre warf einen rötlichen Schein auf sein Gesicht und verlieh ihm das Aussehen eines Indianers. Nur wenige Sekunden dauerte es, bis er wieder in den Raum zurückkam.

»Er ist weg«, hörte Edgar flüstern. Er? Leise Unruhe breitete sich aus dem Raum neben an aus. Nach einer Weile schwoll das Geflüster an.

»Mensch, haltet das Maul«, versuchte eine verärgerte Stimme die Unruhe zu dämmen, »gleich kommt Haklen und wir sind dran. Außerdem möchten wir schlafen.«

»Arsch, kümmere dich um deinen Mist, hörst du.«

Hörte Edgar richtig?

»...werden wir morgen machen. ...auf dem Speicher«, fischte Edgar Satzteile auf.

Da raschelte es hinter seinem Kopf. René hatte sich vorsichtig in seinem Bett aufgerichtet und zu ihm hingewandt.

»Werde dir morgen erzählen, was die vorhaben. Unglaubliche Sachen. Schlaf gut.«

René war vorsichtig.

Eine dunkle Gestalt tauchte im Türrahmen auf, unverhofft und unerwartet. Unhörbar ging sie bis zum angrenzenden zweiten Raum, der nur über dieses Zimmer zu erreichen war, durch.

»Hänschen, komm«, rief Pater Haklen.

Eisige Stille. Kein Rascheln, kein Laut, kein Zischen, keine Bewegung mehr. Der Tod schien eingekehrt.

»Nun komm schon Hänschen. Es hat keinen Zweck. Und die anderen auch.«

Bettdecken wurden zurückgeschlagen. Nackte Fußsohlen tappten über die Bretter. Ein Häufchen von vier Jungen folgte Pater Haklen wie geduldige Lämmer, die zur Schlachtbank geführt wurden.

Nun, da es sicher war, dass sich der Pater außer Schussweite befand, getraute sich René, wenn auch immer noch vorsichtig, zu äußern:

»Die müssen jetzt im Studiersaal ein Gedicht lernen. In der Regel ein Kirchenlied. Alle Strophen.«

Edgar staunte. Feines Gedächtnistraining.

»Hänschen kann es als erster auswendig, dann ärgert er die anderen. Und da der Pater nicht bei ihnen ist, kann er nun erlaubter Weise weiter Unfug machen.«

Edgar glaubte sich vorstellen zu können, welcher der Jungen Hänschen war. Er hatte vor dem Schlafengehen einen spindeldürren, kleinen, lockigen, blonden Kerl beobachtet, der stets andere ärgerte und unentwegt mit seinen schelmischen Augen lachte. Noch eben hatte Edgar bemerkt, wie Hänschen einige Kameraden im Vorbeigehen am Haarschopf zog, an den Zehen kitzelte und grinste. Missionsschüler?

Dann wurde es im Zimmer ruhig. Die ersten Schnarcher erschütterten schon bald die Betten. Über ihm glaubte Edgar ein leises Perlengeräusch zu vernehmen. Gelegentlich warfen sich Jungen in ihrem Bett herum und wälzten sich. Durch das Fenster leuchtete der Mond, der gerade seine weiße Scheibe über den Rahmen vorschob. Kein Laut drang von draußen herein. Tiefe Stille lag über dem Internat. Gelegentlich stöhnte ein Träumer. Doch in den Zimmern hörte das niemand mehr.

Um diese Stunde saßen die Patres noch im Rekreationszimmer zusammen. Hier fanden sie sich nach dem Essen ein, nachdem sie einer alten Sitte gemäß nach der Mahlzeit einige Runden auf dem Hof gedreht hatten. Pater Lehrgis rauchte Zigarillos. Sein rotes Haar lag glatt nach hinten gelegt auf seinem runden Kopf. Die Gesichtsfarbe war blass, mit feinen, hellen Pigmenten übersät. Er galt als ein Fuchs unter den Schülern. Wer der größere der beiden war, Pater Haklen oder Pater Lehrgis, darüber konnte man sich streiten. Beide waren bei den Schülern ebenso sehr geschätzt, wie auch gefürchtet, weil ihren Ohren und Augen nichts entging. Jede noch so große Schlitzohrigkeit der Schüler schrumpfte vor der Schläue dieser Patres. Lehrgis unterrichtete Mathematik ebenso wie Latein, Erdkunde und Geschichte. Eigentlich gab es kein Fach, in dem er nicht beschlagen war – dies, obschon er kein staatliches Examen hatte. Er spielte auch Harmonium. Der Schulleiter und Superior, Pater Oligs, unterrichtete Latein und Griechisch. Auch er saß in der Runde. Dann hockte dort auch Pater Killos, der Pater, der Edgar auf der Bahnfahrt begleitet hatte. Kunst, Geschichte und Deutsch waren seine Unterrichtsfächer. Ein in sich gekehrter Mann. Wenn er sich äußerte, wirkte seine Stimme gedrückt, sein Blick schien ständig nach innen gekehrt. Ein Kunstliebhaber und Künstler selbst. Dann fand sich in der Runde Pater Heilt. Obschon er zu den Jüngeren gehörte, hätte man meinen können, er sei bereits uralt. Seine Haare waren gelichtet. Sein rundes

Gesicht schaute naiv in die Welt. Blass und wie tot wirkte seine Haut. Die Mitbrüder wie auch die Schüler meinten, ihn auf den Arm nehmen zu dürfen. Doch in seiner Unbekümmertheit machte ihm dies wenig aus. Er wusste sich fest in seinem Glauben und seiner Frömmigkeit. Ein gütiger Mensch. Latein sein Fach. Man sah ihn selten erregt oder böse. Jede schlechte Note, die er schreiben musste, bereitete ihm am meisten Schmerzen. Zigarrenraucher.

Dann zählte zur Runde Pater Einhen. Der Jüngste im Kreis. Rothaarig, kein Fuchs, aber dennoch nicht ohne. Kunst und Biologie unterrichtete er. Knochenhart, voller Humor, lachte gerne. Er hatte eine Schrift wie ein mittelalterlicher Mönch, gestochen, klar, sauber. Die Schüler mochten ihn. Keine Pflanze, kein Tier, das er nicht kannte. Auf den Spaziergängen erklärte er den Schülern jedes Gräschen und jede Blume, jeden Baum. Er hatte im Krieg einen Arm verloren und trug eine Prothese. Auch wenn er zuweilen verbittert wirkte, seine Lippen fest aufeinander presste, so hatte er seinen Frohsinn dennoch nicht verloren. Nur zuweilen beklagte er sein Los. Leidenschaftlicher Zigarettenraucher.

In diesen Tagen hielt sich Pater Lenschel im Haus auf, der sonst studierte. Deutsch und Latein. Er gehörte nicht mehr zu den Jüngsten. Der Orden hatte sich erst spät entschlossen, ihn ins Studium zu schicken. Lenschel hatte dünnes, seidenes Haar, schmales Gesicht. Gebildet – wie alle seine Mitbrüder –, zeigte er eine besondere Neigung zu Literatur und Kunst. Er spielte Geige, leitete, als er ans Internat kam, den Chor, sowohl den der Jungen wie auch der Pfarrgemeinde. Als Schüler soll er ein ausgezeichneter Sportler gewesen sein. Ein Idealist. Er rauchte Zigaretten. Als er merkte, dass es zu viele wurden, nahm er sich vor, sich jede Stunde nur mit einer zu begnügen. Er kontrollierte es mit der Uhr. Nach seinem Studium und Staatsexamen übernahm er die Leitung der Schule. Edgar würde noch mit ihm zu tun haben. Entscheidend und viel.

Auch Pater Saiker befand sich unter den Patres. Er war spät erst in den Orden eingetreten. Zuvor hatte er Kaufmann gelernt. So gab er auch Mathematik und verwaltete die Finanzen des Hauses. Nichtraucher. Ein hochgeschätzter Mann bei allen. Er wirkte fast um einen Ton zu ernst.

»Welchen Eindruck haben Sie von dem Berliner?«, fragte Pater Oligs in die Runde. Die meisten hatten ihn noch gar nicht kennen gelernt.

»Nun, was soll ich von ihm halten? Habe ihn bisher nur kurz erlebt. Wir werden erst sehen müssen.«

»Gewiss, Herr Saiker, doch einen ersten Eindruck dürften Sie wohl gewonnen haben«, fragte Pater Oligs nach. Die Patres redeten sich immer untereinander mit »Herr« an und siezten sich.

Das Zimmer war voller Rauch. In einer Ecke bullerte ein Ofen.

»Müssen wir so viel rauchen?«, erlaubte sich Pater Saiker vorsichtig zu bemerken. Was heißt hier ›wir‹, dachte Pater Einhen. Er raucht doch nicht. Warum bezog er sich mit ein?

»Also ich denke, dass wir da einen recht guten Schüler bekommen haben. Ich meine, vom Verhalten her, macht er einen guten Eindruck«, meinte Saiker.

»Am Anfang sind sie noch alle brav und gesittet«, lachte Einhen.

»Wünschen wir uns brave, zu brave Schüler? Ich denke nicht«, bemerkte der Superior. »Ihnen fehlt es gewöhnlich an ausreichender Begabung. Solche können wir nicht brauchen. Nun ja, Gott sei Dank gehen solche von selber früh genug weg.«

»Und sonst machen wir ihnen schon klar, dass sie bei uns fehl am Platz sind«, sagte Pater Lehrgis. »Schwachköpfe können wir nicht gebrauchen, sie schaffen es übrigens auch nicht.«

»Wenn er auch in der Schule gut ist, können wir auf ihn setzen«, bemerkte Pater Einhen.

»Er sollte übrigens gleich morgen mit dem Latein anfangen. Er hat nachzuholen. Ich werde Gerd bitten, dass er ihm einige Stunden gibt«, schlug der Superior vor.

»Ich werde es Gerd sagen«, nickte Haklen, der vor wenigen Minuten in den Raum gekommen war.

Pater Killos schaute auf die Uhr. Es war neun.

»Ich denke es wird Zeit. Ich muss noch etwas erledigen«, zog er an seiner Pfeife und klopfte sie dann auf dem Aschenbecher aus. »Dann eine gute Nacht.« Er erhob sich langsam und schlürfte davon.

»Benedicamus, domino!«, brüllte Pater Haklen in den Schlafraum.

Müde und sichtlich verärgert erwiderten nur einige verschlafen:

»Deo gratis.«

Die Fenster im Schlafzimmer waren dunkel. Edgar schreckte aus einem bösen Traum auf. Er hatte noch soeben geträumt, dass er vor einem riesigen Wasser stand, jemand ihm zurief, er solle rüberkommen, er aber nicht schwimmen konnte und nirgends ein Boot oder sonst eine Übersetzmöglichkeit entdeckte. Auch vermochte er nicht zu erkennen, wer rief und warum, was er an dem anderen Ufer machen sollte. Der Ruf war auch nicht sehr deutlich, so dass er mehr erraten als wirklich verstehen konnte, worum es ging. Edgar fühlte sich an dem Ufer, wo er stand, ganz wohl. Er hatte gar kein Bedürfnis, es zu verlassen. Indes die Stimme ließ nicht locker. Ein Mann war es, der rief. Er war so fordernd, dass Edgar sich genötigt sah, ins Wasser zu springen, obschon er genau wusste, dass er dabei untergehen musste. Er konnte nicht schwimmen. Schließlich entschloss er sich dennoch dazu. Eben war er im Begriff zu springen, da ertönte der Weckruf.

»Aufstehen, Jungs. Raus aus den Betten.«

Pater Haklen ging durch die Reihen und wo er noch jemanden im Bett vorfand, hob er die Decke und gab dem Schläfer unmissverständlich zu verstehen, was die Stunde geschlagen hatte.

»Verdammt und zugenäht«, hörte Edgar von irgend woher jemanden wettern. Auch nicht gerade ein Stoßgebet, lächelte Edgar.

Mief lag im Raum. Niemand hatte während der Nacht ein Fenster aufgemacht. Die Luft war zum Durchschneiden. Der Pater riss die Fenster auf. Ein kalter Luftzug schoss herein und schlug gegen die nackte Haut. Edgar schüttelte sich, eiskalt lief es ihm den Rücken runter.

»Und die Hemden ausgezogen zum Waschen. Keine Katzenwäsche. Kapiert!«, gab Pater Haklen einem Jungen zu verstehen, den er im Nachthemd das Zimmer verlassen sah. Betreten begab sich dieser zu seinem Bett und zerrte sich unter dem Nachthemd Unterhose und Hose hoch.

In dem kleinen Waschraum mit sieben Becken nur standen die Jungen an.

»Mach voran«, versetzte Hänschen Philipp am Waschbecken einen Stoß. »Wollen noch vor Weihnachten an die Reihe kommen. Marsch, dalli!«

Beleidigt zog Philipp ab.

Es war um diese Zeit unter den Jungen merklich ruhiger als am Abend. Die Gesichter wirkten verschlafen. Missmut lag auf ihnen. Edgar musste überhaupt erst zu sich kommen. Wie spät war es wohl? Eine Uhr besaß er nicht. Aber es musste noch in aller Herrgottfrühe sein. So früh war er wohl sein Lebtag noch nie aufgestanden. Mitten in der Nacht.

»Morgen«, hörte Edgar hinter sich, während er geduldig wartete, bis ein Becken frei wurde. René verzog sein Gesicht zu dem schon bekannten Grinsen. Er schien schon putzmunter zu sein.

»Viertel vor sechs. Gottlose Zeit«, hörte Edgar René.

Die Heizung hatte wohl auch erst vor kurzem ihr Werk begonnen. Außer dem Mief wärmte im Moment nichts. Nun bekam Edgar einen Platz am Becken. Das Wasser war eiskalt. In der rauen Eifel zogen um diese Jahreszeit schon frostige Winde um das Haus. Edgar schüttete sich aus der hohlen Hand einen Guss Wasser ins Gesicht. Da bekam er einen Strahl auf seinen Rücken. René zog seine Schultern ein. Der Hund, dachte Edgar, und schaute wild zu ihm hinüber. René lachte.

Vor der Toilette stand eine längere Schlange.

»Wir können auch draußen Pipi machen«, sagte René.

»Draußen?«

»Ja, hinter dem Haus, dort ist eine große Toilette. Ich gehe mit dir dorthin.«

Die beiden zogen sich schnell an. Dann rannten sie die Treppen hinunter. Auf einer Terrasse stand ein Häuschen. Die beiden stellten sich an die Pissoirs. Der Strahl dröhnte.

»Und jetzt?«, fragte Edgar.

»Studiersaal. Morgengebet«, gab sich René seltsam wortkarg.

Die Uhr an der Seitenwand zeigte 5 Uhr 58. Verschlafen, als wollten sie die zu kurze Ruhe nachholen, hingen einige Jungen mit dem Kopf auf ihren beiden zusammengelegten Armen. Eine gedämpfte Stille herrschte. Allmählich füllte sich der Saal. Es schellte. 6 Uhr. Fast alle Pulte waren nun besetzt. Die Oberstufenschüler standen hinten vor Bänken an der Wand. Pater Haklen tauchte im Raum auf und begab sich zu dem Pult.

Ein weiteres Glockenzeichen ertönte. 6 Uhr 5. Der Studiersaal erstand wie ein reifes Kornfeld. Achtzig Jungen richteten sich zum Kreuz und sandten im Chor dem Herrgott ihren morgendlichen Dank. Das Gebet schien unendlich. Plötzlich donnerte es im Saal, alle stürzten auf ihre Stühle nieder.

»Heute ist das Fest der großen heiligen Theresia. Sie trägt den Namen »die Große« zu recht…« Und der Pater erzählte aus dem Leben der Heiligen und machte Anwendungen auf das Leben der Jungen. So wurde täglich jeden Morgen geistliche Medizin verabreicht. Sie sollte immun machen gegen den Bazillus und den Krankheitserreger Welt. Ausnahmen bildeten Sonn- und Festtage. In diesen Ansprachen wurde der Charakter der Jungen zu festigen gesucht, die Jungen fürs Leben unterwiesen, speziell für das auf den späteren Beruf. Wie man fromm wurde, den Beruf beibehielt, seinen Charakter festigte, sich den Kameraden gegenüber zu verhalten hatte. Sie ermunterten zum Beten. Die Heiligen wurden als Vorbilder gepriesen. Mit Frömmigkeit, Ordnung, Gehorsam, Fleiß und Tugend galt es sich zu rüsten, im Kampf gegen Sünde, Verrottung der Seele, den inneren Schweinehund und den Verfall der Sitten. Der Renovierung der Seele, der Inspektion des Geistes und dem Aufputz des Charakters dienten die fünf bis acht Minuten dauernden Ansprachen. Täglicher geistlicher Neuputz.

Zwei Jungen, die in den Wochen den Messdienerdienst versahen, durften danach in die Sakristei gehen. Sie freuten sich, von weiteren Gebeten entbunden zu sein. Sie kleideten sich zum heiligen Dienst an. Auch der Küster begab sich an seine Arbeitsstätte. Unter dessen beteten die anderen den englischen Gruß. Dreimal am Tag noch stand dieser auf dem Programm. Noch vor dem Mittag- und Abendessen im Studiersaal.

Edgar würde sich an die vielen frommen Gepflogenheiten gewöhnen müssen. Und er gewöhnte sich. Das Gebet füllte manche Minute des Tages. Täglich Messe, am späteren Nachmittag, unter der Woche, Besuch in der Kapelle. Fünf Minuten. Gemeinsam, geschlossen, wie Soldaten. Still galt es, dem Herrgott die Anliegen vortragen. Was werden die Jungen ihm alles zu sagen gehabt haben? Werden sie etwas zu sagen gehabt haben? Es erweckte nicht immer den Anschein.

Gebetet wurde selbstverständlich vor und nach jedem Essen, vor und nach jeder Unterrichtsstunde. Edgar schien es leicht übertrieben. Und die Wirksamkeit dieses vielen Betens stellte er in Frage. Besser waren und wurden die Schüler, die es in der Schule schwer hatten, nicht. Wozu dann so viel Gebete? Aber vielleicht stand es ihm nicht zu, darüber zu befinden. Hatte er schon so viel Ahnung, was sich schickte und dem Menschen gut tat und was nicht? Wahrscheinlich nicht. Wenn die Patres dies für richtig hielten, würden sie ihre guten Gründe haben. Die mussten Bescheid wissen, versuchte sich Edgar einzureden.

Sonntags fand eine zweite Messe, ein Hochamt, statt. Um 10 Uhr. Vorausgegangen war eine »stille Messe«. Und am Nachmittag der Sonn- und Feiertage besuchten die Jungen eine Andacht. Zwanzig Minuten als Gotteslob Gesang und Gebet auf der Zunge. Im Mai stiegen täglich inbrünstige Gesänge zur Muttergottes auf. Der Oktober ließ die Rosenkranzperlen durch die Finger gleiten. Das Glaubensbekenntnis, sechs Paternoster, fünfundfünfzig Ave, fünf Ehre-sei-dem-Vater. Ein Junge musste schon fest im Glauben stehen oder es werden, auf seinen Beruf eingeschworen sein, um diesen vielen frommen Übungen gewachsen zu sein und nicht in Murren auszubrechen. Das waren nicht viele. Oft schon gingen nach wenigen Monaten Jungen weg. Weitere hielten es ein paar Jahre länger aus. Die letzten Unschlüssigen verabschiedeten sich vor dem Abitur. Da waren sich die letzten dann endgültig über ihre Berufung klar geworden. Wen nicht die Disziplin vertrieb, nicht die Anforderungen der Schule aufgeben ließen, dem versetzte die Frömmigkeit den Genickschuss.

Gott sei Dank wusste Edgar nicht schon von Anfang an um all dies. Wahrscheinlich zeigte sich darin die wahre Berufung, dass jemand solche Bräuche über ein Internatsleben von sieben Jahren aushielt. So indoktrinierten die Patres ihre Zöglinge. Pater Lenschel, den Edgar für einen ganz vernünftigen Mann hielt und als Lehrer schätzte, als er später an der Schule arbeitete - gerade Pater Lenschel war es, der den Jungen immer wieder einimpfte, dass die Berufung ständig erbeten werden müsse. Dies kam Edgar sonderbar vor. War man nicht berufen? Warum noch darum beten? Pater Lenschel meinte sicherlich, begriff Edgar, dass man sich die Berufung durch das Gebet gewissermaßen erhalten müsse. Warum auch nicht? Das aber war nicht jedem beizubringen. Bei dem, der es begriff, sahen es die Patres als ein offensichtlich unfehlbares Kriterium für die Berufung an. Andere Kriterien waren der Charakter und die Begabung. Edgar war gespannt, wie man diese bei ihm beurteilen würde. Weder war er Engel noch ein Genie.

Die Kapelle war klein und bescheiden. Nachkriegszeit-Räume. Die Jüngsten saßen in den vordersten Reihen. So war es üblich in den Kirchen. Standen die Jüngeren dem Herrgott näher? Hatten sie es nötiger, ihm näher zu sein? Vielleicht aber sollten die Jüngeren nur unter der besonderen Aufsicht der Größeren beziehungsweise Erwachsenen stehen. Oder worin war der Sinn einer solchen Hierarchie zu suchen, fragte sich Edgar. Vorne also bedeutete dann – zumindest in diesem Haus, diesem Ort und in diesem Alter noch – weniger zu sein, sich untergeordnet zu wissen, unten zu stehen. Versuchte nicht der Erwachsene und der im Beruf Stehende in die erste Reihe zu kommen? Was eine sonderbare Umkehrung der Ordnung. Edgar erinnerte sich an die Dorfkirche bei seinen Verwandten. Die Jungen und Kleinen hatten vorne ihre Plätze. Auf der

Empore hinten oben hielten sich die auf, die sich während der Predigt verdrückten. Die höchsten Plätze verschafften einem also auch die größten Freiheiten und Privilegien. Im Theater, im Kino, bei sonstigen weltlichen Veranstaltungen waren die besten und teuersten Plätze immer die ganz vorne. Da musste man viel bezahlen oder jemand besonderer sein, um sich dorthin setzen zu dürfen. Wahrscheinlich erklärte dies, dass in der Kirche die besten Plätze die Kleinen haben sollten, haben mussten. Lasst die Kleinen zu mir kommen. Doch stehe es ihm, Edgar, in seinem so bescheidenen Alter sicherlich nicht zu, sich über solche menschlichen Befindlichkeiten und Ordnungen ein Urteil zu erlauben. Wer war er schon? Eine linke Seite für Frauen und Mädchen gab es im Internat nicht.

Und dann überraschte Edgar, dass fast alle zur Kommunion gingen. Die reinsten Engel also alle. Kein Makel, kein Fehler, keine Sünde, jedenfalls keine solchen, dass sie sich vom heiligen Tisch fernhielten. Da bedurfte man doch eines makellosen Gewissens und reinen Herzens. Sie hatten es offensichtlich alle, fast alle. Und welche schwere Schuld lag auf denjenigen, die dem Tisch des Herrn fernblieben?

Gegen 7 Uhr 10 war in der Kapelle der zweite fromme Dienst des Tages erledigt. Das weltliche Bedürfnis konnte befriedigt werden. Frühstück. Schön geordnet verließen die Jungen den Gottesraum. Zu viert verbeugte sich jeweils eine Gruppe, während die anderen geduldig zu warten hatten. Die

Absolventen stellten sich zu zweit im Flur auf und harrten, bis alle die Kapelle verlassen hatten. Dann ging es in geschlossener Formation zum Speisesaal. Gelegentlich bekam einer von seinem lieben Nachbarn einen Tritt in den Hintern, wenn er seine Kniebeuge verrichtete.

René marschierte neben Edgar. Alle wahrten Stillschweigen - noch. Der Pater folgte, um niemanden aus den Augen zu verlieren. Dennoch wagte der eine oder andere, immer auf der Hut, nicht ertappt zu werden, seinem Nachbarn etwas zuzuflüstern.

Fritz rümpfte die Nase. Köpfe reckten sich in die Höhe, bewegten sich ruckartig nach allen Seiten. Sie schnüffelten in der Luft wie Katzen. Ein süßer Duft strich durch den Flur.

»Bäbchen...«, hörte Edgar. Er verzog sein Gesicht und schaute zu René hinüber. Der grinste.

»Gleich«, flüsterte er.

Pater Haklen gab an diesem Morgen nochmals ausnahmsweise »Tu autem«. Zu Ehren des Neuen. Gewöhnlich aber mussten die Jungen das Frühstück unter Stillschweigen einnehmen. Wer Priester werden wollte, sollte sich in Selbstbeherrschung üben und sie erlernen. Die Sonn- und Feiertage machten eine Ausnahme. Dass man aber auch hätte lernen können und sollen, wie man sich am Tisch unterhält, schien die Patres wenig zu interessieren.

Als der Pater die Sprecherlaubnis erteilte, brach ein Donner los, als ob eine lang angestaute Schleuse geöffnet würde und die bis dahin künstlich gestauten Wasser sich endlich freien Lauf verschafften. Eine

Überschwemmung flutete durch den Raum. Das Gerede übertönte selbst den Lärm der Löffel und Tassen. Man verstand den Nachbarn kaum mehr.

Edgar empfand nicht mehr jene Enge und Beklemmung wie noch am Vorabend. Er erschien sich bereits den anderen eingegliedert zu haben.

»Was sind ›Bäbchen‹?«, wandte er sich an René. Er strich die Messerspitze Butter - oder war es Margarine? - dünn über die Schnitte. Jedem stand ein zwei Zentimeter hohes Buttertürmchen zu. Zwei Schnitten Brot mussten zur damaligen Zeit genügen. Satt – satt wurde man nicht. Wer wurde es schon diesen Tagen. Aber, es hungerte auch niemand.

Edgar war für Sekunden abgelenkt.

»Bäbchen arbeiten hier im Haus, Mädchen, die eine Haushaltungslehre bei den Schwestern machen. Ich muss dir was erzählen.«

Er horchte auf. Mädchen? Mädchen gab es hier? Nicht zu glauben.

»Was… was gibt es da zu erzählen?«

René trank einen Schluck und biss in die Schnitte. Es gab Kaffee, Muckefuck. Zuweilen auch Kakao. Heute Muckefuck mit Milch und etwas gesüßt. In einem Schälchen für fünf Jungen befand sich Marmelade. Oft war es auch nur Sirup. Dunkler, zäher Sirup. Ein übles Zeug.

»Also erzähl schon«, drängte Edgar.

René wendete erst einmal seinen Kopf nach allen Seiten, wie um sich zu vergewissern, dass der Pater nicht in der Nähe war.

»Wie du dir denken kannst, dürfen wir natürlich zu den Mädchen keinen Kontakt haben.«

Edgar dachte sich noch gar nichts.

»Wir dürfen nicht mit ihnen sprechen, ja nicht einmal sie ansehen und sie grüßen. Wenn sie vorbeikommen, sollen wir wegschauen.«

Wovon sprach René, ging es Edgar durch den Kopf, doch wohl nicht von Mädchen? Die Mädchen nicht anschauen dürfen. Ob er René richtig verstanden hatte? Er fragte.

»Ja, ja. Scheinst nicht ganz dumm zu sein. Du hast.«

»Und - welcher Sinn soll darin stecken?«

»Na, ich bitte dich. Überlege doch.«

Edgar schaute vor sich hin und überlegte scharf. Er sah zu René hinüber und zuckte mit der Schulter.

»Kann ich so viel nachdenken, wie ich will, komme nicht dahinter. Mädchen nicht anschauen dürfen. Warum sind sie dann so schön gemacht?«

»Stell dich nicht so an. Scheint doch nicht so weit mit dir her zu sein«, verzog René sein Gesicht zu dem schon bekannten Grinsen. Edgar wandte sich dem Essen zu und gab sich den Anschein, als interessiere ihn solches Gerede nicht und er lasse sich doch nicht verarschen. So einfältige Gedanken.

»Nun sei nicht gleich beleidigt. Aber das Beste kommt noch.«

»Wie?«

»Also hör.« Doch bevor er mit Erzählen begann, drehte er sich noch einmal nach allen Seiten um. »Hier im Haus gibt es einen Speicher. Dort ist noch nicht alles repariert, was der Krieg an Schäden hinterlassen hat. Im Fußboden befinden sich Löcher, Klafter groß, so dass man nach unten durchschauen kann.«

»Aha. Und - was hat das mit den Mädchen zu tun?«

»Sei nicht so hektisch. Direkt unter diesem Speicher wohnen die Bäbchen. Und da waren einige von uns gespannt, was sich dort tut«.

»Tut?«

»Sie gingen regelmäßig hin, als die Mädchen sich auszogen.«

»Wie? Unmöglich.«

»Unmöglich. Es war möglich. Es gibt doch Löcher.«

»Und sich die nackten Mädchen angeschaut.«

»Na, ich bitte dich. War doch der Sinn des Ganzen.«

Edgar staunte nicht schlecht. Missionsschüler!

»Und dann?«

»Hatten wahnsinnigen Spaß.«

»Mhe.«

»Aber natürlich. Aber nicht lange.«

»Wie, nicht lange?«

»Daraufhin waren sie die längste Zeit hier.«

»Hier?«

»Ja, mussten gehen.«

Edgar schüttelte den Kopf. »Wer macht auch so was.«

Nachmittags. Edgar hatte den ersten Schultag hinter sich. Vier Stunden Unterricht. Mathematik,

Deutsch, Erdkunde, Latein. Letzteres kam ihm reichlich spanisch vor. Nun sollte er die erste Stunde Unterricht in Latein bei Gerd erhalten. Gerd war Oberstufenschüler und mit allen Fallen und Formen des Lateins vertraut und mit allen Wassern dieser Sprache gewaschen. Die beiden trafen sich in einen Klassenraum. Sie saßen auf den harten Schulbänken. Gerd hatte ein altes Lateinbuch mitgebracht, das Edgar schon von der morgendlichen Stunde her kannte. Generationen schienen es bereits benutzt zu haben. Es gab darin keine Bilder, wenige Zeichnungen. Texte, Sätze, Wörter - Buchstabenansammlung. Alles sehr trocken. Blasses Papier. Das kann ja heiter werden, dachte Edgar.

»Dann wollen wir mal. Ganz einfache Sätze mit Subjekt, Prädikat und Objekt bilden. Kennst du sicherlich?«

Edgar kannte gar nichts.

»Ich weiß nicht einmal, was Subjekt, Prädikat und Objekt ist.«

Gerd verzog sein Gesicht und holte tief Luft.

»Also in dem deutschen Satz: ›Der Junge lernt Latein‹ ist ›der Junge‹ Subjekt, ›lernt‹ Prädikat und ›Latein‹ Objekt.«

»Aha.«

»Ja, also Satzgegenstand, Satzaussage und Satzergänzung.«

»Aha.«

»Doch außer solchen ganz einfachen Satzteilen und Satzkonstruktionen gibt es ähnlich leichte Sätze. Beispiel: ›Alexander puer est.‹ Das ist so ein Satz.«

»Mhe.«

»Puer heißt Knabe. Was ›est‹ heißt, wirst du erraten können.«

Erraten? Also er dürfte raten. Edgar reckte seine Schultern. Bisher war er vom Französischen und Englischen immer nur gewöhnt, übersetzen zu müssen. Erraten. Edgar kratzte sich hinter dem Ohr. Scheint eine tolle Sprache zu sein.

»Also, was heißt wohl ›est‹?«

»Was weiß ich.«

Ist das hier ein Ratespiel oder ernsthafter Unterricht? Soll er es ihm doch sagen. Es wird doch Latein nicht erraten werden können.

»Nun?«

»Ich weiß es nicht. Ich bin von den wenigen Stunden Englisch und Französisch, die ich bisher hatte, gewohnt, dass man wissen muss. Raten durften wir nie.«

»Aber ich frage und lasse dich doch nur raten, weil das lateinische Wort in diesem Fall dem Deutschen auffallend gleicht und dasselbe heißt.«

»Vielleicht - ›ist‹?«

»Richtig. ›ist‹. Damit bedeutet der Satz also?»

»Alexander ist ein… ›Knabe‹ sagtest du. Was ein Wort. Wer redet heute noch so.«

»Dann nimm ein moderneres Wort.«

»Junge?«

»Ja.«

»Mhe. Also ›Alexander ist ein Junge‹.«

»Genau. Doch nun zum Satz selber. Wir wollen uns nicht nur mit dem Übersetzen begnügen, sondern immer auch die Satzteile genau erkennen.«

Wovon redet er?

»Was ist Alexander?«

»Ein Junge, denke ich.«

»Nein, nein. Nicht was er ist, sondern welcher Satzteil ›Alexander‹ ist.«

Hatte er nicht gefragt, was er, Alexander, ist? Hörte Edgar nicht mehr richtig? In der Familie von Edgars Mutter vererbte sich Schwerhörigkeit, erinnerte sich Edgar.

»Subjekt, wenn ich es genau behalten habe.«

»Jawohl. Und nun pass auf. *Puer est* dürfte was sein?«

Was nur? Gerd schaute, wartete. Es kam nichts.

»Prädikat«, sagte Gerd.

»Ach ja.«

»Doch besteht dieses aus zwei Wörtern.«

Sieh einer an.

»*Est* ist das Hilfsverb hier in der Funktion der finiten Verbform.«

Wie bitte? Edgar fragte nicht. Wenn Gerd das so erklärte, müsste es klar sein. Aber Edgar verstand es dennoch nicht. Sollte er seine Dummheit eingestehen? Er wird sich hüten.

»Und ›puer‹« - Edgar verstand nur *pur* - »*puer* ist das Prädikatsnomen.«

Edgar hatte ›*Shnow*man‹ verstanden? Schneemann? Was hatte der mit dem – wie sagte Gerd noch mal? – Prädikat zu tun. Es wird hier zwar bald Winter, aber damit kann es nun doch nicht zusammenhängen. Nun getraute er sich gar nicht mehr zu fragen.

So begann sich die erste Unterweisung in Latein. Wen nimmt es da Wunder, wenn Edgar später mit dieser Sprache und mit Griechisch wie dann auch Französisch seine Schwierigkeiten haben sollte.

Die Wochen gingen ins Land. Die Bäume hatten sich entblättert. Nur noch die leeren, dunklen Äste starrten zum grauen Himmel. Krähen hatte sich in den Kronen der Fichten, die auf einer Anhöhe standen, eingenistet und kreisten mit Gekrächze über den Wipfeln, die hoch in den Himmel ragten. Über die Eifel zog der eisige Winter. Eine graue Wolkendecke überzog den Himmel. Ein dicker Schneemantel legte sich auf Wiesen, Felder und Straßen. Die Dächer der Bauernhöfe hatten weiße Mützen aufgesetzt. Rauch stieg in feinen Fahnen zum eisigen Himmel.

Weihnachten kam. Die Jungen fuhren in die Ferien. Edgar konnte nicht nach Hause. Der Weg wäre zu weit und damit zu teuer. René nahm ihn zu sich nach Hause ins Dorf mit.

»Und dir gefällt es in der Missionsschule?«, fragte ihn Renés Mutter.

»Ja. Ich brauchte zwar etwas Zeit, um mich an das Leben im Internat zu gewöhnen. Vieles war mir fremd und ungewohnt. Aber nun, heute - heute gefällt es mir dort.«

»Philipp ist bereits abgegangen. Ebenso Fritz.«

»Bei Philipp wunderte es mich nicht. Er war zu fromm.«

»Ja, ist nichts, zu fromm zu sein«, sagte Renés Mutter.

»Bei Fritz wunderte ich mich.«

»Der war nun wieder zu wenig fromm.«

»Ja. Und zu intelligent.«

»Ist das auch nichts?«

»Ich weiß nicht. Scheint aber so«, machte Edgar ein verlegenes Gesicht.

»Wie muss man dann aber sein, damit man richtig ist?«

»Da fragen Sie was? Ich weiß es selber nicht. Zu fromm darf man nicht sein, zu gescheit darf man nicht sein. Ja, wie muss man sein?«

»Vielleicht hängt es mit dem Mädchen zusammen.«

»Mit den Mädchen? Wie das?«

»Möglicherweise dürfen einem Mädchen nicht gefallen.«

»Auch René wird wahrscheinlich nicht mehr lange dort bleiben.«

»Wie? Er hat mir aber nichts davon erzählt.«

»Auch ich erfuhr es zufällig.«

»Und warum? Er hat doch keine Schwierigkeiten mit der Schule. Im Gegenteil.«

»Er will einfach nicht mehr. Es ist ihm zu fromm dort. Er kann sich nicht daran gewöhnen.«

»Nicht er ist zu fromm, es ist ihm zu fromm.«

»Ja, zu fromm ist nichts. Priester müssen Männer sein, die mit beiden Beinen auf der Erde stehen, wie wir Winzer. Sie werden doch in der Bibel mit Arbeitern im Weinberg verglichen. Nicht wahr.«

»Ja.«

Edgar schaute versonnen vor sich hin.

»Und was halten sie von mir? Tauge ich, bin ich richtige, Priester zu werden?«, fragte er. Sie war eine handfeste, gestandene Winzerin. Er mochte sie, weil sie so menschlich und praktisch war. Die Bauern. Edgar hatte sie während der vier Jahre in Württemberg schätzen gelernt. Auch wenn sie fromm waren, so ließen sie es nicht an Realitätssinn fehlen. Sie verbanden das Solide mit dem Herzhaften und dem Glauben. So wollte er auch sein. Und so stellte er sich die Priester vor. Doch ob er so war? Es sein würde?

»Mhe. Manchmal weiß ich selber nicht, wie es bei mir steht. Bin ich zu dumm, bin ich nicht zu dumm? Die Mädchen mag ich auch. Was soll ich nun von mir halten.«

»Ja. Du eignest dich zum Priester.«

»Wirklich? Und warum ich?«

Sie schaute ihn an. Er scheint schon angekränkelt zu sein vom vielen Lernen. Immer besprechen und alles beschwatzen wollen.

»Du hast keine Schwierigkeiten in der Schule?«

»Keine? Na ja, die Sprachen.«

»René erzählte aber, dass du sonst ganz gut bist.«

»Er wird übertrieben haben.«

»Wohl kaum.«

Sie schüttelte mit dem Kopf.

»Und - du kommst mit der Frömmigkeit zurecht?«

»Na ja, so ohne weiteres konnte ich das auch nicht, wie ich schon sagte. Aber die Patres betonen doch, dass die Frömmigkeit wesentlich dazu gehört, wenn man Priester werden will.«

»Ja, ja, aber René kann nicht so fromm sein, wie man offensichtlich sein muss, wenn man Priester werden will. Vielleicht ist das das Geheimnis um die Berufung.«

So verlor Edgar nach den Osterferien des zweiten Jahres seinen besten Freund. Es hätte ihm ja noch nicht allzu viel ausgemacht, wenn es bei René geblieben wäre. Obwohl das schon schlimm genug war. Aber es kamen und gingen immer Kameraden. Ein ständiges Kommen und Gehen war es. Selbst von seinen Freunden aus Berlin im Kinderheim waren sogar welche ins Internat gekommen, aber nicht allzu lange geblieben. Und er blieb immer wieder zurück wie ein Wartender auf dem Bahnsteig, der Abschied nehmend dem abfahrenden Zug nachwinkte.

Edgar war nun schon einige Jahre in dem Haus.

Frühlinge, Sommer, Herbste und Winter hatten das Land durchschritten. Der Ginster hatte die Hügel entflammt. Die Gräser und Blumen blühten auf. Das Grün fiel unter der Sense. Das Korn trieb in die Halme. Die Bauern holten die Garben von den Feldern. Das Obst reifte. Birnen, Äpfel, Pflaumen. Das Laub welkte und wurde bunt. Die Äste leerten sich. Die Krähen kreischten über den entlaubten

Zweigen. Die Hasen suchten ihre Löcher auf. Die Füchse streiften durch die verschneiten Wälder.

Die Währungsreform kam. Die wirtschaftliche Lage in Deutschland wurde besser. Der Hunger saß nicht mehr mit am Tisch. Auch im Internat fiel das Essen reichlicher aus. Unmerklich hatten sich die Dinge verändert.

Edgar merkte spätestens, als er drei Fremdsprachen lernen musste, dass er Mühe hatte. Wäre er in den anderen Fächern nicht recht gut gewesen, insbesondere in Mathematik, hätte auch er längst die Schule verlassen. Er konnte nicht verstehen, dass sich viele gerade in Mathematik so schwer taten. Hier war doch alles logisch. Dass dieses anderen nicht in den Kopf ging. Andere wiederum verstanden nicht, dass man sich ausgerechnet in den Sprachen schwer tat. Man sollte eine leichte, internationale Sprache erfinden, dachte Edgar oft. Das müsste doch möglich sein. Ohne die vielen Ausnahmen und Unregelmäßigkeiten. Warum diese vielen Vokabeln? Es mag ja die Sprache bereichern. Aber nur um sich zu verständigen, wäre doch eine leichtere Sprache viel besser. Erfunden, nicht gewachsen bräuchte sie doch nur zu sein. Dann könnte man doch alles Schwere beseitigen. Warum gab es das nicht? Dass noch kein Mensch auf diese Idee gekommen ist? Wo war dieses Genie? Was Menschen nicht alles erfinden. Und so eine Sprache bekommen sie nicht hin? Was wäre eine solche Sprache eine Wohltat für die Menschen. So viel Zeit zu vergeuden, nur um sich zu verständigen? Es genügte doch schon, wenn Edgar

Latein und Griechisch pauken musste. Das brauchte man für die Theologie, wie die Patres behaupteten. Wird auch wahr sein. Warum sich so aber noch mit Französisch abrackern? So kamen ihm immer wieder Zweifel, ob er wirklich berufen war. Die Niederlagen in den Sprachen veranlassten ihn dazu. Und so wandte er sich eines Tages an seinen Beichtvater Pater Lehrgis.

Wenn man zu ihm kam, hatte er eine Tasse Kaffee vor sich stehen und rauchte Zigarillos. Zuweilen legte er sich Patiencen.

»Herein«, erklang die gedämpfte Stimme. »Was führt dich zu mir?«

»Pater Lehrgis, Sie wissen.«

Der schaute ihn verwundert an. Was würde er nur wieder haben? Wiederholt schon war Edgar bei ihm gewesen und hatte ihm in Bezug auf seine Berufung seine Bedenken vorgetragen.

»Aber doch nicht schon wieder, Edgar. Zweifel?«

»Ständig. Sie wissen doch, die Schule. Ich habe… ich schaffe es nicht. Mich plagen ständig Minderwertigkeitskomplexe.«

»Mein Lieber, wenn du wüsstest, wie ich, als ich Schüler war, davon heimgesucht worden bin.«

Edgar wollte es nicht recht glauben. Pater Lehrgis hatte bestimmt keine Schwierigkeiten in der Schule. Er war ja sehr intelligent und es gab kein Gebiet, auf dem er sich nicht auskannte.

»Nein, natürlich waren sie anderer Art als bei dir. Weißt du, nicht die Schwachen und Dummem haben Komplexe. Die haben keine. Komplexe haben die Sensiblen, die Wertvolleren. Wenn man jung ist und nicht gerade ein Stock, plagen einen Komplexe. Entwicklungserscheinungen. Und du weißt auch, dass man nicht in allen Fächern gut sein muss und kann. Du bist durchaus ein starker Kopf. Ach, diese Sprachen nur.«

»Aber es sind drei. Reichen aus, einem das Leben zu versauern.«

»Wer gar keine Probleme hat, ist nicht der, der einmal am tüchtigsten sein wird.«

»Sie haben gut reden. Wenn man so mitten in der Scheiße - entschuldigen Sie - sitzt, hilft das wenig.«

»Es ist aber so.«

»Und dann... dann... Sie wissen doch... die Mädchen. Wir sollen sie uns nicht einmal ansehen dürfen, uns nach ihnen umdrehen...«

»Du hast keine Probleme mit Deiner Sexualität.« Ja, da hatte er recht. Dennoch. Muss man gleich Schwierigkeiten mit etwas haben, das...

»Schon. Aber... die Mädchen gefallen mir. Ob ich es einmal ohne Frau aushalten werde.«

»Man soll sich nicht durch Ängste vor Dingen, die man noch nicht kennt, ins Bockshorn jagen lassen.«

»Pater!«

»Außerdem brauchen wir Priester, die normal sind. Männer, keine Eunuchen.«

»Schon, natürlich, aber...«

»Ja, Priester müssen natürliche Männer sein, keine...«

Edgar wusste nicht mehr, was er einwenden sollte. Ob man vielleicht Zweifel haben musste, um berufen zu sein. Waren die Zweifel das Kriterium? Ja, dann war er berufen.

»Und vor allem denk daran, wie dich die anderen Mitschüler schätzen. Sie haben Dich zum Präsidenten gewählt. Wem lassen sie solch ein Vertrauen zukommen.«

Seit Pater Lenschel Leiter der Schule und des Internats war, hatte er eine Schülermitverwaltung eingeführt. Die Jungen durften bestimmte Bereiche ihres Lebens selber regeln und verwalten. Angeführt wurde die Schülergemeinde von einem Präsidenten. Edgar war dazu gewählt worden. Und er hatte manch anderes Amt im Internatsleben übertragen bekommen. Die Patres hatten ihn im Laufe der Zeit mit allen Aufgaben im Internat betraut.

»Das darfst du alles nicht vergessen.«

Pater Lenschel saß mit Pater Lehrgis zusammen. Beide rauchten. Pater Lehrgis' Finger waren schon gelb vom Rauchen. Er hatte Pater Lenschel von Edgars Bedenken erzählt.

»Typisch für ihn«, meinte Pater Lenschel. »Wir werden ihn aber behalten. Er wird einmal ein tüchtiger Mitbruder. Ich sehe ihn immer wieder alleine in der Kapelle. Täglich geht er dorthin. Sie haben schon recht, die Probleme mit den Sprachen werden sich lösen, wenn er auch mal eine Klasse wiederholt. Sein Gedächtnis ist nur schwach. Sonst aber auch nichts. Charakter gut. Gesund. Und wie Sie schon bemerkten: Er ist bei den Mitschülern beliebt. Man kann ihm anvertrauen, was man will – auf ihn ist Verlass.«

»Und wir werden sehen, wenn er jetzt dann aufs Gymnasium kommt, wird er es den anderen schon zeigen. Die Aufnahmeprüfung hat er übrigens als zweitbester bestanden. Na bitte«, zog Pater Lehrgis genüsslich an seinem Zigarillo.

»Die anderen Mitbrüder teilen Ihr Urteil, Herr Lehrgis.«

»Übereinstimmend. Ja.«

»Sie sollten nicht so viel rauchen, Pater Lehrgis«, mahnte Pater Lenschel, »Sie haben es am Herzen. Auf einmal geht es mit Ihnen ganz plötzlich zuende. Aber wir brauchen Sie doch noch.« Pater Lehrgis starb wenige Jahre später ganz unerwartet. Herzinfarkt.

In den Sommerferien, zumindest in einigen, fuhr Edgar nach Berlin zur Mutter und zum Bruder. Die Zone legte sich wie ein tödlicher Gürtel um die Stadt. Berlin war eine Insel inmitten des schönen Umlandes. Ein Gefängnis. In den ersten großen Ferien hatte Edgar nicht zur Mutter und zum Bruder fahren können. Die Russen hatten Berlin mit der Blockade verbarrikadiert. Doch nun konnte man wenigstens wieder auf diese Insel fahren.

»Du«, sagte Josef, als sie durch Straßen schlenderten. Es war wieder so heiß wie damals. »Weißt du noch im Sommer siebenundvierzig?«

»Und ob. Jahre sind vergangen. Nun bin ich schon auf der Unterprima.«

»Ja, noch zwei Jahre. Und, willst du noch immer?«

»Was?«, stellte sich Edgar dumm.

»Na, Pater werden.«
»Ich bitte dich. Nun erst recht.«
»Nun?«
»Wo ich so lange schon dabei bin.«
»Ist das ein Grund?«
Edgar schwieg.
»Du hast keine Zweifel?«
Edgar antwortete nicht. Sollte er dem Bruder seine Theorie über die Zweifel darlegen? Er kannte dieses Frage- und Antwortspiel. Josef wollte ihn immer wieder von diesem - seiner Meinung nach - dummen Gedanken abbringen, wie er sich ausdrückte. Beharrlich, regelmäßig kam Josef auf das Thema zu sprechen.

»Mann, lass es doch. Bleib bei uns. Lern 'nen anständigen Beruf.«

»Anständig? Ich bitte dich«, schaute Edgar Josef von der Seite an.

»Ja. Pater werden… Wofür ist das schon gut? Und überhaupt – ich denke du hast jetzt Marianne kennen gelernt. Vernünftiger Gedanke.«

»Wie? Gedanke? Konkrete Sache.«

»Sache? `Ne ist das `ne Puppe. Darfst du das überhaupt? Ich denke ihr sollt mal…«

Was ging ihn das überhaupt an. Soll er sich um seine Sachen kümmern. Musste er ihm darüber Rechenschaft geben?

»Und?«

Edgar hatte Marianne jetzt in den großen Ferien kennen gelernt. Sie war die Schwester seines ehemaligen Mitschülers Dietmar, der bei ihm in Internat gewesen war, es aber schon bald wieder verlassen hatte. Und so besuchten sie sich regelmäßig, wenn Edgar in den Ferien nach Berlin kam. Dietmar hatte ihm von seiner Schwester erzählt. Bisher kannte Edgar sie nicht. Dietmars Familie gehörte zur Pfarrei. Die Schwester war bisher immer, wenn Edgar sich während der Ferien in Berlin aufhielt, nicht zu Hause. So hatte er keine Gelegenheit gehabt, sie kennen zu lernen. In diesen Sommerferien fügte es sich aber. Er sah sie zum ersten Mal nach der Messe am Sonntag.

»Ist das nicht ein Wunderwerk der Schöpfung!« Dietmar lächelte Edgar zu und zeichnete mit den Händen die Formen dieses Gebildes nach.

Schon.

Da stand sie vor ihm. Langes schwarzes Haar. Ein lachendes Gesicht. Blitzende Augen, voller Schalk und Witz. Gescheit. Lebhaft. Die Figur schlank. Und erst ihre Wölbungen. Was für Beine und Waden! Nun in ihrem leichten Kleid, den Sandalen mit den hohen Absätzen - unwiderstehlich. Edgar war hingerissen.

Dietmar sagte zu Edgar: »Begleite sie nach Hause.«

Edgar rieselte es kalt den Rücken runter. Sie lächelte, hielt ihm den Arm hin und zog ihn an sich. Es wurde Edgar ganz mulmig. Er verspürte unter ihrer Bluse ihre weiche Brust. Was es nicht alles gab. Mann!

Das ist doch ein abgekartetes Spiel. Marianne schien auch an Edgar Gefallen zu finden. Er war ja nicht gerade hässlich. Blond. Mittlerweile einssiebenundsiebzig. Sportliche Figur. Auf dem Gymnasium, das er nun schon zwei Jahre besuchte, interessierten sich auch Mädchen für ihn. Doch es war eine gefährliche Sache, sich darauf einzulassen. Aber hier in Berlin.

»Und du willst wirklich Priester werden?«

»Warum wohl sonst wäre ich im Internat - noch.«

»Dietmar war es auch«, foppte sie ihn.

»Blieb aber nicht.«

»So einer wie du?«

»Was heißt hier einer wie ich.«

»Na ja, bist ja nicht gerade hässlich.«

Dummes Gerede, dachte Edgar. Will mich nur reizen.

»Eh.«

»Sollen Hässliche Priester werden?«

So würde sie ihn nicht überlisten, ging es durch ihr Hirn.

»Aha, du hast nichts für Mädchen übrig? Natürlich, dann schon.«

»Habe ich das gesagt?«

Er schaute zu ihr hin. Sie verzog ihren Mund zu einer Schnute. Verdammt noch mal. Sie wusste, dass sie ihm gefiel.

»Dürft ihr überhaupt... ich meine in den Ferien so mit Mädchen...

»Kann man etwas dagegen tun, wenn einem eins gefällt?«

»Wirst du da aber nicht später Schwierigkeiten haben, wenn du jetzt schon...«

Sie soll sich nicht darum kümmern.
»Wir werden sehen«, sagte Edgar.
»Du willst es darauf ankommen lassen?«
»Nein.«
»Aber, du musst wissen. Ich bin nicht so eine…«
»Was für eine?«
»Nun so eine«, überließ sie es ihm, sich auszudenken, was ›so eine‹ ist.

Und nicht nur, weil sie nicht so eine war, wurde aus dieser Freundschaft nichts, sondern Edgar hätte ihr vom Internat aus gar nicht schreiben können und dürfen. Die Post wurde kontrolliert. Eingehende und ausgehende Post. War das richtig, fragte sich Edgar. Kontrolle, immer nur Kontrolle. Wie sie überhaupt im Internat in allem kontrolliert und überwacht wurden. Man suchte sie von allem fernzuhalten. Von allem, was mit der Welt zu tun hatte. Nichts durften sie außerhalb des Internats. Nicht ins Kino durften sie. Manche machten es heimlich. Nicht auf den Sportplatz durften Sie. Dieses Verbot sah Edgar nun ganz und gar nicht ein. Dass die Patres ihnen im Sommer nicht erlaubten, ins Schwimmbad zu gehen, war noch verständlich. Wirklich? Aber selbstverständlich, sie hätten halbnackte Mädchen gesehen. Edgar verstand nicht, warum man sie von allem fernzuhalten versuchte. In den Ferien würde doch jeder machen können, was er wollte. Und er, Edgar, würde in Berlin, der Großstadt, nicht mit geschlossenen Augen durch die Gegend gehen. Würde es also Sinn ergeben, ihn die übrige Zeit im Internat einzuschließen?

Edgars Mutter, die natürlich davon erfuhr, dass ihr Sohn mit Marianne eine Freundschaft hatte, sagte nichts. Er wird schon wissen, was er machen darf und was nicht. Sie war zu klug, sich einzumischen. Würde der Junge wegen eines Mädchens seinen Beruf aufgeben, würde Christa Sendreich ohnehin nichts machen können. Dann sollte es eben nicht sein, dass er Priester würde.

Doch Edgar gab nicht auf.

Die Schule hatte wieder begonnen. Anderthalb Jahre lagen noch vor dem Abitur. Täglich machten die Jungen den Fußmarsch in das Städtchen. Halbe Stunde hin, halbe Stunde zurück. Bei jedem Wetter und jeder Temperatur. Das würde die Gesundheit fördern und stärken. Zukünftigen Missionaren und Priestern dürfte das nicht schaden. Räder für den Schulweg zu benutzen, gestattete man ihnen wohl deshalb nicht.

Seit sich Edgar bei den Patres aufhielt, hatte er wie besessen zu lesen angefangen. Er verschlang förmlich die Bücher. Keine freie Minute ließ er ungenutzt verstreichen. Er holte nach, was er in er Zeit zu Hause versäumt hatte. Zu einer der Sonderbarkeiten gehörte, dass die Jungen nicht alles lesen durften. Die Auswahl war streng. Gleichsam ad usum Delphini standen ihnen nur bestimmte Autoren zur Verfügung. Katholische oder aber unbedenkliche, was immer dies hieß. Gertrud von Lefort, Bergengruen, Edward Schaper und natürlich die Klassiker: Goethe, Schiller, Stifter, Storm und noch manch andere. Gustav Freitags »Soll und Haben« gehörte auch dazu. Gelegentlich ein Krimi. »Der Mann in Grau«. Die Jüngeren lasen Marc Twain, Daniel Defoes »Robinson Crusoe«. Bei Tisch hörten sie spannende Lektüren. »Der Totenrufer von Haludin«, Thor Heyerdahls »Kon-Tiki«. Mittags war die Lektüre zugeschnitten für die Jüngeren, da die Oberstufenschüler später aßen. Abends Lektüre für alle passend. Doch bei der privaten Lektüre wurde es schon bei Graham Greene kritisch. Ein zu gefährlicher Stoff. Zu viel Welt. Trotz des Konvertiten Greene.

Eines Tages nun fragte ihn Gerd, ein Klassenkamerad auf dem Gymnasium:

»Sag mal kennst du eigentlich Dostojewski?«

»Habe lediglich den Namen gehört, aber noch nichts gelesen.«

»Noch nicht gelesen?«

»Warum? Muss man? Steht nicht bei uns auf der Bibliothek.«

Er lächelte schief.

»Kann ich mir denken. Dann wird's Zeit! Dostojewski und noch nicht gelesen. Du hast doch Sinn für Literatur, bist gut in Deutsch und ein Büchernarr.«

»Und?«

»Muss man als gebildeter Mensch gelesen haben.«

»Aha. Und wie soll ich dran kommen, Schlauberger du?«

Werner, ein Mitschüler aus dem Internat, und Edgar gingen auf dem Schulhof um das Rondell. Die

Sonne schien. Die anderen spielten auf dem Sportplatz Fußball, da sie jetzt spielen durften, nachdem es lange verboten war. In den Anfangsjahren nach dem Krieg war dies mit Hinweis auf den Schuhverschleiß untersagt. Edgar machte das nicht so viel aus. Er hatte seit dem Verbot durch den Vater und nach dessen Tod von Fußball die Nase voll, hatte keine Lust mehr dazu.

»Gerd hat mir von Dostojewski erzählt. Müsste ich lesen.«

Werner kannte manches Buch von zu Hause. Sein Vater war Arzt. Da las er in den Ferien, was er im Internat nicht unter die Augen bekam.

»Hat er recht, der Gerd«, sagte Werner.

»Aber – wie soll ich daran kommen?«

»Du musst dir das Buch aus der Bibliothek der Patres besorgen.«

Die Patres hatten eine große Bibliothek. Aber aus ihrem Bestand durften die Schüler natürlich nichts entleihen. Selbst nicht, als sie auf der Oberstufe waren.

»Da steht es? Woher weißt du das?«

»Weiß es eben.«

»Besorgen?«, zog Edgar seine Stirn in Falten.

»Klar, heimlich rausholen.«

»Ich?«

»Wer sonst?«

»Du weißt aber…«, gab Edgar zu bedenken.

»Mhe. Wer nichts wagt, nichts gewinnt.«

»Sprüche.«

»Dann musst du es eben lassen und dich um ein Vergnügen bringen und ein Banause bleiben.«

Werner war wohl nicht ganz bei Trost. Schüler hatten das consilium abeundi – also den Abgang - angedroht bekommen, nur weil sie heimlich ins Städtchen in Kino gegangen waren. Und er sollte sich unbemerkt in die Bibliothek der Patres schleichen.

Der kann gute Ratschläge geben.

Edgar war nun aber neugierig. Und so machte er sich zu einem nach seiner Einschätzung günstigen Moment in die Bibliothek der Patres. Sie stand offen. Hinein kam man ohne Problem. Das Herz klopfte Edgar mächtig, als er die Tür öffnete und in den dunklen Raum trat. Er und auf verbotenen Wegen. Es war finster, kaum dass er die einzelnen Bände richtig voneinander unterscheiden konnte. Alle vier Wände waren bis obenhin voll mit Büchern angefüllt. Wo standen die Russen? Er hatte einen Tipp bekommen. Edgars Augen grasten die Rücken der Bände ab. Jeden Moment konnte einer der Patres hereinkommen. Nicht auszudenken, was dann passieren würde. Da stand das Buch. Schnell klemmte Edgar sich den Band unter den Arm, schlich zur Tür, öffnete behutsam, lugte auf den Gang. Kein Mensch war zu sehen. Es ging gut.

Und dann las er, verschlang das Buch. Die Zeilen und Seiten ließen ihn nicht mehr los. Die Oberstufenschüler hatten ihre eigenen Studierzimmer. Immer noch zu mehreren freilich. Aber es gab keine Aufsicht mehr, wie noch bei den Kleinen, denen aus der Unter- und Mittelstufe. Nein, seit sie auf der

Untersekunda waren, arbeiteten sie auf kleineren Zimmern, waren für sich verantwortlich und mussten aber auch alleine für Ruhe sorgen. Das gelang nicht immer. Aber so besaßen sie auch größere Freiheit. Sie durften rauchen, wenn auch nur samstags und sonntags sowie feiertags. Das beachteten natürlich nicht alle. Während sich die meisten im Raucherzimmer aufhielten und Skat spielten - unerlaubt -, verbrachte Edgar die Zeit im Studierzimmer mit Lesen. Samstags hatte er sich angewöhnt, zu Ehren der Gottesmutter nicht zu rauchen. Schließlich mussten für den Beruf Opfer gebracht werden. Er betete auch täglich ein Gesetz vom Rosenkranz. Freilich, man mag sich wundern, dass er verbotener Weise ein Buch entlieh. Nun, trotz allem war Edgar noch lange nicht auf den Kopf gefallen. Er hatte zu denken gelernt und machte sich seine eigenen Gedanken. Wenn er was als unsinnig erkannte, beachtete er es nicht. Schließlich durfte man sich nicht alles gefallen lassen, auch wenn sein Gewissen dabei nicht immer ruhig blieb. Und sich Banause nennen lassen.

»Und wie war's?«, erkundigte sich Werner.

»Der Dostojewski, wie?«

»Ja.«

»Mann, war das ein Buch. Ich verstehe nur nicht, warum wir das nicht lesen dürfen.«

»Ich bitte dich«, schaute Werner Edgar vorwurfsvoll an.

»Was ist schon Gefährliches da drin? Tolles Buch.«

»Wir haben unbescholten und sauber einmal von hier hinauszugehen. Da können wir uns doch nicht mit solchen Inhalten auseinandersetzen, wo von Liebe, Todschlag, Mord und Gottlosigkeit die Rede ist.«

»Gottlosigkeit? Bei Dostojewski? Ich bitte dich.«
»Na also.«

Eines Nachmittags hatte einer der Studienräte vom Gymnasium Edgar zu sich nach Hause bestellt. Der Studienrat war Altphilologe. Edgar hatte bei ihm Griechisch gehabt und jetzt Latein. Den Lehrer hatten offensichtlich die Patres gebeten, dass Edgar mal zu ihm komme. Edgar war nicht wenig überrascht. Dass man solche Erlaubnisse erteilte, war ungewöhnlich. Dass die Missionsschüler keine Kontakte außerhalb der Schulzeit zu Mitschülern des Gymnasiums haben durften, versteht sich von selbst. Aber auch Besuche bei Lehrern lagen normalerweise außerhalb des Vorstellungsvermögens eines Missionsschülers.

In diesem Fall noch um so mehr. Denn Backer, so hieß er, hatte um dieses Treffen nicht gebeten, weil sich Edgar etwas zu Schulden kommen gelassen hatte. Nein, es ging um Persönliches.

Sie saßen in der guten Stube des Studienrates. Backer hatte von seiner Frau Kaffee und Kuchen auftragen lassen. Backer war als strenger Mann bekannt. Unerbittlich übersah er bei den Korrekturen keinen Fehler. Erbarmungslos musste jeder neu verbessert werden, und wenn es nur ein Akzent, von denen es im Griechischen viele gab, war, den man vergessen hatte. Edgar unterliefen solche Fehler laufend. So war er nun nicht sonderlich gut gesonnen auf den kleinen, dicken Studienrat.

So war Edgar nun gespannt, warum er ihn zu sich bestellt hatte. Irgend einer Schuld oder eines Vergehens war er sich nicht bewusst.

Backer schenkte ein. Der Dicke gab sich äußerst aufgeräumt und freundlich.

»Also, mein lieber Edgar«, fing Backer an, »ich höre, dass du vorhast, vom Gymnasium wegzugehen. Die Patres erzählten mir es.«

Musste er sich auch in diese Angelegenheit mischen? Warum haben die Patres ihn das wissen lassen? Unmöglich. Wohinein sich die Erwachsenen nur immer mischen, ging es Edgar durch den Kopf. Edgar sollte ein Jahr wiederholen. Im Internat hatten die Patres einen internen Kursus für Schüler eingerichtet, die zu alt waren – damals kamen viele Spätberufene –, um den normalen Weg über das Gymnasium zu gehen, und deshalb möglichst schnell das Abitur nachmachen wollten. Aber auch schwächere Schüler ließen die Patres zu diesem gewissermaßen privaten Abitur zu. In beiden Fällen wollte man solchen Schülern, die man für berufen hielt, die Möglichkeit bieten, einen Abschluss, wenigstens einen privaten, zu machen. Dieser würde zwar staatlich nicht anerkannt sein, aber man würde damit später als Gasthörer an der theologischen Fakultät die Vorlesungen besuchen können. Das genügte. Edgar hatte die Nase von der Penne voll, glaubte er doch, das er das Abitur nicht schaffen würde, und wollte statt dessen diesen internen Abschluss machen. Darauf also spielte Backer an.

»Nun, Herr Backer, Sie wissen ja selber nur zu gut, wie schlecht ich in den Fremdsprachen bin. Damit schaffe ich das Abitur nie.«

»Sachte, sachte, meine Lieber. Wenn du jetzt wiederholst, wirst du das Versäumte leicht aufarbeiten. Außerdem bist du in anderen Fächern wie etwa Mathematik doch recht gut. Auch in Deutsch. Von anderen wollen wir gar nicht reden.«

Edgar lächelte. Was nutzte dies schon. In zwei Hauptfächern: Latein und Griechisch – Französisch hatte er Gott sei Dank seit einem Jahr abgeben können –, wenn man in diesen eine fünf hatte, musste man wiederholen. Eine beschissene Sache.

»Herr Backer können Sie mich wirklich verstehen?«

»Natürlich. Doch bedenke: Du willst offensichtlich Priester werden. Stell dir aber vor, du änderst deinen Plan, du entscheidest dich mal anders. Dann hast du kein Abitur, hast keinen vernünftigen Abschluss und kannst kein anderes Studium anfangen.«

Auf was für Ideen der Dicke kam.

»Mhe.«

»Wäre es nicht schade, wenn Du dann all die Jahre umsonst aufs Gymnasium gegangen wärst?«

Zweifelt der an meiner Berufung, überlegte Edgar? Warum ging er wie die Katze um den heißen Brei herum? Sollte er ihm doch gleich sagen, dass er ihn nicht zum Priester berufen hielt.

»Aber ich schaffe es doch nicht. Das Abitur.«

Backer wartete einen Moment. Er nahm einen Schluck. Edgar biss in den Kuchen. Nicht schlecht. Ein wenig zu süß.

Für Momente entstand eine Stille. Die Sonne schien ins Zimmer. Leichte Staubkörner flimmerten im Sonnenstrahl.

»Also, ob du das Abitur nicht schaffst, das wird sich erst noch zeigen. Ich bin überzeugt, du schaffst es. Sprachen sind nicht alles. Mancher, der in bestimmten Fächer schwach war, hat es dennoch zu etwas gebracht. Ausdauer und Wollen und Liebe zu etwas sind viel entscheidender.«

Was ein geschwollenes Gerede.

»Du willst offensichtlich Pater werden, musst somit studieren, also musst du dir auch zutrauen, das Abitur zu schaffen. Du wirst doch wohl nicht denken, das Theologiestudium sei weniger schwer als das Gymnasium.«

»Und die, die bei uns das interne Abitur machen? Wie verhält es sich mit denen?«

»Die sind älter.«

»Nicht alle.«

»Nun lassen wir dies einmal. Wer sich ein Studium zutraut, zumal noch das theologische, das nun keineswegs ein Pappenstiel ist, der muss sich auch ans Abitur wagen, sich das zutrauen.«

Die Argumentation hat was für sich. Edgar fuhr sich mit seiner Rechten über die Stirn.

»Und ich wiederhole: Angenommen, du überlegst es dir mal anders, ich meine verlässt Deinen Weg als Theologe – nur angenommen -, willst du dann Handwerker werden? Was nützen dann die Jahre auf dem Gymnasium? Wie?«

Edgar erfuhr später, dass Backer selber vorgehabt hatte, Priester zu werden.

Werden einem auf unserem Weg Boten geschickt? Hatte Backer eine Ahnung, dass Edgar vielleicht doch nicht Priester werden oder bleiben würde? Solche Gedanken gingen Edgar Jahre später durch den Kopf.

Ein anderer Lehrer des Gymnasiums sagte Edgar mal, dass er einen Besen fressen würde, wenn Edgar Priester werde. Er sah ihn später bei einem Klassentreffen wieder. Er erinnerte ihn an seinen Ausspruch. Er lächelte.

Edgar machte weiter. Auch hier dem Grundsatz gehorchend: Dem Urteil und Rat anderer eher als dem eigenen Ermessen vertrauend. Noch.

Er bestand das Abitur. Noch nicht einmal so schlecht. Es sollte ihm eine Lehre sein.

Doch als es dann soweit war, sich endgültig zu entscheiden, ob er wirklich zum Priester berufen ist, kamen ihm doch Bedenken. Wieder einmal. Aber es stiegen auch Befürchtungen in ihm auf. Was würden die anderen sagen, wenn er nun plötzlich abging? Alle setzten darauf, dass er seinen Weg fortführte. Freunde, Verwandten, Bekannte. Für sie alle war es so gut wie ausgemacht, dass man ihn in wenigen Jahren als Pater feiern würde. Und würde er die Patres enttäuschen können? Keinen Pfennig hatte Mutter in all den Jahren zu zahlen brauchen. Sie hätte es gar nicht gekonnt. Doch die Patres verlangten es auch nicht. Sie waren sich sicher, in Edgar einmal einen tüchtigen Mitbruder zu bekommen. Man setzte auf ihn. Felsenfest. Wie kaum auf jemanden sonst. So fühlte sich Edgar auch dem Orden gegenüber verpflichtet. Konnte, durfte er also ohne weiteres den bisherigen Weg verlassen? Und er hatte in all den Jahren eher Interesse denn Abneigung gegen diesen Beruf gefunden. Wenn auch immer wieder Zweifel. Waren das nicht auch Zeichen, dass er berufen war?

Er machte im Herbst 1955 Exerzitien. Hierbei sollte eine letzte Klärung erfolgen.

»Was ist nun Herrgott? Bin ich berufen oder nicht?«

»Ihr wollt immer, dass ihr eindeutige Antworten von oben bekommt. Habe ich euch nicht Verstand gegeben, selber zu entscheiden und Dinge zu erkennen? Und ein Herz, die Dinge anzufassen?«

»Ich bitte dich. In solch folgenschweren Angelegenheiten möchten wir schon eindeutigere Antworten von oben erwarten.«

»Dies ist ein Irrtum.«

»Was ist ein Irrtum?«

»Dass ihr glaubt, alles perfekt, absolut klar, unzweifelhaft sicher noch dazu von mir persönlich geoffenbart zu bekommen.«

»So sagte ich aber nicht.«

»Aber so ähnlich dachtest du doch. Oder nicht? Das glaubt ihr, hofft ihr, wünscht ihr euch. Ja. Das wäre zu einfach. Wenn ich euch alles eindeutig und direkt wissen ließ, wissen lassen müsste, hätte ich diese Welt nicht so einzurichten brauchen, wie sie eingerichtet ist.«

»Entschuldigung. Gestatte mir ein hartes Wort: Sie ist verdammt blöd eingerichtet...«

»Das habe ich überhört«, fiel die Stimme Edgar ins Wort.

»Und was ist nun deine Folgerung aus unserem Disput?«

»Disput? Mit Verlaub: Ich frage und du hältst mir Weisheiten vor. Wenn nicht du es wärst, würde ich sagen: abgedroschene Sprüche.«

»So? Was ihr da in euren Büchern lest – und du hast ja einige Bücher in den letzten Jahren verschlungen, ich hoffe auch, verstanden, was darin steht – also, was ihr da in den Büchern lest, sind das nicht auch immer wieder alte Wahrheiten, über Jahrhunderte immer nur neu aufgelegt, abgedroschene, wie du das nennst?«

»Wiederholungen müssen damit noch nicht wahr sein.«

»Du weißt wohl auch wieder alles besser.«

»Entschuldigung.«

»Warum wiederholen die Dichter und Denker dann aber so vieles?«

»Sie werden ihre Gründe haben.«

»Eben. Heißt es nicht etwa bei Lessing...«

»Du berufst dich auf Dichter?«

»Die Schrift, ich meine die Heilige und damit meine darin zum Ausdruck gebrachten Wahrheiten scheinst du ja nicht mehr für dich gültig zu halten.«

»Wie kommst du darauf?«

»Lassen wir es. Ich mag mich nicht mit dir streiten.«

»Warum nicht?«

»Streit führt zu nichts. Wer etwas nicht von selber einsieht, kann auch durch Argumente nicht überredet werden.«

»Was also sagt Lessing?«

»Es heißt im Nathan der Weise: ›Wer überlegt, der sucht Beweggründe, nicht zu dürfen. Wer sich Knall und Fall, ihm selbst zu leben, nicht entschließen kann, der lebt andrer Sklaven.‹ Zweiter Aufzug, neunter Auftritt. Fast am Ende. Al-Hafi. Ich würde das dürfen sogar durch müssen besser noch wollen ersetzen.«

Lessing verbessern.

»Auch noch klassisch gebildet. Ich kenne die Stelle. Wofür schließlich habe ich das Abitur gemacht.«

»Na also. Was nutzt es, wenn du deine Bildung nicht umsetzt!«

»Du meinst, ich solle selber nachdenken und meine Erfahrungen zu Rate ziehen?«

»Mach dich nicht dümmer, als du bist. Scheint eine Marotte und Masche von dir zu sein. Schon all die Jahre muss ich mir solches anhören. Was meinst du, warum ich dich auf den Weg ins Gymnasium geschickt habe.«

»Du wirst es wissen. Du also warst das?«

»Frag und red nicht so einfältig.«

Bei Christa

Im Februar war es endlich soweit, dass die Koffer gepackt waren und die letzte Reise vom Internat angetreten werden konnte. Gott sei Dank. Wie schon so oft bestieg Edgar an einem kühlen Februartag in Köln den Zug nach Berlin. Alle bisherigen Fahrten in dieser Richtung waren ein großes Ereignis.

Von Überraschungen nicht gerade verwöhnt, erwartete ihn dieses Mal eine besondere.

Der Zug, den er von Köln aus benutzte, war an diesem Tag nicht sehr besetzt. Er ging den Gang entlang und fand ein leeres Abteil. Er freute sich, für einige Stunden alleine sein zu dürfen. Der Rummel der letzten Tage ließ in ihm den Wunsch nach Stille aufkommen. Aber kurz vor der Abfahrt stieg eine junge Frau hinzu. Sie begrüßte ihn knapp und höflich. Für einige Momente meinte er, dass sie ihn aufmerksam beobachtete.

Als sie ihren Koffer ins Gepäcknetz hob, half er ihr.

»Danke.«

Dann setzte sie sich ihm gegenüber ans Fenster. Verlegen lehnte Edgar sich in seinem Sitz zurück, stützte sich mit der Rechten auf, legte sein Kinn auf die geschlossene Hand und schaute immer wieder für kurze Momente zu der jungen Frau hinüber, um dann allerdings sofort seinen Blick von ihr abzuwenden, vor sich hin zu blicken oder versonnen nach draußen zu schauen. Der Zug überquerte den Rhein. Edgar beschäftigte sich weiter mit der Frau. Sofort, als sie das Abteil betreten hatte, war er von ihr gefangen. Sie war vielleicht Ende zwanzig, blond, heller Teint, sehr gepflegt. In den wenigen Momenten, als sie beim Eintreten grüßte und sich anschließend bedankte, schauten wache, lebendige, intelligente Augen mit einem warmen, starken, offenen Blick ihn fest an.

Er sah nach draußen. Die Häuser und Straßen Kölns glitten am Fenster vorbei. Doch dies nahm er nur unbewusst wahr. Seine Gedanken verweilten bei der jungen Frau. Sie hatte sich ein Buch geholt und las darin. Es entging ihm nicht, dass sie immer wieder für Sekunden von ihrem Buch aufschaute und zu ihm herblickte. Er getraute sich nicht, sie anzusprechen, so gerne er es getan hätte. Da passierte etwas für ihn Typisches: Sie kam ihm zuvor.

»Fahren Sie nach Berlin?«, wandte sie sich an ihn.

Wie kam sie darauf? Verlegen schaute er auf. Die Röte schoss ihm ins Gesicht. Sie blieb ganz ruhig, zeigte keine Reaktion der Überraschung und ließ ihren warmen Blick still auf ihm ruhen.

»Ja«, brachte er zögernd heraus.

Für Sekunden entstand Stille. Sie griff zu ihrer Handtasche.

»Rauchen Sie?«, hielt sie ihm lächelnd eine Zigarettenschachtel hin, ganz offensichtlich, um ihm aus seiner Verlegenheit zu helfen.

»Ja, gerne.« Sie holte eine Streichholzschachtel aus ihrer Tasche.

»Bitte«, wandte er sich an sie und strich das Holz über die raue Fläche, dass es hell aufflammte.

»Ich habe mein Abitur gemacht und befinde mich auf dem Weg nach Hause«, wusste er in seiner Verlegenheit nichts anderes zu sagen.

»Ist das nicht ungewöhnlich? Schließlich geht man an seinem Wohnort in die Schule. Warum Sie nicht?«,

»Ich habe eine Missionsschule in der Eifel besucht.«

Die Augen der Frau ruhten unbeweglich auf ihm und schauten offen, ernst und doch leicht lächelnd direkt in die Pupillen.

»Sie wollen Priester werden?«

»Ja.«

Für Momente entstand Stille. Wie würde sie reagieren? Wird er wieder die altbekannten, tausendmal vernommenen Einwände zu hören bekommen?

»Meinen Sie, dass dieser Beruf für Sie der richtige ist?«, nahm sie das Gespräch auf.

Er stutzte.

»Vermutlich«, fuhr sie fort, »werden Sie mir antworten, warum soll man als Priester nicht gut aussehen, intelligent und gewinnend sein. Sie sind dies, wie es scheint. Indes ...«, brach sie jetzt mitten in ihren Ausführungen ab und machte mit ihrer schmalen, aber dennoch kraftvoll wirkenden Hand eine leicht fahrige Bewegung. Ihre Fingernägel waren dezent lackiert und die Lippen leicht geschminkt.

Für einen Moment schlug sie die Augen nieder, schaute ihn aber wieder an. Gewohnt, die feinsten Regungen bei anderen zu entdecken, entging ihm nicht, wie ein fast unmerkbares Lächeln durch ihre Augen fuhr.

»Entschuldigen Sie«, nahm sie das Gespräch wieder auf, »aber ist es nicht schade, wenn ausgerechnet hoffnungsvolle junge Männer Priester werden wollen?«

»Warum sollen hässliche, dumme Männer Priester werden?«, wagte er die für ihn abgedroschene Erwiderung zu geben.

»Wie könnte ich Ihnen widersprechen«, wandte sie ein, »aber sollte man nicht doch unterscheiden? Sie besitzen eine Eigenschaft, die Sie in einer mir im Moment noch nicht genau fassbaren Weise einerseits zwar für das Priestertum sehr geeignet erscheinen lässt, andererseits aber auch Sie - wie soll ich sagen? - gefährdet. Es handelt sich hierbei nicht um eine negative Eigenschaft. Aber ich sehe mich derzeit außerstande, darüber mehr zu sagen. Ich habe noch nicht ganz erfasst, was ich mehr gefühlsmäßig empfinde. Es gibt Anlagen in Ihnen, die nicht ganz zur Entfaltung gekommen sind und Sie deshalb gefährden. Sie ziehen Menschen in einer - fast bin ich versucht zu sagen - magischen Weise an. Sie werden immer wieder auf ungewöhnliche Menschen stoßen, sie geradezu bannen. Man wird Sie schätzen und Sie ...« Hier unterbrach sie sich, wie um etwas, was sie nicht genau sah, besser erfassen zu können.

»Jemand, der Schreibmaschine schreibt, aber das Zehnfingersystem nicht beherrscht, bedient sich nicht aller seiner Finger gleich geschickt, vertippt sich beim Versuch, alle einzusetzen, immer wieder und ist unsicher und fehlerhaft. Der Vergleich verdeutlicht ein wenig, was ich sagen will«.

Er hörte sehr aufmerksam zu.

»Sie werden überraschende Erfahrungen machen. Ihre guten Eigenschaften, ja gerade diese sind in höchster Gefahr. Sie sind sehr neugierig und unsicher. Ja, das ist es, was mir nicht gleich bewusst wurde«, fuhr sie fort. »Sie besitzen Liebesfähigkeit, für einen Priester nicht schlecht, sind nicht ohne künstlerische Begabung, besitzen Sinn für Literatur, Kunst und Musik.« Erstaunlich, wie jemand in so kurzer Zeit ein so treffendes Urteil abzugeben verstand.

In diesem Moment ging die Abteiltür auf, und ein Kellner bot Getränke und Speisen an.

»Darf sich Sie einladen?«, wandte sich seine Begleiterin an ihn, der ganz in Gedanken versunken war.

»Hallo ..., darf ich Sie einladen«, wiederholte sie mit ihrer sanften, gurrenden Stimme.

»Ja ... ja ... bitte«, stotterte er.

»Was darf es sein?«

Der Kellner schenkte für ihn Orangensaft ein. Sie nahm eine Tasse Kaffee. Dann waren wir wieder alleine. Während sie ihre Tasse und er den Becher leerte, war es still im Abteil. Draußen flog die noch winterliche Landschaft vorbei. Schnee bedeckte die Felder und Wiesen. Die Pflanzen und Bäume waren von der weißen Pracht überzogen. Krähen saßen auf den Ästen. Verdichtete, dunklere Stellen im Geäst einzelner Bäume verrieten Nester. Das Filigranwerk des Geästes zeichnete sich fein am blauen Himmel ab. Mit leichter Melancholie betrachtete er diese Bilder. Während dessen ließen die Augen der Begleiterin nicht von ihm ab.

»Ich möchte Sie gerne einladen, zu mir nach Hause zu kommen«, sagte sie mit schalkhaftem Lächeln. »Ich bewohne in Berlin alleine ein kleines Haus. Lassen Sie sich bitte einladen.« Er empfand diese Einladung ebenso überraschend wie forsch und verführerisch, doch sie war es gerade deshalb nicht, weil sie so ungeniert ausgesprochen waren. Das gefiel ihm.

»Ich muss gestehen, es reizt mich, Sie näher kennen zu lernen. Ich weiß nicht einmal, wie Sie heißen und wer Sie sind.«

»Ich heiße Edgar, nennen Sie mich bei meinem Vornamen.«

»Sie sind noch ein Junge, ein großer, mit allen Eigenschaften, die Jungen an sich haben. Wollen Sie nun meiner Einladung folgen?«, fragte Sie sehr bestimmt, indem sie lächelte.

»Ich glaube, es bedenkenlos tun zu können.«

»Damit Sie auch meinen Namen kennen - und ich schlage vor, dass Sie mich auch bei meinen Vornamen nennen: Ich heiße Christa.«

Er hielt es nicht für möglich, was sich in diesen Momenten in ihm abspielte. Jetzt am Abschluss seiner Schulzeit, praktisch unmittelbar vor meinem Eintritt ins Kloster, begegnete er einer schwesterlichen Frau. Er hatte sich immer eine Schwester gewünscht.

Der Zug näherte sich seinem Ziel. Die Zone. Der für den aus dem Westen kommenden Reisenden fremde Teil Deutschlands. Ihm schien, als sei hier alles dunkler, kälter, nasser. Sie durchfuhren die Birken- und Kiefernwälder vor Berlin, die ersten Vorboten, dass er nun bald zu Hause sein würde.

»Ich mag das«, wies er mit der Hand zum Fenster.

»Ja, wie schade, dass wir Berliner nicht ohne Umstände hierhin fahren können. Die Mark Brandenburg. Fontanes Heimat, Effi Briests Gegend. Gewiss, etwas nördlicher in und bei Neuruppin.«

Auf dieser Strecke war er vor nicht ganz neun Jahren in die Eifel gefahren und wiederholte Male dann in den Ferien nach Berlin gekommen. Es befiel ihn stets ein sonderbares Gefühl, wenn er sich Berlin näherte, als komme er zu einem Freund, der ihm seit der Kindheit vertraut und den er nicht mehr missen wollte, weil er sein Lächeln, seine Gesichtszüge, jede seiner Gesten und seine Gestalt in- und auswendig kannte. Eine Wohligkeit und Wärme strömte von dieser Stadt aus. Geräusche und Gerüche drangen in die Ohren und die Nase. Wie elektrisiert von der Gegenwart einer überwältigenden Persönlichkeit befiel ihn in diesen Momenten, wenn er sich Berlin näherte, eine innere Unruhe und Nervosität. Berlin. Es war, als näherte er sich einer Frau, die ihn unruhig werden ließ.

Der Zug fuhr im Bahnhof Zoo ein. Die große Halle hatte ihn aufgenommen. Ein leichtes Zittern und ein Ruck durchfuhren den Waggon. Der Zug stand.

Christa und er stiegen aus. Stimmen, Gedränge, Bewegung, Menschenflut - wieder zu Hause. Christa winkte einem Taxi und nannte dem Fahrer eine Adresse im Grunewald.

»Das Häuschen habe ich von meinen Eltern geerbt. Vater war Künstler, Mutter Pianistin. Dort lebten sie in der Zurückgezogenheit, die beide regelmäßig benötigten, um ihrem Beruf ganz nachkommen zu können. Beide sind tot.«

Als das Taxi in eine mit Kastanien bestandene Straße einbog, hielt es wenige Meter danach vor einem mittelgroßen Haus, vor dem sich ein kleiner Vorgarten ausbreitete, in dem Bäume und Sträucher wuchsen. Die Äste waren kahl. Der Rasen vor dem Haus schaute trüb. Frost hatte sich auf ihn gelegt.

»Kommen Sie «, forderte sie ihn auf.

Sie durchschritten den Garten und kamen an eine sehr schön gearbeitete Holztür. Eine Glasrosette ließ Licht in den Vorraum fallen. Sie stellten ihre Koffer ab.

Drinnen empfing sie ein kultiviert eingerichteter, großer Wohnraum, mit schönen alten Möbeln, Bildern und großen Perserteppichen. Hier wohnte jemand, der Kultur besaß, Umgangsformen kannte, gepflegt zu wohnen und zu leben verstand. Eine neue Welt tat sich für Edgar auf. Warum hatte er sie nicht schon früher kennen gelernt?

»Bitte legen Sie ab und lassen Sie sich auf ihr Zimmer führen.« Er möge es sich bequem machen, bat sie ihn. Das Bad stehe ihm zur Verfügung. Und wenn er fertig sei, solle er nach unten kommen, sie mache inzwischen für sie etwas zum Essen.

Draußen war es unterdessen dunkel geworden. Das Schlafzimmer und das kleine Bad waren hell und warm. Er duschte sich. Er war gespannt.

Dann ging er ins Wohnzimmer hinunter und hielt sich, da Christa noch in der Küche beschäftigt war, vor den breiten Bücherregalen, die zwei Wände des Zimmers umschlossen, auf. Jetzt erinnerte er sich, dass Christa im Zug anfangs zu lesen begonnen hatte. Aber er hatte nicht gesehen, welches Buch sie las.

Aus einem Nebenraum hörte er Christas Stimme:

»Setzen Sie sich doch oder machen Sie, was Ihnen gefällt.«

Dann kam sie mit Brot, Butter, Käse, Aufschnitt, Radieschen, Gurken, Salat, stellte Teller und Tassen hin und legte Servietten, Gabel und Messer fein säuberlich auf. Es gab Tee. »Christa«, entwich ihm der Name unkontrolliert.

»Keine Angst.«

»Sie lasen in der Bahn ein Buch.«

»›Der Mann ohne Eigenschaften‹«. Er zuckte zusammen.

»Von Musik«, ergänzte sie.

»Ja, ja natürlich ›Die Verwirrungen des Zöglings Törleß‹, kenne ich, aber nur dem Titel nach. In Niederprüm durften wir so etwas nicht lesen. Hab' nur davon gehört.« Er wurde verlegen, seine Unwissenheit eingestehen zu müssen.

»Aber ich bitte Sie. Sie werden beide Werke sicher noch lesen, warten Sie nur ab. Versäumen sollten Sie es auf keinen Fall.«

Sie sah ihn an.

»Sie brauchen nicht verlegen zu werden«, lächelte sie.

Eine sonderbare Frau. Sie blieb immer freundlich, verständnisvoll und lächelte - fast wäre man versucht gewesen zu sagen - unentwegt. Und so brachte das Gespräch ihn in eine zunehmend größere Vertrautheit mit ihr, so dass ihm diese schon als das Wünschenswerteste erschien, das sich zwischen ihnen ereignete. Er verspürte die ungeheure Dichte, die die Verbindung zwischen ihnen immer enger werden ließ. Sie aber zeigte eine Leichtigkeit und Heiterkeit.

Sie goss Wein ein. Einen Badischen Weißherbst, der herb und voller Aroma war. Dann erhob sie das fein geschliffene Glas und schaute über die glitzernden Ränder zu ihm herüber, lächelte und stieß an. Die Gläser klangen hell auf.

»Als ich hier in Ihr Haus kam, erinnerte ich mich an ein Kindheitserlebnis. Gegenüber meinem Heimathaus im Schwarzwald wohnte eine Familie, die eine Tochter hatte, die vielleicht 17 Jahre älter war als ich. Ein dunkles, sehr liebevolles Mädchen. Eine Szene ist mir aus meiner frühen Kindheit geblieben. Rosa kam eines Tages von der Arbeit die Dorfstraße herunter, auf unser Haus zu, vor dem ich spielte. Plötzlich entdeckte ich sie und stürmte allen Kindern der Welt gleich zu ihr hin und ließ mich mit offenen Armen empfangen«, erzählte er.

»Ein elementares Erlebnis, wie wir es in unser späteres Leben als prägende Erinnerungen mitnehmen«, bemerkte sie.

»Dostojewski erzählt in einem seiner Werke, dass sein Vater, wenn er von einem Stadtbesuch heimkam, zur Freude seiner Kinder immer Nüsse mitbrachte, und vermerkt dazu, dass solche Kindheitserinnerungen von bleibendem Wert sind.«

»Kommen Sie, setzen wir uns drüben in die Sessel«, forderte sie ihn auf, den Tisch zu verlassen.

Und während er von seinem Stuhl zur Sesselecke hinüberging und für Sekunden neben Christa kam, legte sie ihren Arm um ihn. Sie sagte nichts dazu und bekundete mit einer Bewegung ihres Zeigefingers an den Mund, dass er ruhig sein solle. Sie umfasste ihn fast leidenschaftslos. Und doch war in dieser sanften Umarmung mehr Affekt enthalten als in jeder heftigeren. Als er von der Seite zu ihr hinüberschaute, entdeckte er einen großen Ernst in ihrem Gesicht. Er getraute sich nicht, die Berührung zu erwidern.

»Komm, setz dich, Edgar«, unterbrach sie als erste die Stille und ließ ihn sanft los. »Ich möchte dir eine Geschichte erzählen, sonst wirst du an mir noch irre.«

Sie hatten ihre Weingläser mit an den Tisch geholt. Christa bot Zigaretten an. Sie machten es sich auf dem Sofa bequem. Er schaute sich im Raum um. Kein einziges christliches Symbol war zu sehen. Er entdeckte die stehende Figur mit blauer Fläche von Willi Baumeister. Von Kokoschka hing die Treppenszene daneben. Etwas weiter davon entfernt hing das Bildnis einer jungen Polin von Johann Kupezky. Diese schöne junge Frau schaute mit ihren melancholischen Augen auf ihn herab. Er sah das Morraspiel von Johann Liss. Von Lucas Cranach fand er den Jungbrunnen. In einem großen Schwimmbecken vergnügen sich Frauen, die sich nackt dort baden. Etwas weiter hinten im Raum befand sich Hans Baldung Griens Bild Der Tod und das Mädchen. Der Tod fasst das Mädchen beim Schopf. Über dem Tod steht geschrieben: HIE MUST DU YN. Christa bemerkte, wie er die Bilder betrachtete. Sie lächelte. Dann entdeckte er von Adolph von Menzel Innenraum mit der Schwester des Künstlers. Er erinnerte sich, gehört zu haben, wie auf einem Bild von Menzel ein Vierzeiler von Theodor Fontane steht: Gaben, wer hätte sie nicht. / Talente - Spielzeug für Kinder. / Erst der Ernst macht den Mann, / Erst der Fleiß das Genie. Außerdem fand ich noch Badende im Schildgraben von Otto Mueller und von Erich Heckel Akte am Strand.

Nachdem er alle Bilder gesehen hatte und Christa still zu ihm hinsah, fing sie zu erzählen an.

»Als ich noch aufs Gymnasium ging, kam im letzten Jahr vor dem Abitur ein Neuer in die Klasse. Ein großer, dunkelhaariger Naturbursche. Das erste, was mir an ihm auffiel, war, dass sein Blick offen, sein Gesicht eine Unbefangenheit ausstrahlte, als könne ihm niemand etwas anhaben. Er wich nie einem Blick aus, sondern schaute einem ruhig und geduldig direkt in die Augen. In unserer Klasse befanden sich die unterschiedlichsten Schüler und Schülerinnen.

Religiöse und Liberale aller Schattierungen. Urban, wie der Neue hieß, kam aus Österreich. Sein Vater stand im diplomatischen Dienst und war nach Berlin versetzt worden, so dass die für diesen Zeitpunkt ungewöhnliche Umschulung nur von daher zu erklären war. Ein weiterer Umstand machte sie aber nur möglich: Urban verfügte über eine bewundernswerte Intelligenz und ein ungewöhnliches Gedächtnis. Dabei war er naturwissenschaftlich wie sprachlich hoch begabt und besaß zu allem noch musikalische und künstlerische Fähigkeiten. Ein von daher schon ganz ungewöhnlicher Junge. Und doch sah man ihm dies nicht an. Er wirkte unauffällig. Sehr bald schon mussten seine Fähigkeiten offenbar werden. Es gab keine Arbeit, die er nicht sehr gut schrieb. Seine Aufsätze zeugten von Klarheit, bekundeten fundiertes Wissen und waren von einem brillanten Stil. In keinem Fach wies er Mängel auf - dies alles gelang ihm anscheinend spielend, wobei er sich nie besonders herausstellte. Was er tat und sagte, wie er sich verhielt, war stets wie selbstverständlich. Er zeigte sich kameradschaftlich und verblieb eher reserviert und still.

Weil er ganz im Gegensatz zu manchen Klassenkameraden kein besonderes Interesse zu einem von unseren Mädchen zeigte, was uns wunderte und einige sogar erboste, da immerhin sehr schöne Mädchen in der Klasse waren und wir für ihn schwärmten und uns auch nichts von einer Freundschaft zu einem Mädchen außerhalb unserer Klasse bekannt war, bildeten sich viele das Urteil, dass er möglicherweise schwul sei. Ich konnte es allerdings nicht glauben. Natürlich getraute sich niemand öffentlich oder ihm persönlich gegenüber eine solche Bemerkung. Aber diese mehr oder weniger unausgesprochene Ansicht ließ manchen über ihn die Nase rümpfen.

Nun ereignete sich eines Tages in der Deutschstunde folgender Vorfall. Der Studienrat schnitt eine religiöse Thematik an, über die es zu unterschiedlichen Meinungen kam. Urban nahm zunächst anscheinend leidenschaftslos und gelassen, wie er immer wirkte, an der Diskussion teil. Da fiel - und es hatte den Anschein, als ob es absichtlich geschehen sei - von einem unserer sehr liberal eingestellten Klassenkameraden eine bitterböse Bemerkung über die Kirche und Gott. Noch ehe der Studienrat dazu Stellung beziehen konnte, meldete sich Urban zu Wort und verwahrte sich gegen diese Äußerung, und zwar mit einer Entschiedenheit und doch Sachlichkeit und Ruhe, dass diese allein den anderen hätten in Rage bringen können. Urban führte eine solch gesicherte Beweisführung gegen die seiner Meinung nach völlig falschen Ansichten, dass der andere auf Urban wütend wurde und von dieser Stunde an ihn nur noch hassen konnte. Für Urban allerdings schien der Fall nach dieser Stunde erledigt. Nicht so für den Klassenkameraden. Dieser stachelte gegen Urban auf und gewann Anhänger gegen ihn. Religiöse Überzeugung weckt offensichtlich solche Widerstände.«

»Und wie bist du«, verfiel er jetzt auch in die vertraulichere Anrede, sah er doch in Christa, durch die

Erzählung und die Vertrautheit der Stunde, eine Schwester«, dann in die Geschichte verwickelt worden?«,

Christa lächelte wieder.

»Um es nicht allzu sehr in die Länge zu ziehen. Ich selber gehörte in der Klasse zur liberaleren Gruppe, notwendigerweise; denn ich bin in einem völlig liberalen Haus aufgewachsen. Meine Eltern bekannten sich zu keiner Konfession. Gott spielte keine ausdrückliche Rolle in unserem Leben. Aber, wir waren auch nicht antireligiös eingestellt. Im besten Sinne des Wortes waren wir liberal.

Ich hatte mich während dieser besagten Stunde aus der Diskussion heraus gehalten, insbesondere als ich bemerkte, wie überzeugt und überzeugend Urban seine Ansicht vertrat. Als ich in den folgenden Tagen und Wochen beobachtete, dass ihn einige aus der Klasse immer mehr anfeindeten, er sich aber nicht einmal dagegen wehrte, stellte ich mich auf seine Seite. Die Mitschüler wunderten sich darüber. Ich war wegen meiner liberalen Einstellung bekannt. Da ich zu den guten Schülerinnen zählte, schätzte man mich. Damit war ich unangreifbar. Urbans Feind Richard schwärmte für mich, ohne dass es aber zu einer engeren Freundschaft gekommen wäre. Ich vermisste etwas an ihm, obschon er ein begabter und netter Junge war. Vermutlich war es Geradlinigkeit und Offenheit. Die entdeckte ich bei Urban. Doch hatte ich mich bis dahin keine besonderen persönlichen Kontakte. Und er selber bemühte sich auch nicht um mich.

Nach diesem Vorfall hatte ich endgültig genug. Ich sprach Urban eines Tages nach der Schule auf das Ereignis an und lud ihn zu uns nach Hause ein. Er kam. Meine Eltern, die zunächst von der ganzen Geschichte nichts wussten, waren von Urbans Persönlichkeit sehr angetan. Der Vorfall ließ sie noch mehr Sympathie für ihn empfinden.

Urban und ich verliebten uns ineinander. Er mochte mich sehr. Ich nicht minder ihn. Ich hätte nie etwas dagegen gehabt, wenn er mit mir hätte schlafen wollen. Im Gegenteil. Moralische Bedenken bestanden bei mir nicht, vielmehr hätte ich es als ganz natürlich angesehen. Er kam jedoch nie mit diesem Ansinnen, was mich wunderte. Ich scheute mich, ihn danach zu fragen. So blieb unsere Freundschaft rein platonisch.

Wir machten das Abitur. Als Abschluss fuhr die Klasse in die Berge. Er hatte diese Fahrt vorgeschlagen. Hier fühlte sich Urban zu Hause, kam er doch aus dieser Welt. Ich meinte, ihn nicht wiederzuerkennen. Um das Weitere zu verkürzen: Wir machten einen Ausflug in die Berge. Bei einer Rettungsaktion an einem Kameraden - und sage nun bitte nicht, wie in billigen Romanen, aber es war nun mal so -, der sich in des Wortes eigentlicher Bedeutung verstiegen hatte und dabei abgestürzt war, verunglückte Urban tödlich, er, der als vorsichtig, besonnen, erfahren und bedächtig galt.

Wir erfuhren - auch ich, und zwar von den Eltern, die mich ja mittlerweile kannten - erst nach dem Tod ... (Christa stockte und fing neu an:) Sie erzählten mir, dass er Priester werden wollte. Ich war tief bewegt, als ich das hörte. Urban hatte nie auch nur ein Wort darüber verloren. Er hat es lange geheimgehalten, verrieten mir die Eltern. Die endgültige Entscheidung sei auch erst in den letzten Wochen gefallen. Auch da erst hätten sie es erfahren«

Sie hielt inne und blickte versonnen vor sich hin.

»Die Eltern übergaben mir als Andenken ein Büchlein von Urban. Es ist ein kleiner, schmaler Band. Dort fand ich mehrere Stellen unterstrichen. Das Bändchen heißt ›Stern auf hoher See‹ und ist von Guy de Larigaudie, einem Franzosen, Abenteurer, Dichter und Gottessucher, wie es in der Kurzbiographie im Buch heißt. Warte, ich werde dir einige Stellen vorlesen.«

Sie ging an ihm vorbei, strich ihm dabei über den Kopf und drückte ihn flüchtig an sich.

Immer lag ein Lächeln auf ihrem Gesicht. Edgar verstand jetzt, was es ausdrückte und aus welcher Erfahrung es stammte. Sie kam zurück. Sie hatte ein kleines, blaues Buch in der Hand, das sie einem gut zugänglichen Regalbrett ihrer Bücherwand entnommen hatte. Während sie näher kam, blätterte sie darin. Sie setzte sich an Edgars Seite, wirkte leicht, heiter und anscheinend leidenschaftslos.

»Suche dir selber die Stellen heraus, die dir gefallen«, übergab sie ihm das Bändchen.

Auf der Rückseite war ein Bild von Larigaudie zu sehen: ein lächelndes, volles Gesicht, dunkles, glattes, gescheiteltes Haar, eine Nickelbrille.

»... Er gehörte von Haus dem alteingesessenen Landadel an. Seine Reisen führten ihn um die ganze Welt und ließen ihn zum legendären Vorbild aller Pfadfinder werden. 1940, in einem Nachtgefecht, fand dieses so begeisterte Leben ein jähes Ende«, las er und dachte an Saint-Exupéry und Urban. Er hatte auf der Oberprima über Saint Ex ein Referat gehalten und zum Abschluss dessen Tod im Meer erwähnt.

Edgar schlug den Band auf. Gleich zu Anfang, mit leichtem Bleistiftstrich markiert, hieß es: »Im Inneren die Glut und den zersetzenden Schmutz der Triebe spürend und trotzdem aufrecht stehen, ohne einzusinken. (...) mit aufrichtigen und unverdorbenen Partnerinnen ist es ein königliches Spiel ...« Vom Tanz ist die Rede.

Er blätterte weiter. Christa beobachtete ihn.

»Es gibt ein gutes Mittel, einen Freund zu gewinnen: Lächeln. Nicht ein ironisches oder spöttisches Grinsen in den Mundwinkeln, das richtet und herabsetzt. Nein, ein offenes und freies Lächeln, ein Pfadfinderlächeln. Lächeln können, welche Macht! Es gibt dir die Macht, zu beruhigen, zu lindern, auf andere einzuwirken. ... Aber Lächeln! Das ist so leicht und bringt so vieles wieder in Ordnung.«

Er blätterte neugierig weiter. »Sie muss eine Mestizin gewesen sein. Sie hatte herrliche Schultern und die berauschende Schönheit der Mischlinge, volle Lippen und unergründliche Augen. Sie war schön, überwältigend schön. Man konnte nur eines tun. Ich habe es nicht getan. Ich habe mich auf mein Pferd geschwungen und bin davon galoppiert, ohne mich noch einmal umzusehen ... Diese Frauen, die ihr Leben lang die Seele eines Mädchens bewahren.«

Edgar überflog die Seiten. Immer wieder waren, mit feinen, violetten Strichen, korrekt mit dem Lineal gezogen, Stellen angestrichen. Gelegentlich fand sich auch am Rand ein Ausrufezeichen, wie etwa da, wo es heißt: »Es genügt, zu Gott hin zu marschieren und dem Maß der Unendlichkeit zu entsprechen.«

Eine weitere Stelle war gekennzeichnet: »Als Schwestern, Freundinnen und Führerinnen sind sie uns Helfer im Alltag, denn in unserer christlichen Welt stehen wir alle Seite an Seite an der gleichen Front ... Aber es ist sicher ein Verlust, dieses Gottesgeschenk, das die Mädchen sind, zu vernachlässigen ... Wir müssen alles mit dem Verstande einsehen. Die Mädchen verstehen mit dem Herzen, was wir mit mühseliger Arbeit erringen müssen. Ihre Anwesenheit bringt uns Erleichterung. Sie sind uns ein Lächeln und eine Wohltat in unserem ewigen Kampf ... Man muss alles lieben: eine Orchidee, die im Dschungel plötzlich aufblüht, ein schönes Pferd, eine unbeholfene Kinderhand, eine originelle Idee, das Lächeln einer Frau ... Zwei Dinge sind notwendig, damit man gut reist: ein Smoking und ein Schlafsack.«

»Ein Smoking und ein Schlafsack«, lachte er. »Schön!« Sie bestätigte durch ihr Lächeln, dass ihr die Stelle vertraut war.

»Ich kenne das Büchlein fast auswendig. Ich zähle es zu den schönsten, die ich gelesen habe. Auch wenn ich nicht immer alle Meinungen Larigaudies teile, bewundere ich seine Einstellungen und liebe ihn. Ich glaube, wenn ich ihn gekannt hätte, hätte ich mich in ihn verliebt. Nicht umsonst schätzte ich Urban. Und als ich dich im Zug sah, erinnertest du mich sofort an ihn, obschon im Äußeren zunächst keine ersichtliche Ähnlichkeit besteht.«

»Und nun sitzen wir zwei da«, fiel er ihr ins Wort, »und wissen uns von unseren eigenen Grundsätzen gefesselt. Eine schöne Bescherung.«

Sie lächelte, ohne jedoch eine weitere Geste der Annäherung zu machen. Er getraute es sich auch nicht.

»Hofmannsthal sagt in ›Die Wege und die Begegnungen‹: ›Aber es ist sicher, dass das Gehen und das Suchen und das Begegnen irgendwie zu den Geheimnissen des Eros gehört. Es ist sicher, dass wir auf unserem gewundenen Weg nicht bloß von unseren Taten vorwärts gestoßen werden, sondern immer gelockt werden von etwas, das scheinbar immer irgendwo auf uns wartet und immer verhüllt ist.‹«

Sie machte eine Pause. Holte eine Zigarette aus der Schachtel und bot ihm auch eine an. Dann nahm sie einen tiefen Schluck aus dem Glas. Das Licht erleuchtete den Raum warm.

»Übrigens, Edgar, du musst und wirst deinen Weg gehen. Es gibt Menschen, die nie direkt auf die Dinge und Menschen zugehen. Sie lassen - mehr unbewusst als bewusst - die Dinge auf sich zukommen. Larigaudie sagt einmal: ›Man muss am Leben haften, so wie man an ein Pferd sich haftet. Man muss geschmeidig und ohne sich dagegen zu sträuben seinen feinsten Regungen folgen.‹ Du bist so.«

Wieder schwieg sie für einen Moment, fuhr dann aber fort:

»Es gibt übrigens Sachen, die, solange sie unausgesprochen bleiben, am besten sind. Man soll sich hüten, alles ins Wort bringen zu wollen. Vielleicht darf eine Liebe sich nur gegenseitig eingestanden werden, wenn ... nun, wenn die beiden auch bereit und willens wären, sich im intimsten Bereich zu schenken. Dieser Akt, will er sinnvoll sein, kann nur vollzogen werden, wenn sich zwei Menschen wirklich lieben.«

»Lieben wir uns? Würdest du mit mir schlafen?«, fragte er direkt.

»Wir würden es beide nicht wollen und dürfen, obschon wir uns lieben. ›Mich dünkt, es ist nicht die Umarmung, sondern die Begegnung die eigentliche entscheidende Pantomime‹, sagt Hofmannsthal. Es sei in keinem Augenblick das Sinnliche so seelenhaft, meint er, das Seelenhafte so sinnlich als in der Begegnung. Hier sei alles möglich, alles in Bewegung, alles aufgelöst. Und etwas später heißt es, dass für eine sehr kühne, sehr naive Phantasie, in der Unschuld und Zynismus sich unlösbar vermengen, die Begegnung schon die Vorwegnahme der Umarmung sei. Und Stefan Zweig sagt einmal: ›Die schönsten Liebesgeschichten sind die, die sich nicht erfüllen. Erst einmal erfüllt, stirbt die Liebe.«

»Es genügt also die Begegnung?«, fragte er.

»Keineswegs. Doch sie kann schon eine unendliche Bereicherung sein, was ja auch der Sinn einer Freundschaft ist. Eine Freundin, einen Freund sollte man nicht diejenige oder denjenigen nennen, mit dem man intim ist, also schläft. Dies sind Mann, Frau und Geliebte. Der Begriff der Freundin oder des Freundes hat leider eine Umwertung gefunden. Bist du nicht mein Freund? Ich deine Freundin?«,

»Ich hoffe. Ohne feste Bindung würdest du also nie mit einem Mann intim werden?«,

»Das habe ich nicht gesagt und würde ich nicht vertreten. Jedoch ohne wirkliche Liebe zu einem Menschen sollte man nicht mit ihm intim werden.«

»Wann aber kann man von Liebe, die dafür reif wäre, sprechen?«,

»Liebe zwischen zwei Menschen kann zwar sehr schnell entstehen, doch braucht sie deshalb noch lange nicht in eine Umarmung münden. Wann zwei Menschen sich auch körperlich schenken sollen, lässt sich so allgemein nicht bestimmen. Ihre Reife muss dies entscheiden. Es hängt nicht von der Dauer der Bekanntschaft ab, auch wenn meines Erachtens ohne Dauer hier alles zu früh ist. Alles Schnelle wird nicht bestimmt von Echtheit und Tiefe, sondern meistens von Leidenschaft, die alleine noch keine Liebe ist.«

»Wir sitzen frierend und zitternd auf der Schwelle des Seins, wie ich solche Gespräche nenne«, sagte er.

»Wie spät ist es eigentlich mittlerweile?«,

»Ja, es ist spät geworden. Drei Uhr. Wir sollten schlafen gehen.«

»Gewiss.«

Sie nahm ihn nochmals und drückte ihn fest an sich.

Dann ging Edgar in sein Gästezimmer hoch.

Er schlief nicht sofort ein. Lange lag er wach. Die Anstrengung, die vielen Gespräche und auch der Abschied von Niederprüm, der doch nicht so ohne Bewegung nach neun Jahren vorüberging, hatten sein Herz und Hirn beschwert. Der Tag und die Begegnung wühlten ihn auf. Tausende Gedanken rasten ihm durch den Kopf. Sein Inneres brannte. Mein Gott, welchen Sinn soll dies alles haben? Dann überfiel ihn Müdigkeit und er versank in einen tiefen Schlaf.

Am anderen Morgen meinte er, noch bevor er aufwachte, irgend eine Gegenwart zu verspüren. Zunächst glaubte er zu träumen, dass ihn jemand anrühre oder zumindest sich jemand in seiner unmittelbaren Nähe befinde. Doch da wachte er auf und war nicht wenig überrascht, Christa auf seinem Bettrand sitzen zu sehen. Sie lächelte.

»Guten Morgen. Ich hoffe, der Herr hat gut geschlafen?«,

»Na, nach einem solchen Tag. Und du?«,

»Ich habe schon bessere Nächte erlebt. Einen jungen Mann in seinem Haus zu haben und ihn unberührt sich zu überlassen …«

»Aber du scheinst es überlegen, um nicht zu sagen, überstanden zu haben« bemerkte ich.

»Genau dies wäre das passende Wort; denn ich überstand, ja überging mehr Zeit, als dass ich lag. Ich ging noch manche Viertelstunde auf und ab und durchging nochmals das Vergangene.«

»Stehst du Faulpelz jetzt auf?«, mahnte sie mehr, als dass sie fragte.

»Wie spät ist es?«

»Oh, erst halb neun.«

»Und warum bist du jetzt an mein Bett gekommen?«

»Es schien ja fast so, als wolltest du nicht mehr aufstehen. Da musste dich doch jemand wecken. Wer aber soll dies in meinem Haus tun, wenn nicht ich?«, lachte sie.

»Komm«, forderte sie ihn auf, umfasste ihn mit ihren Armen und holte ihn aus den Federn. »Ich hatte mir immer einen Bruder gewünscht. Du könntest es sein, sind wir doch allenfalls sieben Jahre auseinander.«

Da packte sie ihn, presste ihn an sich und drückte ihm einen Kuss auf den Mund. Sie schien diese Umarmung ganz bewusst zu machen. Er spürte ihre Brüste.

»Genug«, lachte sie in ihrer Mädchenhaftigkeit, die sie sich bewahrt hatte.

Ihm blieben Atem und Worte weg.

Beim Frühstücken scherzten sie. Christas Leichtigkeit und Lachen ermöglichten es, dass sie so unbekümmert vertraut sein konnten.

»Wenn du im Seminar bist, wirst du mir regelmäßig schreiben«, bat Christa.

»Vermutlich wird dies nicht gehen. Wir werden sehen. - Glaubst du an Gott, Christa?«, fragte er unvermittelt.

Für Momente hielt sie inne und schaute ihn an. Sie zog die Augenbrauen hoch und öffnete ihre Augen weit.

»Ich kann nicht an den Gott glauben, mit dem du groß geworden bist. Diesen habe ich durch Urban näher kennen gelernt.«

»Was erscheint dir an dem - katholischen Gott so fremd?«,

»Ob es der katholische ist, weiß ich nicht, vermutlich ist es eher der christliche, vielleicht auch nur der kirchliche. Es sind viele Eigenschaften, die mich an diesem Gottesbild stören. Ein rächender Gott. Ein Gott, der Menschen angeblich für eine Ewigkeit bestrafen soll, wenn sie in diesem Leben nicht gut waren, wo doch dies zumeist eine Folge ungünstiger Bedingungen und des Zufalls war. Die Ungunst der Geburt, in eine Familie, die es einem Menschen nicht ermöglicht, besser zu werden als seine Umgebung, hineingeboren zu sein und aufzuwachsen - diese Ungunst entscheidet über das Leben eines Menschen. Und dafür soll Gott den Menschen bestrafen?

Außerdem missfällt mir, dass die Normen und Maßstäbe Gottes ausgerechnet die sein sollen, welche die Mächtigen bestimmen. In dieser Welt verfügen die Großen und Herrschenden, wie die ihnen

Unterstellten zu leben haben. Danach richtet sich auch Gott?

Vor allem aber erscheint mir sehr fraglich, ob die Tabuisierung der Sexualität in der christlichen Religion wirklich richtig ist. Wenn Gott der Schöpfer ist, hat er auch die Sexualität geschaffen, genauso wie andere Sinnengenüsse: die Freude am Essen, an der Musik, an der Kunst, an der Natur, am Schönen überhaupt. Diese Dinge dürfen wir unbekümmert genießen und uns an ihnen erfreuen, werden sogar teilweise dazu angehalten. Wein trinken wir mit Genuss und Freude. Essen bereiten wir mit aller Raffinesse zu, um es uns um so genussvoller schmecken zulassen. Ich spreche nicht von Unmäßigkeit Ein normaler Mensch käme nicht auf die Idee, übelschmeckendes Essen zu sich zu nehmen oder gar zu empfehlen, beziehungsweise in gutem Essen etwas Verbotenes zu sehen. Selbst die Mönche sind als Feinschmecker bekannt. Alles, was der Mensch schafft und herstellt, soll möglichst perfekt und schön sein, darf ihm Freude und Genuss bereiten. Selbst die Arbeit braucht nicht, um sinnvoll zu sein, mühselig und mühevoll auszufallen. Im Gegenteil: ohne Freude lässt sich nichts Rechtes schaffen.

Die christliche Religion preist die Liebe über alles. Der Mensch ist in seiner Schönheit liebenswert. Sieht man einen schönen Menschen, hat man keinen sehnlicheren Wunsch, als sich an ihm, mit ihm zu erfreuen. Natürlich muss es Regeln, Abmachungen und Grenzen geben, damit sich die Menschen nicht gegenseitig auffressen. Die Liebe muss kultiviert werden, wie alles. Sie kann - wie alles andere - missbraucht werden. Je größer und wertvoller etwas ist, um so mehr besteht die Gefahr zur Perversion.

Doch warum verbietet gerade die Kirche den Menschen, die sich lieben, wenn sonst keine anderen Hindernisse im Wege stehen, die intime Verbindung? Warum untersagt sie den Priestern die Ehe. Genügte es nicht den Mönchen?«,

Es missfiel ihm keineswegs, was Christa sagte. Doch ganz unwidersprochen wollte er ihre Äußerungen nicht lassen.

»Die normalen Gläubigen denken wie du. Insofern kann man nicht von der Kirche sprechen, die solche Vorstellungen hegt. Es sind die kirchlichen Hierarchen.«

»Richtig«, bestätigte sie.

»Inwieweit und ob diese Ansichten überhaupt denen von Christus entsprechen, wage ich zu bezweifeln. Bekanntlich zeigt er gegenüber den sogenannten Sünden, die aus Liebe geschehen, das größte Verständnis.«

»Schon, aber es sind Sünden. Soll es wirklich Sünde sein, wenn junge Menschen miteinander intim werden? Wie anders kann der Mensch die Kunst dieser Liebe einüben? Soll sie wirklich erst in der Ehe erlernt werden? Ich möchte gewiss nicht der Ansicht das Wort reden, dass alles und jedes gerade auch auf diesem Gebiet erlaubt sein soll. Aber warum ist die sexuelle Freude, die geschlechtliche Vereinigung, wird sie nicht innerhalb der Ehe vollzogen, schon an sich Sünde?«

»Wo liegt die Unmäßigkeit bei der Sexualität?«,

»Etwa in der Unerlaubtheit ihrer Ausübung?«, fragte Christa.

»Und wer bestimmt die Unerlaubtheit?«

»Etwa die Priester oder der Papst, die selber darin keine Erfahrung haben dürften? Wo in der Welt lässt man Laien - Unerfahrene - auf einem Fachgebiet bestimmen?«,

»Vielleicht sind sie eben doch nicht so unerfahren, wie es scheint. Wer ist in Fragen der Moral der Laie und wer der Fachmann?«, fragte er.

»Ja, wer weiß. Es geht hierbei ja wohl nicht schlechthin um Moral. Übrigens: Wenn die Kirche in Fragen Krieg, Weltbevölkerung, ich erinnere auch an Inquisition, um es nur bei diesen Beispielen zu belassen, keine anderen Antworten fand und findet als die bekannten, darf man doch wohl Zweifel an ihren Einstellungen anmelden. Von dem berühmten galiläischen Beispiel ganz zu schweigen.«

»Ich möchte noch einmal auf die Ausgangsfrage zurückkommen. Besteht nicht in jeder Liebe auch eine Gefahr? Sind nicht gerade die größten Werte immer besonders gefährdet? Raten nicht deshalb die Menschen, damit auch die Kirche, zur Vorsicht? Vielleicht hat die Erfahrung den Menschen rigoros werden lassen. Differenziertheit ist nicht gerade seine Stärke. So hat man allzu grob geschnittene, globale Verbote erlassen. Kommt hinzu, dass zu verschiedenen Zeiten aus verschiedenen Gründen die unterschiedlichsten Anlässe bestanden, alles mögliche gerade in Bezug auf die Sexualität zu verbieten.

Die Menschen, wie man sieht, übergehen die Verbote ohnehin in beneidenswerter Unbekümmertheit. Vernunft bewirkt wenig, wie man weiß. Erst Verbote, Vorschriften regeln bei der Menge der Menschen die Angelegenheiten untereinander am unproblematischsten.«

»Dieses Wort solltest du nicht benutzen. Offensichtlich sind die Dinge auf diesem Gebiet nicht problemlos. Verstehe ich dich richtig, plädierst du dafür, dass jeder eigenverantwortlich handeln sollte?«, fragte Christa.

»Vorschriften - auch kirchliche - entbinden uns sicherlich nicht der eigenen Entscheidung. Ich sehe eine Fehlentwicklung in der kirchlichen Einstellung darin, dass sie meint, immer und überall mitreden zu müssen. Sie kann raten, Maßstäbe geben, Richtlinien aufzeigen - sollte aber den Menschen sich ohne Schuldauferlegung frei entscheiden lassen. Die Kirche sollte weniger vorschreiben, was Schuld ist, sondern darauf hinweisen, dass der Mensch schuldig werden kann. Und dies auf verschiedenen, ja allen Gebieten.«

»Du darfst übrigens sicher sein, dass ich ohne auch nur ein Bedenken mit dir geschlafen hätte, wenn ich nicht wüsste, dass du dies nicht darfst und deshalb auch nicht willst - nicht wollen solltest. Bei aller Unterschiedlichkeit der Ansichten müssen die des anderen immer respektiert werden. Ich werde einem Vegetarier nie Fleisch aufzwingen, wenn er meint, es nicht essen zu dürfen. Warum auch?«

»Würdest du denn wirklich mit mir schlafen, wenn ich wollte oder, sage ich mal besser, wenn ich zustimmte?«

Sie lächelte und wartete einige Momente mit einer Antwort.

»Aber ich weiß, dass es wohl nicht richtig wäre. Das Gespräch ist übrigens die intensivste erotische Begegnung. Vielleicht verstehen sich von daher in bestimmten Kulturen die Verbote, dass Männer und Frauen, natürlich fremde, sich unterhalten dürfen.«

»Ich glaube, wenn wir eine natürlichere, selbstverständlichere und im guten Sinne liberalere Einstellung zur Sexualität hätten, wäre manches bei uns besser bestellt. Freilich, dies allein machte das Zusammenleben noch nicht angenehmer und humaner. Ein Weiterleben stelle ich mir übrigens als die Vollendung und letzte Verwirklichung humanen Lebens vor.«

»Du fängst ein großes Thema an«, lächelte ich, »kaum, dass wir das eine beendet haben.«

»Wir würden, da bin ich sicher, uns noch stundenlang unterhalten können. Ganz sicher gehört es zu den schönsten Erlebnissen, sich mit einem Freund, einer Freundin seine Gedanken auszutauschen. Zweifelsohne gelingt dies zwischen Mann und Frau besonders gut. Die natürlicherweise sich dabei einstellende erotische Spannung befruchtet das Gespräch. Die Fremdheit, der Umstand, dass man sich nicht erkannt hat, und die dadurch bedingte Neugierde aufeinander machen ein Gespräch spannend.«

»Meinst du nicht, dass die Freundschaft oder die Liebe zwischen zwei Menschen schon dieses Klima des guten Gesprächs, nicht aber das Gespräch diese erotische Atmosphäre schafft?«,

»Du hast Recht«, sagte Christa, »dass die Menschen, die sich lieben, auch gut miteinander ins Gespräch kommen; sie verstehen sich, was ja erste Voraussetzung jedes guten Gesprächs ist. Die Sympathie - wie es das Wort sagt - schafft Mitbetroffenheit, in einem besonderen Sinne und auch in der eigentlichen Bedeutung des Wortes Mitleiden.«

Edgar ging in das Gästezimmer und räumte seine Sachen ein. Dann kam er zurück.

»Wann werden wir uns wiedersehen?«,

»Ich fahre dich noch nach Hause«, sagte sie und nahm ihn erneut und drückte ihn ein wiederholtes Mal kräftig an sich.

»Verrückt!«, konnte er noch denken.

Sie fuhren los.

Während sie die Straßen Berlins durchquerten, nahm Christa das Gespräch wieder auf.

»Solange man von einem Weg überzeugt ist, muss man ihn gehen. Ich bin nicht sicher, dass du zum Priester berufen bist.«

Wenn Christa am Steuer saß, wirkte sie gelassen, freundlich, sehr gefasst, bestimmt und ernst.

»Als was meinst du in der Gemeinschaft arbeiten zu wollen?«

»Ich werde zwei Betätigungsfelder in meinem Aufnahmegesuch aufführen. Zum einen die Mission.

Dafür habe ich mich schon seit Jahren interessiert. Und zum anderen die Jugendarbeit.«

»Als Missionar oder Lehrer?«

»Lehrer nicht. Aber Arbeit unter Jugendlichen.«

»Und warum nicht Lehrer? Schließlich hast du doch einmal davon geträumt.« Ich hatte ihr während der Bahnfahrt davon erzählt.

»Ich tauge allenfalls zum Missionar.«

»Dein Wort in Gottes Ohr.«

Inzwischen waren sie im Süden Berlins angekommen. Sie unterquerten in Lichterfelde Ost vor dem Oberhofer Weg, unweit vom Kranoldplatz die Bahnüberführung. Erinnerungen an die Kindheit kamen Edgar, wenn er die Züge, die hier in die Ferne aufbrachen, auf dem Bahndamm hörte. Dann bog Christa in die Lorenzstraße ein und fuhr unter den Kastanienbäumen bis zu dem linker Hand liegenden, schönen alten Haus vor.

Er verabschiedete sich von Christa, indem er ihr einen Kuss gab. Sie nahm seinen Kopf und drückte ihn kräftig an sich. Ein Stich traf sein Herz.

»Leb' wohl. Adieu!«

»Leb' wohl!«, winkte sie, während er über die Straße ging, führte sie ihre Linke zum Mund und streckte sie ihm entgegen.

Edgar hatte nach dem Abitur bis Anfang Mai drei Monate in Berlin verbracht. Monate der Freiheit und des Erlebens. Es war, als genieße er noch einmal das Leben in der Welt und als hole er nach, was er all die

Jahre im Internat versäumt hatte. Er goss das Leben in sich hinein.

Aber, hatte er schon in den Jahren zuvor während der Ferien kaum einen Tag versäumt, an dem er nicht in die Messe ging, so erst recht jetzt. Er war fromm geworden. Wirklich fromm? Angepasst? Das zu beurteilen ist eine Frage des Standpunktes.

Leben im Kloster

Edgar wurde eingekleidet. Das heißt er bekam den schwarzen Rock, die Soutane, die ab dem Tag der Einkleidung seine zweite Haut wurde. Sie musste so gut wie immer getragen werden. Ausnahmen bildeten etwa Arbeit im Garten. Solche musste er neben den geistigen Beschäftigungen auch verrichten. Als Josef, Edgars Bruder, erfuhr, dass die Soutane Edgars normale Bekleidung geworden war, konnte er sich die Bemerkung nicht verkneifen:

»Da habt ihr nun nie nach einem Rock euch umsehen dürfen – und nun trägst du selber einen. Was eine Ironie.«

»Das ist eine Soutane, das Kleid des Geistlichen, mein Lieber. Nach Mädchen und Frauen durften wir uns nicht umsehen, von Röcken kann nicht die Rede sein.«

»Sei nicht so spitzfindig. Und dann hast du uns wissen lassen, dass dieser Rock dir im Sommer zu heiß würde.«

»Ja.«

»Mögest du darin ersticken. Hoffentlich schnürt der weiße Kragen dir die Kehle so zu, dass du bald zur Vernunft kommst und nach Berlin zurückkehrst.«

»Unter solchen Umständen würde man sterben, nicht zur Vernunft kommen.«

»Not lehrt den Menschen Einsicht – wenn er denn Verstand genug hat. Dies scheint bei dir noch der Fall zu sein.«

»Noch?«

»Manche verlieren ihn mit der Zeit. Zumal in solcher Umgebung. Noch hast du ihn. Hoffen wir, du behältst ihn.

Josefs Absicht, seinen Bruder von dem – seiner Meinung nach – unsinnigen Gedanken, im Orden zu bleiben, abzubringen, hatte wenig Chancen.

Es war für Edgar auch im Seminar wieder vieles ungewohnt, obschon er sich im Internat an manches gewöhnt hatte. Die Kleidung als erstes. Schwarz. Nicht nur die Soutane, sondern auch der Anzug, den die Kleriker lediglich trugen, wenn sie die Klostermauern verließen. Edgar schämte sich in der schwarzen Kleidung, kam sich ausgesondert, aus den anderen herausgehoben vor, was er auch in gewisser Weise war und sein sollte. Kleriker – Auserwählte nannten sich die Klosteranwärter. Doch er fühlte sich in dieser Rolle nicht wohl. Es war ihm peinlich. Äußerst peinlich sogar. Ob er es sich nur einbildete oder es auch so war: Wenn er durch die Straßen ging, meinte er, man würde sich nach ihm umsehen, mitleidig vielleicht sogar noch.

Dann der große Bau, der jetzt sein Zuhause bildete. Wie eine Kaserne sah er aus. Hundert Meter lang erstreckte er sich und erhob er sich dreistöckig. Ein Koloss von einem Bau. Wie ein Gebirge, das man ersteigen sollte, ohne zu wissen, ob man es schaffen würde. Kaum gab es Gelegenheiten, dass sie das Haus verlassen durften, obwohl es mitten in der Stadt lag. Die Züge fuhren vorbei. Der Lärm des Autostromes dröhnte an die Ohren der Klosterinsassen. Das Leben spielte sich unmittelbar vor ihrer Haustür ab. Hinter der Kaserne nur wenige Meter von deren Mauern entfernt lagen bürgerliche Häuser. Eng, dicht ineinander gebaut, hockten sie wie alte Männer im Park auf den Bänken nebeneinander. Als Edgar im zweiten Jahr ein eigenes Zimmer bekam, befand sich dieses auf der Hinterseite zu dieser Häuserversammlung. Direkt seinem Fenster gegenüber lag der Hinterhof einer Kneipe. Wenn im Sommer die Tür aufstand, drang der Geruch des Bieres, Weins und Schnaps in sein Zimmer. Edgar hörte die Zechenden erzählen, palavern, grölen, singen. In den Fenstern der anderen Fronten hingen während der warmen Jahreszeiten Hemden, Unterwäsche, Strümpfe und Röcke an Leinen zum Trocknen.

Im ersten Jahr des Noviziats wohnte Edgar in einem riesengroßen Raum. Dreißig Meter lang, zehn Meter breit, drei Meter hoch. Darin verloren sich zwei Pulte, wenige Regale und vor allem zwei durch weiße Tücher voneinander abgetrennte Schlafzellen. Jeder Schritt hallte wie verloren in diesen vier Wänden und warf ein Echo wie aus den unendlichen Weiten des Himmels selber kommend.

Edgar war mit noch einem ehemaligen Mitschüler eingetreten. Merker, Frater Merker. Frater lautete der Titel, mit dem sie jetzt angeredet wurden. Nunmehr Mitbrüder geworden, durften sie sich nur noch siezen. So war es die Gewohnheit in der Gemeinschaft, so hatten sie es zu tun, so taten sie es – auch wenn es ihnen noch so komisch vorkam. Alle Mitbrüder siezten sich. Damals jedenfalls noch. Es gab sogar leibliche Brüder in der Gemeinschaft. Auch sie siezten sich.

Am schwersten fiel Edgar, zumindest in den ersten zwei Jahren, nur Kontakt zu diesem Konnovizen zu haben. Nur mit ihm durfte er Konversation pflegen. Zu den anderen Mitbrüdern bestand strikte Trennung, ›seperatio‹, wie es im Orden hieß. Allenfalls an Feiertagen war diese aufgehoben. Das wäre nicht so schlimm gewesen, wenn sein Konnovize nicht gänzlich anderer Natur als er gewesen wäre. So kam es nicht selten zu Reibereien, völlig unnötigen Auseinandersetzungen. An Kleinigkeiten entzündeten sie sich oft. Sie stritten sich, wie ein altes Ehepaar, das sich auf die Nerven ging. Viele Stunden gemeinsamer Erholung mussten sie alleine miteinander verbringen. Immer nur sie alleine. Dann gingen sie vor dem Haus auf und ab.

»Was sind das unsinnige Bräuche«, sagte Frater Merker bei einem dieser Spaziergänge.

»Steht es uns zu, darüber zu befinden, was sinnvoll ist und was nicht?«, meinte Edgar den Widerspruchsgeist seines Mitbruders zur Vernunft bringen zu können. Merker war für seine Aufsässigkeit bekannt. Seit er im Seminar war, hatte sich diese Haltung noch verstärkt.

»Dummes Gerede.«

»Vielleicht sollten wir uns erst einmal an dieses Leben hier gewöhnen. Gleich am Anfang zu kritisieren.«

»Was ein Unsinn.«

»Schauen Sie, auch unsere Vorgesetzten…«

»…sind hier groß geworden, wollen Sie wohl sagen. Wie?« Edgar schwieg.

»Auch dieser Unsinn mit dem Siezen«, zeigte er mit dem Zeigefinger an seine Stirn.

»Gewiss, da ist vieles, sicherlich zu vieles nicht mehr zeitgemäß. Das sehe ich auch. Aber haben wir das Recht, steht es uns zu, darüber zu urteilen, was richtig ist und was nicht? Gleich zu Beginn schon. Sind wir ins Kloster gegangen, um es bequem zu haben? Dass alles nach unserem Willen und unserer Vorstellung geht?«

»Was ein dummes Gerede von Ihnen.«

»Haben Sie nicht verstanden, was unser Novizenmeister sagt: Wir sind hier, um uns zu vervollkommnen, um so würdige Priester zu werden. Gott wünscht sich demütige Menschen, bescheidene, die Respekt vor anderen haben.«

»So ein Quatsch. Sie reden nur nach. Priester werden – muss das heißen, dass wir altmodisch erzogen werden. Das sind doch alles noch Sitten von vor fünfzig Jahren. Überholt, verstaubt, - vermodert leider aber noch nicht. Leben kräftig.«

»Sie brauchen ja nicht hier zu bleiben, wenn es Ihnen nicht passt.«

»Was erlauben Sie sich, mir Ratschläge zu erteilen.«

»Nun, ich meinte es nicht so. Aber wenn es Ihnen hier nicht…«

»Behalten Sie gefälligst Ihre Ansicht über mich für sich. Es steht Ihnen nicht zu, zu urteilen. Was fällt Ihnen eigentlich ein.«

»Entschuldigung.«

Er hatte ja Recht.

Edgar schwieg. Er betrachtete die Blumen auf dem Beet. Stumm schritten die beiden nebeneinander her. Das Kopfsteinpflaster drückte durch die Sohlen. Edgar stolperte, fing sich aber gleich.

»Da hältst du ganz schön dein – Entschuldigung Ihr Maul, was?«

»Sei nicht so aufsässig. Das geht doch vorbei.«

»Mit dir kann man sich nicht unterhalten.«

Edgar war kein Einfallspinsel. Aber sich nur gegen Ungewohntes zu wehren, zu meutern – das schien ihm doch nicht der richtige Weg. Es ging im Leben eben nicht immer so, wie man es selber haben wollte. Auch nicht in der Welt draußen. Wer beispielsweise heiratete, musste sich auch Dinge angewöhnen, sich in Dinge schicken, die ihm vermutlich nicht nur passten. Wer einen Beruf erlernte, in eine Lehre ging, würde auch nicht nur Zucker lecken können. Das wusste er von seinem Bruder. Wie konnte man so blind sein?

»Du bist ein ewiger Widersprecher«, bekam er von Frater Merker zu hören.

»Und du?«

»Kümmere dich um deine Angelegenheiten.«

Auch dass sie nun des Morgens noch früher als im Internat aufstehen mussten, nämlich um 4 Uhr 45, passte Edgar nicht. War das eine christliche Zeit? Und anschließend, halb schlafend noch immer, hatten sie eine dreiviertelstündige Meditation zu verrichten. Nur dank dessen, dass sie abwechselnd eine viertel Stunde saßen, dann standen, dann knieten, überwältigte sie der Schlaf nicht – zeitweilig wenigstens nicht. Zu Beginn des Noviziats mussten sie den langen Psalm Miserere und das nicht minder kurze Tedeum auswendig lernen. Für Edgars hervorragendes Gedächtnis eine geradezu olympische Leistung. Diese beiden Gebete rezitierte jeder still vom Gang zum Speisesaal in die Kapelle und umgekehrt. Das Tedeum vor dem Essen, den Bußpsalm danach. Vermutlich, weil der Magen vor dem Essen noch knurrte, danach aber sich irdischen Genüssen hingegeben hatte. Vor dem Essen fand der Konvent sich in der Kapelle ein, damit jeder sein Gewissen erforschte. Nach dem Essen suchte man erneut die Kapelle auf. Edgar fiel bei der Gewissenserforschung nicht immer etwas ein, was er falsch gemacht haben könnte, obschon er sich auch nicht als Engel vorkam. Er fragte sich, ob diese ständige Selbstbetrachtung und Bespiegelung – anderes war es doch nicht – wirklich zur Verbesserung des seelischen Humus diente. Er bezweifelte es, zumal wenn er erlebte, wie immer wieder gemeckert und genörgelt und geklagt und sich beschwert wurde, wie unzeitgemäß alles sei. Oder wenn er folgendes erfuhr. Während des Noviziats mussten die Kleriker außer der morgendlichen auch noch täglich am Nachmittag eine halbstündige Meditation absolvieren. Eine viertel Stunde kniete man dabei auf dem Boden, die restliche lag man lang hingestreckt. So weit, so gut. Als im zweiten Jahr des Noviziats neue Novizen hinzugekommen waren und diese Übung mitmachten, schliefen einige von Zeit zu Zeit während der Liegephase ein oder kitzelten den Vordermann an den Fußsohlen. Vermutlich erwies sich wegen solcher Menschlichkeiten die zweimalige Gewissenserforschung als durchaus notwendig und dienlich. Aber wenn sie doch keine Besserung brachte?

Auch aus dem Seminar gingen junge Mitbrüder wieder ab, wie schon in der Missionsschule. Hier spätestens sprang manchem das Hirn.

Auch Edgar kamen erneut Zweifel, ob er wirklich berufen ist. Doch sowohl sein Beichtvater wie auch seine jetzigen Vorgesetzten waren der Meinung, dass er auf dem richtigen Weg sei. Die Begründungen waren die alten, nicht weniger unvernünftig. Versuchungen, als die man Fragen und Zweifel ansehen müsse, habe schließlich schon Christus gehabt. Warum sollte ein Kleriker dann davon verschont bleiben? Welche Einwände blieben Edgar da noch? Er wollte ja auch seine Berufung nicht leichtfertig aufs Spiel setzen. Warum also aufgeben? So machte er weiter.

Vor allem hatte er nun im Studium Erfolg. Philosophie und Kirchengeschichte in den ersten vier Semestern, vor allem die Philosophie, bereitete ihm nicht nur Freude, sondern er holte sich bei den Examina gute Noten. Später, ab dem dritten Jahr des Studiums, in der eigentlichen Theologie blieb es auch so. Einer seiner Professoren trat sogar an in heran, ob er nicht bei ihm in Exegese promovieren wolle. Edgar glaubte nicht recht zu hören. Zunehmend kamen ihm Zweifel an der Tauglichkeit nicht nur seines Verstandes, sondern seiner Sinne, insbesondere des Gehörs. Der spinnt wohl, dachte er, obschon er gerade diesen Professor nicht für einen Spinner hielt. Er lehnte dankend ab.

So gingen die Jahre ins Land.

Zweimal durften die Kleriker während des Studiums zu ihren Angehörigen. Alle mussten gemeinsam für vierzehn Tage heim fahren. Wer, wie im Falle Edgars außerhalb dieses Rhythmus eingetreten war, musste das erste Mal drei Jahre warten. Das gefiel ihm nicht, aber er nahm es ohne Murren hin. Was wäre ihm auch anders übrig geblieben. Wer Priester werden wollte, dazu noch Ordensmann, hatte schließlich nicht auf Bequemlichkeit und seinen eigenen Nutzen zu achten. So eine Einstellung, konnte nicht ganz falsch sein, dachte er, auch wenn er vieles, was im Orden noch an alten Gebräuchen mitgeschleppt wurde, nicht gut hieß. Er erkannte durchaus, dass diese alten Zöpfe eigentlich längst überholt waren. Ändern konnte er aber nichts. Er nicht. Noch nicht. Seine Vorgesetzten waren damit groß und zum Teil ganz vernünftige Menschen geworden und geblieben. So seine Einschätzung. Wandlungen brauchen ihre Zeit.

Je näher die Priesterweihe kam, um so stolzer wurde Edgar, um so weniger zweifelte er an seiner Berufung. Schließlich wusste er sich auf dem Weg zu einem geachteten und angesehenen Beruf. Er freute sich, wie sich jeder freute, der sich auf einen solchen erwählten Berufsweg wusste, auch wenn nicht alles bis zum Ziel nur Zuckerschlecken war.

Kurz nachdem Edgar eingetreten war, muss er wohl einen solch niedergeschlagenen Eindruck auf den Novizenmeister gemacht haben, dass dieser Edgar eines Tages fragte:

»Frater Sendreich, was ist mit Ihnen? Sie wirken so niedergeschlagen. Fühlen Sie sich unwohl? Sind Sie unglücklich?«

Edgar war alles lediglich sehr neu, aber dass er sich niedergeschlagen fühlte, konnte er nicht behaupten. Insofern kam ihm die Frage überraschend.

»Ist eine Frauengeschichte im Spiel?«, fragte der Novizenmeister.

Diese Frage kam ihm nun noch überraschender vor. Wie kam er nur auf diese Idee, ging es Edgar durch den Kopf. Frauengeschichte? Er hatte zwar noch kurz vor seinem Eintritt seinen Freund Hans in Hamburg besucht gehabt. Der hatte ihm all die Jahre im Internat von seinen zwei Schwestern, Inge und Grete, erzählt und besonders die älteste, Inge, wegen ihrer Schönheit und Intelligenz gelobt. Sie müsse Edgar unbedingt mal kennenlernen und deshalb solle er ihn vor seinem Eintritt ins Kloster besuchen kommen. Das machte Edgar, ohne allerdings einzusehen, warum er noch vor seinem Eintritt ins

Kloster ein schönes Mädchen kennen lernen musste. Welchen Sinn sollte das haben? War der Freund der Meinung, dass er, Edgar, besser heiraten solle? Wollte er Edgar noch die letzte Chance bieten, auf diesen Gedanken zu kommen? Doch selbst diese wirklich schöne Sirene, in die sich Edgar dann auch noch verliebte, vermochte ihn nicht von seinem Weg abzubringen.

Allerdings erfuhr er viel, viel später von eben dieser Inge, dass sie sich auch in ihn verliebt hatte und er durchaus Chancen bei ihr gehabt hätte. Aber es war ein verhängnisvoller Irrtum unterlaufen. Als Edgar von Hamburg wegfuhr, schrieb er einen Brief an Inge. Er wusste später, als Inge ihm diese Geschichte erzählte, schon nicht mehr davon, auch nicht, was er darin geschrieben hatte. Es dürfte eine Liebeserklärung gewesen sein. Das Verhängnisvolle aber war, dass er diesen Brief, statt Inge ins Bett zu legen, der anderen, Grete, unterschob, versehentlich. Inge wusste, dass sich Bewunderer immer für ihre Schwester interessierten, nicht für sie. Für Edgar gänzlich unerklärlich. Und so nahm Inge an, dass auch Edgar sich in Grete verliebt habe. Verhängnisvoller Irrtum. Wer weiß, wie Edgars Weg vielleicht verlaufen wäre, wenn dieser Irrtum nicht erfolgt wäre. Aber vielleicht sollte auch dieser Fehler seine Richtigkeit haben. Ob Edgar sich wirklich noch von seinem Beruf hätte abbringen lassen, darf fraglich sein. Gelitten hat er unter der unerfüllten Liebe. Aber er sagte sich, er müsse Opfer bringen. Nichts gab es in diesem Leben ohne Verzicht. Das ist ein Lebensgesetz. Warum sollte er davon ausgenommen werden?

Inge kam später ihren Bruder, der ein Jahr nach Edgar in den Orden eintrat, im Seminar besuchen. Aber aufgrund dieses verhängnisvollen Missverständnisses, ahnte sie nicht einmal, dass Edgar in sie verliebt war, und unternahem natürlich keine Anstrengung, um ihn zu werben. Und er, Kleriker, getraute sich nicht, ihr seine Liebe zu gestehen.

Aber von dieser Geschichte wusste der Novizenmeister nichts.

»Nein, Pater, ich habe wirklich nichts. Und Frauengeschichten, Mädchen – ich bitte Sie…«

Ob der Pater wohl glaubte, dass er gar mit einem Mädchen ins Bett gegangen war? Um Gottes Willen – auch nur auf eine solche Idee zu kommen, wäre Edgar nie eingefallen. Nicht einmal im Traum. Eine schwere Sünde begehen, er als Missionsschüler, künftiger Priester? Selbst die größte Verliebtheit hätte ihn nicht auf einen solchen Gedanken gebracht. Nicht einmal Inge bei Edgars Besuch in Hamburg ließ ihn an so etwas denken.

»Nein, nein, Pater, seien Sie beruhigt.

Zwar ließen ihn Versuchungen nie ganz los. Aber Versuchungen zu haben, heißt ja noch lange nicht, ihnen erliegen zu müssen. Und – es hätte ja auch keine Gelegenheit gegeben. Welches Mädchen oder welche Frau wagte es, einen Kleriker zu verführen? Wie, wo, wann auch? Sie, die Kleriker, waren tabu für Frauen, meinte Edgar zumindest. Er selber würde sich nicht getrauen, mit einer Frau anzubändeln. Wie, wann und wo auch? Solche Gedanken, dass Mädchen, Frauen auch für sie, die Kleriker, von irgend einer Bedeutung sein könnten – um Gottes Willen, solche Gedanken wurden, so schnell wie sie gekommen waren, wieder zu verscheuchen versucht, auch wenn es nicht so schnell damit ging.

Das Überraschendste erlebte Edgar allerdings im Seminar selber. Hätte man ihm eine solche Geschichte erzählt, würde er sie vermutlich nicht geglaubt haben. Nur wenige Meter vor der Anlage des Seminars befand sich ein Gymnasium. Ein Mädchengymnasium. Noch dazu von Schwestern geführt. Nun, das allein wäre noch nicht erwähnenswert. Auch wenn die Kleriker diese Nixen, jung wie sie waren, und hübsch, täglich aus- und eingehen sahen und ständig die Versuchung vor Augen hatten und damit immer wieder daran erinnert wurden, dass es womöglich Besseres geben könnte, als hinter Klostermauern zu hocken und nur von der Schönheit zu träumen – also wenn die Kleriker die Mädchen da gehen sahen, so wäre dies allein noch nicht schlimm gewesen. Aber dabei blieb es nicht. Diese jungen Dinger trieben jeden Vormittag vor den Augen der Kleriker Sport. Selbstverständlich nicht in voller Montur und Kleidung. Vielmehr im Sportdress. Das vergällte den Klerikern nicht gerade den Sinn für das Schöne und den Wunsch nach anderem...

Doch solche Klippen wurden genommen, wie einst Odysseus die Sirenen zu passieren wusste, indem er sich anbinden ließ. Die Masten für die jungen Ordenleute waren der Wille und die feste Überzeugung, es müsse und könne auch ohne Mädchen und Frauen gehen. Schließlich lebten die Kleriker in einer Gemeinschaft von Männern und Mitbrüdern, die ihre Familie darstellten, und sie würden eine Aufgabe haben, die sie erfüllte, erfüllen würde, erfüllen musste. Der Mensch benötigt nur Bindungen und braucht sich lediglich zu Hause fühlen, um beheimatet zu sein. Und eine Aufgabe, die ihn ausfüllt. Diese allerdings muss er haben. Die Kleriker hatten sie. Edgar hatte sie. Noch. Basta, Schluss, aus.

Die Priesterweihe bleibt ein unvergessliches Ereignis im Leben eines katholischen jungen Mannes. Ganz jung war Edgar nicht mehr. Achtundzwanzig. Die Primiz, die erste Messe in der Heimatgemeinde, war aufregend, großartig, außerordentlich. Ein Fest und Feiern wie bei einer Kirmes. Für Edgar allerdings, so sehr auch sie ihn freute und überwältigte, so fühlte er sich auch unbehaglich. Ihm lag es nicht, im Mittelpunkt zu stehen. Er empfand die Feiern teilweise peinlich.

Ein Semester war noch nach der Weihe zu absolvieren. Sechs Wochen verrichtete Edgar ein Praktikum in der Diaspora. Es wurde ernst: Der junge Priester musste Messe lesen, predigen. Wiederholt hatten die Kleriker das Predigen geübt, vor versammelter Mitbrüderschar, in der Kapelle, im Speisesaal. Als Edgar dann aber das erste Mal vor einer versammelten Gemeinde sprach, klopfte das Herz bis zum Hals. Schon vorher während der Vorbereitung. Jedes Wort wurde abgewogen, die Beispiele sorgfältig daraufhin überprüft, ob sie anschaulich und passend waren. Es ging gut. Und dann die erste Beichte. Oh Gott. Edgar erinnerte sich besonders an einen Fall während des Praktikums. Er kam mit dem Wagen vor der Kirche an. Er trat in das Kirchenschiff. Menschenleer. Nur eine Dame kniete in der letzten Bank. Ganz in sich versunken. Edgar fiel auf, wie schön sie war. Dass eine schöne Frau Sünden zu beichten hatte, war für ihn unvorstellbar. Schönheit war für Edgar immer gleichbedeutend mit Reinheit, Vollkommenheit, Schuldlosigkeit. Wie sonderbar kam er sich immer vor, wenn er Beichte hörte, gleichsam richten, den anderen ins Gewissen sprechen, ermahnen, gute Ratschläge erteilen, auf den rechten Weg weisen musste. So gerne er half, in Not geratenen Menschen Rat erteilte, so wenig fühlte er sich wohl, als Richter walten zu müssen.

Er erteilte zum ersten Mal Kindern Kommunionsunterricht. Das machte Spaß. Die Kleriker hatten mit viel Ach und Krach den Führerschein machen dürfen, was Edgar nicht verstand, weil er voraussah, dass ohne diesen in der heutigen Zeit keine Seelsorge in Pfarreien ausgeführt werden konnte. In der Diaspora musste er die Kinder in den oft weit voneinander entfernt liegenden Ortschaften abholen und nach dem Unterricht wieder heimfahren. Diese sechs Wochen Arbeit in der Diaspora mit der ersten seelsorglichen Erfahrung bereiteten Edgar große Freude.

Doch in die eigentliche Seelsorge, in eine Pfarrei also, wollte er später nicht. Er hatte ja bei seinem

Eintritt in den Orden, nach dem späteren Betätigungsfeld gefragt, Jugendarbeit oder Mission angegeben. Letzteres wünschte er sich besonders. Vor allem, weil er sich für eine andere Arbeit gar nicht geeignet hielt. Im Urwald bei den Eingeborenen arbeiten, das schien ihm eine für ihn angemessene Aufgabe. Möglicherweise täuschte er sich über die wirklichen Anforderungen dabei. Aber dieses Wirkungsfeld schwebte ihm seit seiner Jugend vor und so hätte er sich nichts sehnlicher gewünscht, als im Anschluss an seine Ausbildung in die Mission geschickt zu werden. Die Mitbrüder suchten solche Interessenten. Denn niemand von den Jüngeren wünschte sich ein solches Betätigungsfeld. Edgar war er der einzige mit einem solchen Wunsch. Das war allgemein bekannt. So machte er sich auch größte Hoffnungen, gleich nach dem Abschluss des Studiums in die Mission versetzt zu werden. Zwei vor wenigen Jahren erst geweihten Mitbrüdern war dieses Los zugefallen. Edgar freute sich darauf. Er brauchte kaum damit zu rechnen, dass man seinem Wunsch nicht willfahren würde.

Eines Tages nun rief ihn sein Superior zu sich aufs Zimmer. Es war wenige Monate vor dem Studiumsabschluss.

»Pater Sendreich, in kurzem werden Sie unser Haus verlassen. Sie haben erfolgreich und gut alles hinter sich gebracht. Wir freuen uns, einen so tüchtigen und zuverlässigen Mitbruder in unseren Reihen zu haben.«

Schmeicheleien, dummes Gerede, ging es Edgar durch den Kopf.

»Sie sehen, wie unberechtigt Ihre früheren Bedenken, nicht berufen zu sein, waren. Sie haben es geschafft. Gut zudem. Hätten sogar noch promovieren können. Man hat ihnen angetragen, bei der Thomasakademie vor der Fakultät ein Referat zu halten. Dafür werden gewöhnlich Professoren geholt. Sie sind der erste, der das machen darf. Was eine Ehre für Sie. Und da hatten Sie immer nur Bedenken.«

Der Superior spielte darauf an, dass Edgar noch am letzten Tag seines Aufenthaltes im Seminar anlässlich des Festes des hl. Thomas von Aquin in der Fakultät einen Vortrag vor versammelter Hörerschaft hatte halten dürfen. Sein Exegeseprofessor, der ihn auch wegen des Doktorats angesprochen hatte, kam auf diese Idee. Edgar zweifelt bei diesem Vorschlag zum wiederholten Male an seinen Sinnen, stimmte aber dann aber zu, als der Professor nicht locker ließ.

»Mit Verlaub. Ich halte dies für eine Verirrung meines Professors, sosehr ich ihn schätze. Er muss da einen Aussetzer gehabt haben.«

»Na, Pater Sendreich, wie können Sie so reden!«

»Nun, lassen wir dies. Aber das wird nicht der Grund sein, warum Sie mich zu sich riefen.«

»Nein. Ich soll Ihnen mitteilen, wo Ihr zukünftiges Betätigungsfeld ist.«

»Schön.«

Da bin ich aber gespannt, dachte Edgar. Er soll nicht so viel Worte machen und zur Sache kommen.

Wahrscheinlich getraut er sich nicht, unvermittelt zu sagen, dass ich nun schon mal Spanisch zu lernen beginnen soll, weiß er doch, dass ich mich mit Fremdsprachen schwer tue.

»Also, Pater Sendreich«, er holte Atem, machte eine kurze Pause, schaute Edgar geheimnisvoll an, »Sie sollen als Lehrer und Präfekt in unser Internat.«

Edgar ging mit dem kleinen Finger ins Ohr. Ihm verschlug es die Sprache, wenn ihm dazu überhaupt noch etwas eingefallen wäre und die Worte ihm nicht schon im Kopf verloren gegangen wären. Er starrte den Superior an, wandte seine Augen nach unten, schaute in sich, überlegte. Es fiel ihm nichts ein. Wie nach einem Schlag vor den Kopf, wie vom Blitz getroffen, fand er nur Leere in sich. Und das bedeutete bei ihm viel.

»Sie scheinen nicht begeistert zu sein?«

»Begeistert? Ich bin nachgerade sprachlos, mir fehlen die Worte.«

»Nun, ganz so scheint es nicht zu sein. Das kennen wir bei Ihnen ja. Nicht dass Sie widersprechen oder vor Aufgaben zurückschrecken, weil Sie zu faul oder bequem wären, nein, Sie halten sich nicht für geeignet - das ist ja nun zur Genüge bekannt.«

Edgar schüttelt den Kopf. Es bedurfte einiger Zeit, bis er sich gefasst hatte und erneut Worte fand.

»Nein, das ist es dieses Mal nicht, Herr Superior. Ich hatte geglaubt, in die Mission kommen zu können, wie ich es wünschte und es eigentlich auch – habe ich richtig verstanden – auch dringend gewünscht wird, dass junge Mitbrüder dorthin sollen. Und nun dies.«

»Es ist ja noch nicht aller Tage Abend. Was nicht ist, kann noch werden.«

Sein Wort in Gottes Ohr, dachte Edgar.

»Zunächst wollen wir sehen, ob es nicht noch geeignetere Betätigungsfelder für Sie gibt. Deshalb werden Sie vorerst in unser Internat geschickt. Es ist bei uns üblich, die jungen Mitbrüder sich erproben zu lassen.«

»Ausprobieren, meinen Sie. Wie?«

»Seien Sie doch nicht so erregt und spitzfindig. Sie wünschten sich bei Ihrem Aufnahmegesuch alternativ die Arbeit bei Jugendlichen. Jetzt bekommen Sie als erstes diese. Können Sie sich beklagen?«

Edgar ging auf sein Zimmer. Er schaute zum Kruzifix auf.

»Ist das richtig, Herr?«

»Was richtig?« Edgar schüttelte den Kopf.

»Nun, mach nicht so, als ob du mich nicht verstündest.«

»Wie war das noch? Hast du nicht das Gelübde des Gehorsams abgelegt?«

»Ich erinnere mich nicht, das jemals geleugnet zu haben.«

»Na also.«

»Entschuldige...«, wollte Edgar etwas erwidern, wurde aber unterbrochen.

»Wofür?«

»Ich war ja noch nicht am Ende«, sagte Edgar.

»Schien aber so.«

»Keine Missverständnisse. Ich hätte mir wenigstens von dir erhofft, dass du verstehst und weißt, was man will und wann man am Ende ist.«

»Ich habe aber jetzt durchaus den Eindruck, dass du am Ende bist.«

»Bitte!«

»Die Menschen behaupten immer, sie verständen mich nicht«, hörte Edgar die Stimme.

»Ich erwarte mir von dir anderes. Größe zeigt sich doch darin, dass man nicht kleinlich ist. So wie du jetzt mit mir rechtest…«

»Steht es dir zu, so mit mir zu reden?«

»Darf ich mir in einer Freundschaft – in welcher wir doch hoffentlich zueinander stehen oder nicht? – diesen Ton nicht getrauen?«

»Kommen wir zur Sache. Die Vorgesetzten haben entschieden. Da hast du zu gehorchen.«

»Ich habe aber doch gesagt, dass ich in die Mission will. Und sie wünschten es auch.«

»Du willst. Du willst immer nur deinen Willen durchsetzen. Du mit deinem kurzsichtigen Blick.«

»Entschuldige.«

»Hier ist nichts zu entschuldigen. Hier heißt es gehorchen. Du fängst ja früh an.«

»Womit?«, hielt Edgar seine Hand ans Ohr.

»Frag nicht so einfältig.«

»Was heißt früh?«

»Früh. Zu früh.«

»Zu früh? Womit?«

»Du meuterst, protestierst mir zu früh.«

»Du willst doch nicht sagen, dass man später…«
»Mein Freund, ich habe nichts von später gesagt.«
»Aber gedacht.«
»Du bist ein schlechter Theologe.«
»Inwiefern?«
»Bei Gott gibt es keinen Unterschied zwischen denken und sagen.«
»Eben.«
»Also, lass diese Spitzfindigkeiten. Dich mit mir sich so einzulassen, dabei dürftest du den Kürzeren ziehen.«
»Klar. Wenn´s nicht mehr anders geht, kehrst selbst du Autorität heraus.«
»Das ist es eben bei dir: Dass du nicht nachgeben kannst. Deshalb vermutlich wollen Deine Vorgesetzten dich erst auf die Probe stellen. Die kennen dich. Habe Geduld. Du weißt, wie es in einem Psalm heißt: In patientia possidibetis terram – wirst du ja wohl noch übersetzt bekommen, trotz deiner angeblichen Schwäche für Sprachen.«
»In Geduld werdet ihr das Land besitzen.«

An alter Stätte

Edgar nahm es hin, was die Vorgesetzten entschieden hatten.

Er packte seine Bücher und Kleider und zog an den Ort seiner ehemaligen Ausbildung. Einst Schüler, nun Lehrer und Präfekt. Auch nicht schlecht, dachte er. Das heißt, er wurde nur Hilfspräfekt. Zunächst sollte er unter der Leitung eines erfahreneren Mitbruders Dienst tun, damit also die Arbeit verrichten, die weniger beliebt war, ohne die volle Verantwortung tragen zu dürfen. Das bedeutete die Kleinarbeit der Erziehung auf sich nehmen zu müssen, ohne Einfluss auf das Erziehungskonzept zu haben. Dies – so wurde ihm schon bald bewusst – war um so schlimmer, als sich in den sieben Jahren, während denen Edgar studiert hatte, nichts verändert hatte. Alles lief auf den alten Gleisen. Wir befanden uns aber im Jahr 1963.

Gleich am ersten Tag, als er noch kaum im Haus war, sollte er zwei überraschende Erfahrungen machen.

Edgar war am Vormittag angekommen. Er fühlte sich in der neuen Rolle, vollwertiger Mitbruder unter seinen zum Teil früheren Erziehern zu sein, verständlicherweise zunächst noch unsicher und kam sich ungewohnt vor. Wie immer bei Neuem. Er merkte, dass die Mitbrüder sich ihm gegenüber als dem Jüngsten und damit Unerfahren so benahmen, wie sich wohl überall in der Welt Ältere Neulingen gegenüber benehmen: Man ist skeptisch, was der Junge kann, wie er sich verhält, wie er sich einfindet – und man versucht ihm, in diesem Kreis vielleicht nicht so auffällig und nachhaltig wie anderswo, zu verstehen zu geben, dass er der Jüngste ist und gegenüber den Älteren weniger Rechte besitzt. Die Mitbrüder sahen vermutlich in Edgar auch immer noch den ehemaligen Schüler. So schnell gewöhnt der Mensch sich nicht an Neues.

Die Patres hatten zu Mittag gegessen, waren die üblichen Runden auf dem Hof gegangen. ›Nach dem Essen sollst du stehen oder tausend Schritte gehen.‹ Eine gesunde Einstellung. Sie plauderten, unterhielten sich. Es gehörte zur Gepflogenheit, die Rekreation, die gemeinsame freie Zeit, abschließend auf dem Rekreationszimmer zu verbringen, bevor man dann sich auf das Zimmer zurückzog. An den Sonntagen gab es Kaffee und Kuchen. Ebenso an Feiertagen oder auch wenn ein besonderer Anlass bestand. Die Ankunft des neuen Mitbruders war eine solche außergewöhnliche Gelegenheit. So saßen alle Patres zusammen, rauchten, unterhielten sich, machten ihre Scherze. Es ging locker und gelöst zu. Offensichtlich beflügelte die neue Arbeitskraft und das neue Blut die Gemüter der Alteingesessenen.

Da schellte das Telefon. In manchem war man mit der Zeit gegangen. Von der Pforte zum Rekreationszimmer bestand nun eine telefonische Verbindung. Dies hatte sich unter anderem deshalb als dienlich erwiesen, um den Patres melden zu können, wenn jemand in der neben der Pforte gelegenen Beichtkapelle beichten wollte. Die Möglichkeit dazu bestand tagsüber ständig.

Es schellte also. Pater Lenschel ging an den Apparat.

»Ja, bitte, Lenschel.«

Er horchte, nickte und hängte wieder ein. Lächelnd schaute er in der Runde umher. Nickend sagte er schließlich:

»Es wird jemand zum Beichten Hören gesucht«, ging er mit seinem Blick die einzelnen Mitbrüder durch, wer sich wohl dazu bereit erklären würde. Er als Schulleiter, mehr als andere in Anspruch genommen, sah es offensichtlich als selbstverständlich an, der Verpflichtung nicht nachkommen zu müssen. Die Mitbrüder schauten sich einander an. Niemand hatte um diese Zeit Lust, den Tagesrhythmus zu unterbrechen. Es sollte die Stunde der Erholung und des gemütlichen Zusammenseins nicht gestört werden. Dass aber auch ausgerechnet um diese Zeit reuige Sünder den Einfall bekamen, ihre Schuld los werden zu wollen! Mittags. Die Verlegenheit im Kreis der Patres war groß. Keiner wollte. Jeder aus der Runde kannte das alte Spiel und die Regeln, wie sich zu verhalten war, um sich drücken zu können. Irgend einer fand sich schon. Wer hatte die schwächsten Nerven? Da kam jemandem aus der Runde auf eine Idee.

»Sie, Pater Sendreich, könnten doch die Beichte abnehmen. Sie müssen es noch lernen, sind jung und unverbraucht.«

Edgar hatte, gerade eingetroffen und noch kaum heimisch geworden, nicht daran gedacht, dieser Aufgabe nachzukommen zu müssen. Ihn überlief immer noch ein gewisser Schauer, wenn er eine Beichte abnehmen musste. Es konnte Komplikationen dabei geben. Man hatte ihnen im Kirchenrecht Fälle geschildert, bei denen es aufzupassen galt, keinen Fehler zu machen. Würde beispielsweise eine Abtreibung gebeichtet, war das so ein Fall. Zwar kamen solche Anklagen höchst selten vor. Solche Sünderinnen fanden gewöhnlich den Weg in die Kirche nicht. Aber der Anfänger befürchtet immer das Schlimmste. Und wer durfte sicher sein, dass nicht ausgerechnet dieser Fall genau dann eintraf, wenn in solchen Situationen eine Beichte abzunehmen war. Was auch schon veranlasste ihn sonst, ausgerechnet nach hier ins Haus zu kommen. Es war also weniger Bequemlichkeit als echte Furcht vor dem Unbekannten und Ungewohnten, die Edgar vom Beichte Hören zurückschreckten. Und so überlief es Edgar wie ein Regenguss, als er die Aufforderung an ihn hörte. Sein Gehör, er kannte das doch. Er müsste doch mal einen Ohrenarzt aufsuchen. Er empfand es als ziemlich gemein, ausgerechnet ihn gleich in der ersten Stunde damit zu beauftragen. Wollte man ihm zeigen, wie man mit Neulingen umzugehen gewillt war? Was würde er anderes tun können, als der Aufforderung – als nichts anderes konnte er die Bitte auffassen – nachzukommen.

Das zweite war eine schon bitterere Überraschung.

Edgar hatte, als er angekommen war, sein Inventar an Paketen und Schachteln und Koffern aus dem Auto geladen und es vorübergehend irgendwo im Hausflur abgestellt. Er empfand es nicht als ungewöhnlich, nicht gleich bei seinem Empfang sein Zimmer zugewiesen zu bekommen und nach dort geführt zu werden. Man wollte ihm das Schleppen der Kisten und Koffer im ersten Moment ersparen, dachte er. Schließlich würde er irgendwo im ersten Stock zwischen den Zimmern der anderen Mitbrüder seine Bleibe finden. Warum schon gleich nach der Ankunft das Gepäck nach oben schleppen zu sollen? Außerdem konnten Schüler ihm nach dem Unterricht dabei behilflich sein. Es kannte die Zimmer der Patres noch aus seiner Schülerzeit. Zwar zeigten sie keinen besonderen Luxus. Aber nach der Unterkunft in den mehr als bescheiden eingerichteten, kleinen Studentenzimmern im Seminar mit nicht mehr als einem Schreibtisch, einem Schrank, dem Bett und Regalen, freute er sich nun darauf, auch ein lichtes, großes Zimmer zu erhalten. Es stand ihm zu.

Nach der Rekreation, als sich alle auf ihre Zimmer zurückzogen und auch er seines hätte aufsuchen müssen, musste man ihm spätestens sein Zimmer zeigen. Er wollte, ja sah sich verpflichtet, möglichst schnell mit dem Einräumen seiner Habseligkeiten zu beginnen, um dann binnen kurzem zur Verfügung zu stehen. Viele Bücher und eine Menge Inventar besaß er im Moment noch nicht. Er würde also schon nach wenigen Stunden verfügbar sein.

Schließlich war er nach hier abgeordnet und wollte deshalb auch möglichst schnell einsatzbereit sein. Und so wollte er sofort mit dem Ausräumen seines Gepäcks beginnen.

Da trat Pater Lenschel an ihn heran.

»Uns ist«, Lenschel hüstelte, »ein Missgeschick passiert, eine Unachtsamkeit.«

»Mhe.«

Was war nun schon wieder, fragte sich Edgar, nichts Gutes ahnend. Er wagte gar nicht zu fragen, als ließe sich dadurch gleichsam noch das Unheil abwenden. Doch das war eher frommer Wunsch als Wirklichkeit.

»Also, Pater Sendreich«, wie komisch nahm sich aus, dass sein ehemaliger Vorgesetzter, der ihn immer geduzt hatte, ihn nun so feierlich ansprach. Indes verbot der Brauch anderes.

»Wir haben leider und dummerweise es versäumt, Ihnen ein Zimmer, wie wir es alle haben, bereitzustellen. Es muss erst noch hergerichtet werden. Das wird leider eine Weile dauern, ich bedaure es sehr. Bis dahin müssen Sie leider«, das war ein bisschen viel des Bedauerns, ging es Edgar durch den Kopf, »mit einem Zimmer oben unter dem Dach zwischen den Jungenschlafzimmern vorlieb nehmen.«

Edgar glaubte mittlerweile, sein Hirn sei in den Jahren schief gewickelt worden, so dass er immer nur falsch hörte. Vielleicht lag es aber doch an seinem Ohr. Dem aber war leider nicht so. Er musste sich mit einer Kammer, einer Bude, schlechter als je ein Zimmer während seiner Studentenzeit, Vorlieb nehmen. Direkt unter dem Dach, wo es im Sommer nicht nur heiß und im Winter kalt war, sondern nur ein armseliges Dachfenster Licht herein ließ. Klein war der Raum, eine Mansarde, kaum dass Edgar überall aufrecht stehen konnte. Und dann auch noch inmitten der Jungenschlafsäle. Was hatte er, Edgar, nur falsch gemacht, verbrochen gar, um so gestraft zu werden? Nun, sagte er sich, als er ein paarmal durchgeatmet und seine Sachen in das Kabüffchen hochgebracht hatte, wer bin ich schon, um Ansprüche zu stellen, stellen zu können?

»Gar niemand bist du«, hörte er wieder die schon bekannte Stimme.

»Gar niemand, ist dies nicht doch leicht untertrieben?«

»Weißt du, als Ordensmann steht es dir nicht schlecht an, wenn du dich zu bescheiden weißt. Zumal, wenn du auch noch so jung und unerfahren bist und am Anfang seiner Karriere stehst.«

»Karriere ist gut.«

»Sei nicht so wortklauberisch.«

»Unerfahren? Was hat dies alles mit Unerfahrenheit zu tun? Das ganze ist doch eine ausgemachte - Schweinerei.«

»Na, ich bitte dich. Das ist auch nicht gerade eine passendere Formulierung, als ich sie benutzt habe«, hörte sich Edgar gerügt.

»Aber wenn du dir solche Ausdrücke erlaubst, darf ich es noch am ehesten.«

»Nun richte und rechte nicht mit mir. Es steht dir nicht zu. Wahrscheinlich wegen dieser deiner Eigenart brauchst du solche Demütigungen.«

»Richtig. Das ist das Wort. Demütigungen – Demütigungen will man mir zufügen. Aber warum?«

»Ja, warum?«

Es wurde still im Raum.

»Warum sagst du nichts mehr?«

»Was sagte ich früher mal. Ich habe euch Verstand gegeben.«

»Ich verstehe. Ich werde es mir merken.«

Da ertönte Lärm, als ob ein ganzes Fußballstadion aufschrie. Edgar zuckte zusammen. Jungen stürmten die Treppe hoch, bis direkt vor seine Bude. Edgar hatte die Tür nicht geschlossen, um die stickige Luft darin entweichen zu lassen. Von der kleinen Diele davor führten zwei Türen zu den Schlafzimmern der Jungen.

Eine wilde Schar von Jungen rottete sich vor Edgars Zimmer zusammen.

»Sind Sie der Neue?«, fragte ein kleiner Kerl und ein Dutzend Jungenaugen starrten Edgar an. Wie eine zum Angriff bereite Truppe hatten sich die Jungen vor der Tür versammelt und schauten neugierig in den Raum. Edgar glaubte ihren Blicken entnehmen zu können, dass sie verwundert waren, den Pater mitten unter ihnen sich einrichten zu sehen. Er schaute die Jungen ernst an, lächelte dann aber kaum spürbar. Angesichts dieser frechen und munteren Schar, kam ihm wieder Mut.

»Ja, bin ich.«

»Gott sei Dank!«

»Was soll das denn?« Edgar ließ skeptisch seine Augen über die acht Gesichter wandern.

»Hoffentlich bringen Sie mal neue Luft in den Laden.«

»Laden?«

»Ja. Hier hat sich seit Jahrhunderten nichts geändert. Sicher ist noch alles wie früher. Waren Sie auch mal hier?«

Der sich zum Sprecher machte, war ein kleines blondes Kerlchen mit einem Lockenschopf, vielleicht dreizehn Jahre. Sein Haarbüschel hing wirr durcheinander. Die Augen schauten blitzgescheit drein. Spindeldürr. Edgar musste an Hänschen denken, den er damals, als er ins Internat kam, noch am ersten Abend auf dem Schlafsaal sprechen hörte.

»Jahrhunderte – so lange gibt es das Haus noch gar nicht.«

Die Bande grinste.

»Sieht aber dennoch so aus.«

»Und – wer bist du? Wie heißt du?«, wandte sich Edgar an den Knirps.

Der kniepte mit dem rechten Auge und beobachte Edgar forsch. Er senkte seinen Kopf, kratzte sich im Haar.

»Also, willst du mir nicht zuerst deinen Namen sagen? Wäre doch nicht schlecht, wenn wir uns gegenseitig kennen würden. Oder?«

»Gegenseitig? Ich weiß ja auch nicht, wie Sie heißen«, war der Kleine nicht auf den Mund gefallen. Ganz schön kess, dachte Edgar. Hätten wir uns zu unserer Zeit nicht getraut. Zumindest ich nicht. Scheinen tatsächlich andere Zeiten angebrochen und eine neue Generation gekommen zu sein.

»Nun, ich heiße Sendreich.«

»Sendreich? Toller Name. Ich Michael. Michael Mergel, aus Wiesbaden.«

»Aha. Und was treibt ihr euch hier herum? Dürft ihr das überhaupt um diese Zeit? Ich müsst doch draußen sein. Wir mussten das. Ja, ich war früher auch mal hier.«

Michael lachte verschmitzt und die anderen fielen in ein lautes Gelächter.

»Nun, was ist?«

»Ach wissen Sie, Pater Sendreich…«. Dann verstummte Michael. Er überließ es dem Pater, sich die Gründe dafür, warum sie sich hier oben herumtrieben, selber auszudenken. Vermutlich hielt sich der Präfekt nicht unter den Jungen auf. Und das nutzten sie zu tun, was ihnen Recht war. Es gibt nichts Neues unter dem Mond.

»Können wir Ihnen helfen?«, lachte verschmitzt ein anderer aus der Gruppe. Er stand ganz hinten. Seine rötlichen Haare schauten aus der Meute heraus. Das runde, glatte Gesicht war voll von Sommersprossen.

»Wie heißt du?«

»Hubert«, rief er laut.

»Ihr wisst doch. Viele Köche verderben den Brei.«

»Aber sechs Hände sind mehr als zwei. Michael und ich können mit anpacken. Wir sind gut.«

»Aha. Selbstlob stinkt bekanntlich.«

»Was heißt Selbstlob? Empfehlungen.«
Edgar schaute scharf auf die Bande.
»Ist eigentlich jetzt nicht Studium?«
»Pater? Heute ist Freitag, da dürfen wir bis zum Kaffee draußen bleiben und spielen.«
»Dürft oder müsst?«
»Wir wollten doch bloß mal sehen…«
»Okay. Ihr beiden könnt mir helfen. Ihr anderen aber macht euch nach draußen.«
Sechs verzogen ihre Gesichter enttäuscht und schienen es sich nicht einfallen zu lassen wegzugehen.
»Habt ihr nicht gehört? Dalli!«, verwies Michael die anderen mit ausgestreckter Hand zur Treppe.

Man ließ Edgar nicht viel Zeit, sich einzugewöhnen. Bereits ab dem folgenden Tag musste er die Arbeit bei den Jungen übernehmen. Er kannte den Tagesablauf.
Morgens schellte der Wecker um 4 Uhr 45. Unerträglich schrillte der Störenfried. Am Vorabend war Edgar erst gegen halb zwölf ins Bett gekommen. Unerbittlich zerrte ihn der Tyrann aus den Federn.
»Verdammt noch mal«, entfuhr es ihm. Doch da besann er sich, wo er sich befand und wer er war.
»Entschuldige, Herr, es war nicht so gemeint. Aber zu so früher Stunde fällt mir auch nicht gleich ein Gebet ein. Ich bin noch müde und höchst indisponiert für fromme Gedanken.«
»Gehört es sich aber nicht gemäß genossenschaftlichen Brauch, nach dem Aufstehen, das schnell und

zügig zu erfolgen hat, sich auf die Erde zu knien und seinem Schöpfer ein kurzes Dankgebet zu sagen und die Erde zu küssen? Es ist vermutlich gar nicht so schlecht, sich an feste Formen und Gebräuche zu halten. Man sieht, wohin Spontaneität führt: zu faulen Ausreden und Bequemlichkeit«, hörte Edgar sich gemaßregelt.

»Habe ich diesbezüglich Bedenken angemeldet?«, versuchte er sich zu rechtfertigen.

»War es nicht doch so? Frage dich ehrlich!«

»Es ist noch sehr früh am Morgen. Du solltest zu dieser Stunde nicht zu viel verlangen. Ich mag jetzt nicht diskutieren«, gab Edgar nicht auf.

»Auf den Mund gefallen scheinst du aber zu dieser Stunde nicht zu sein.«

»Der Tag fängt ja gut an.«

»Das nennst du einen guten Anfang?«

Edgar sprang mit einem Satz aus den Federn, dass es unter ihm nur so quietschte, und warf sich auf die Knie, sprach seine lateinische Gebetsformel und küsste anschließend, wie es der Brauch verlangte, den Fußboden. Er zog das Oberteil des Schlafanzuges aus und warf es heftig auf das Bett.

Der Rasierer nahm die Stoppeln vom Kinn und den Backen weg. Mit einer Katzenwäsche versuchte Edgar sich frisch zu machen. Eine Dusche gab es nicht. Seit Jahren begnügte er sich mit der morgendlichen Erfrischung des Gesichtes und des Oberkörpers.

»Wasche dich gründlich und nicht nur das Gesicht, die Brust und die Arme. Ich habe euch schließlich noch andere Glieder geschenkt, die der besonderen Pflege bedürfen.«

»Sauberhalten meinst du wohl und nicht pflegen.«

»Dein Widerspruchsgeist entfaltet sich zu dieser frühen Stunde beachtlich und ist erstaunlich wach. Ja, auch ihr müsst auf eure Zeugungsorgane gut aufpassen und sie sehr wohl pflegen.«

»Zeugungsorgane? Dass ich nicht lachen muss. Wofür?«

»Es ist jetzt fünf. Um Viertel nach musst du in der Kapelle sein. Übrigens könntest du wieder einmal deine Soutane anziehen. Mir missfällt, dass du oft nur im Anzug herumrennst«, blieb seine Frage unbeantwortet.

»Hab' du mal den ganzen Tag über den Rock an. Ist das die berühmte Freiheit der Kinder Gottes, Kleidervorschriften einhalten zu müssen? Lächerlich.«

»Und ist das die Sprache, die du gelernt, mit deinem Herrgott umzugehen. Vorsicht, mein Freund, etwas als lächerlich zu bezeichnen.«

Schlafanzugshose herunter, rein in die Unterhose, Hemd darüber, Hose angezogen.

»Kann ich dich nicht als meinen Freund und Vater bezeichnen? Und mit Freunden pflege ich offen zu sprechen.«

»Habe ich schon mal gehört. Du wiederholst dich. Sagte ich nicht Freund zu dir?«, ließ der andere nicht locker.

Edgar warf sich die Soutane über. 33 Knöpfe - soviel Jahre, wie Christus auf Erden gelebt hatte -

wären eigentlich zuzuknöpfen. Doch niemand machte dies. Man öffnete die Soutane vor dem Ausziehen nur zur Hälfte.

Da stand der fertige Kleriker wieder.

Wo ist mein Brevier, ging er mit seinen Augen durch das Zimmer und suchte das Buch, aus dem er achtmal am Tage beten musste. Damals noch auf Latein. Mit Edgars Lateinkenntnissen war es bedauerlicherweise nicht weit her, dass er alle Texte verstand, wollte er sich nicht ans Übersetzen begeben und damit unnötig lange Zeit mit dem Brevier verbringen müssen. Die Zeit hätte dazu nicht gereicht. Welcher Sinn lag also darin, etwas letztlich Unverstandes beten und lesen zu müssen? Gott sei Dank fand dieser Unsinn wenige Jahre später sein Ende. Belastend - für ihn wenigstens - war es, ausnahmslos alle Teile des Breviers beten zu müssen. Das Auslassen auch nur einer Hore, so wenigstens hatte man ihn unterwiesen, war eine schwere Sünde. Dies konnte er sich schlecht leisten, da er jeden Morgen die Messe lesen musste. Beichten wollte er solcher »Kleinigkeiten« wegen auch nicht gerade jedes Mal. Noch Jahrzehnte später plagten ihn Träume, das Stundengebet nicht verrichtet zu haben.

»Herr, ich verstehe nicht, was ich da lese, entschuldige, bete. Schließlich kann ich ja nicht unentwegt mit einem Lexikon in der Hand meine Gebete verrichten«, musste er an die Adresse nach oben seinen Ärger weitergeben.

Edgar hörte nichts mehr.

Er musste zum Tageswerk übergehen.

Morgens um 5 Uhr 40 die Jungen wecken.

Er stürmte in die Schlafsäle und rief mit angeschlagener Stimme: »Benedicamus Domino!«

»Deo gratias!« erwiderten einige Jungen müde aus ihren Federn.

Nicht gerade das reine Gotteslob. Erhebt man sich so in den Tag? Doch er werde heute morgen niemand mahnen. Muss denn alles mit Strenge erzwungen werden? Er wird auch keine Ansprache halten. Doch das würde ihm unter Umständen Vorwürfe von den Mitbrüdern einbringen, einfach von der Norm abzuweichen. Ein Fest für die Jungen.

»Pater, mir ist nicht gut«, kam Michael auf ihn zu.

»Na, dann bleib im Bett. Kranke müssen liegen und vor allem schwitzen«, belehrte er den Quintaner mit strenger Miene, wobei er ein Lächeln kaum unterdrücken konnte, musste er doch an seine eigenen Zeiten zurück denken. Die Schwester kam nach jeder Krankmeldung, steckte sie ins Bett und legte Wickel um. Schwitzen war die erste und, wie es hieß, beste Medizin. Darin lag die Heilung. Grausam. Solche Maßnahmen verleideten ihnen schon damals das Kranksein.

»Muss man, Pater?«, unterstand sich der Kleine zu fragen.

»Man muss, mein Freund«, schaute Edgar mit fixem Blick auf ihn und versuchte ernst zu bleiben.

Es schellte. Es war sechs Uhr. Die meisten Jungen waren schon in den Studiersaal hinuntergegangen.

»Mensch«, hielt er nun einem Nachzügler vor, »hier stinkt es wie in einem Affenstall, mach bloß die Fenster auf.«

Es ändert sich in der Tat nichts. Nachts schlafen die Jungen bei geschlossenem Fenster, und morgens lassen sie den Mief nicht hinaus. So war es schon früher. Die Welt kommt nicht weiter. Es ist eine mühsame Arbeit, in die Menschen auch nur ein wenig Kultur und Fortschritt hineinzubekommen. Er schüttelte den Kopf.

»Damit muss ich mich schon Jahrhunderte herumschlagen«, hörte er die Stimme wieder. »Es geht alles langsam voran, wenn überhaupt.«

»Bedauerlicherweise!«

Da schellte es zum zweitenmal. Edgar stand jetzt nur noch alleine im Schlafsaal und schreckte aus meinen Gedanken auf. Mein Gott, die Jungen. Er fasste seine Soutane von hinten, hob sie an, um besser laufen können. Und dann schoss er die Treppe hinunter. Es hätte nicht viel gefehlt, und er wäre über den Rock gestolpert.

»Vorsicht, mein Freund, in diesem Kleid darf man sich keine großen und gewagten Sprünge erlauben, vor allem keine schnellen Abgänge.«

»Wer spricht hier von Abgängen?«

»Dass du aber auch immer etwas…«

»Entschuldigung.«

Ansprache war zu halten. Dies allerdings immer in wöchentlicher Abwechslung mit Mitbrüdern, wie früher auch. War er mit Wecken und Ansprache an der Reihe, hatte er auch die Messe. Die Aufsicht beim Frühstück übernahm ein Mitbruder, damit Edgar selber seinen Morgenkaffee einnehmen konnte. Anschließend musste er gleich wieder zu den Jungen. Aufsicht führen. Betten kontrollieren. Das kannte er doch alles von früher, jetzt allerdings mit vertauschten Rollen. Nichts hatte sich verändert. In den wenigen Minuten vor dem Unterricht erneute Aufsicht. Er nutzte sie zum Breviergebet. Nun ging er vor den Pulten auf und ab.

»Was möchten Sie für Unterricht übernehmen?«, hatte Pater Lenschel ihn gefragt. »Religion ist klar. Wir wären froh, wenn Sie noch ein oder zwei weitere Fächer übernehmen könnten.«

Blieb ihm überhaupt eine Wahl, fragte Edgar sich.
»Mathematik gäbe ich gerne.«
»Ausgezeichnet. In Ordnung.«

Wöchentlich hatte Edgar sechzehn Stunden zu unterrichten. Mathematik bereitete ihm am meisten Freude.

Mittags und nachmittags oblag ihm die Aufsicht bei den Schülern. Er musste sich bei ihnen aufhalten, während sie sich draußen herumtrieben und spielten. Ab 14 Uhr bis zum Kaffee um 16 Uhr machten die Jungen ihre Aufgaben. Wieder Aufsicht. Anschließend von 17 Uhr an während des Studiums saß Edgar vorne am Pult oder betete auf- und abgehend sein Brevier. Gewöhnlich musste er auch während dieser Stunden der Aufsicht im Studiersaal seinen Unterricht vorbereiten. Denn ihm blieb außer den Abendstunden sonst kaum andere Zeit. Seine eigenen Mahlzeiten nahm er jeweils im Anschluss an die der Jungen ein, dann vertrat ihn ein Mitbruder. Viel Zeit zum Essen blieb ihm nicht. Wie schon aus seiner eigenen Schülerzeit gewohnt, saß ihm die Zeit ständig im Nacken. Es war ihm in Fleisch und Blut übergegangen, sich beeilen zu müssen. Die Glocke, die Uhr trieb ihn wie ein Zuchtmeister mit einer Rute an. Die Oberstufenschüler unterstanden Edgar nicht. An den Rekreationen der Mitbrüder nahm Edgar nur selten teil. Das war nur möglich, wenn die Jungen an den Sonn- oder Feiertagen nachmittags gleich nach dem Essen spazieren gingen. Dann war er von der ewigen Aufsichtspflicht für drei Stunden befreit. Hin und wieder allerdings oblag ihm die Pflicht, die Jungen beim Spaziergang zu begleiten. Ohne Aufsicht durfte sich das junge Volk nicht außer Hauses aufhalten. Dabei erzählte er, begleitete er die Kleineren, zuweilen Geschichten. Gewöhnlich aber versah ein Schüler der Oberstufe diese Aufgabe. Edgar erinnerte sich nur mit Grauen an die vielen Spaziergänge in der Umgebung während seiner eigenen Schülerzeit. Er hatte es immer als eine Qual empfunden, klassenweise gehen zu müssen. Lediglich, wenn es regnete, durften sie zu Hause bleiben. Darin hatte sich nichts geändert. Was für die Schüler nun eine Freude, gereichte ihm zur Last. Die Pflicht zur Aufsicht hing wie der eigene Schatten an ihm.

Abends kam er gewöhnlich nicht vor 21 Uhr von den Jungen weg. Auch in den Schlafsälen musste Aufsicht geführt werden. Ohne diese hätten die Jungen genauso wie schon zu Edgars Zeiten nicht Ruhe gehalten. Jedenfalls nicht rechtzeitig.

So war seine Arbeit anstrengend. Was er an Privatem zu erledigen hatte: Unterricht vorbereiten, Predigt ausarbeiten, die er auch noch bis zum Freitag immer dem Superior vorlegen und zuweilen überarbeiten musste, Briefe schreiben oder auch lesen oder was er sonst zu tun wünschte - alles musste während der Aufsichten oder am Abend erledigt werden. Doch abends war er gewöhnlich redlich müde.

Vormittags verblieben ihm auch einige freie Stunden, wenn er keinen Unterricht hatte. Da saß er, ausgeruht, auf seinem Zimmer und erledigte seine privaten Angelegenheiten. Man hatte ihm nach einigen Wochen ein schönes, großes Zimmer zukommen lassen, etwas abseits von den Jungen, so dass er in den freien Minuten in Ruhe arbeiten konnte. Das Zimmer diente zum Arbeiten, Aufenthalt und Schlafen. Darin befanden sich: ein Schreibtisch, ein Schrank, das Bett, ein Waschbecken und Bücherregale. Wenige Bilder schmückten die Wand. Ein Kruzifix hing neben dem Bett.

An den Sonntagen hielten die Patres in verschiedenen Pfarreien Gottesdienste. Bis zu zwei, drei Messen oft. Da konnte Edgar gewöhnlich etwas später als an den Werktagen aufstehen. In der Woche blieb es bei den schon vertrauten Zeiten um 4 Uhr 45 und den gewohnten frommen Übungen. Die Meditation, die Edgar allerdings, wenn er Dienst bei den Jungen hatte, durfte er früher verlassen. Das war angenehm.

Nicht minder abwechslungsreich waren die Aushilfen in den Pfarreien. Der Gottesdienst, der Kontakt mit den Menschen, auch wenn sich dieser oft in

Grenzen hielt, sich beschränken musste. Denn nach dem Gottesdienst hieß es gewöhnlich zur nächsten Station weiterfahren. Zum Abschluss dann frühstückte Edgar im Pfarrhaus. Da wurde er verwöhnt. Die Pastore und Haushälterinnen sahen die Patres gerne als Gäste. So waren die Sonn- und Feiertage eine Erholung und boten Abwechslung in dem sonst eintönigen Wochenplan.

Ein Erlebnis, das Edgar in seiner Arbeit bestärkte, andererseits aber auch erschreckte, hatte er in einem Pfarrhaus. Der Pfarrer bat ihn nach dem Sonntagsgottesdienst und dem anschließenden Frühstück Zeit für die Haushälterin aufzubringen, da sie mit einem persönlichen Anliegen zu ihm kommen wolle.

»Pater, ich bitte Sie um Ihre Hilfe. Haben Sie Zeit?«

»Aber selbstverständlich.«

»Es ist eine lange und schmerzliche Geschichte. Ich habe bereits wiederholt mehrere Psychologen aufgesucht. Ergebnislos. Der letzte riet mir, mich an einen Geistlichen zu wenden, der könne mir vielleicht noch helfen.«

»Ich bitte Sie, wenn Sie glauben, dass ich dafür der richtige bin.«

Und sie erzählte ihm eine Geschichte, wie sie sich bestimmt tausendmal schon bei anderen auch zugetragen haben dürfte. Sie war noch jung, achtzehn. Jemand aus der Verwandtschaft war gestorben. Am Tag der Beerdigung musste sie wie alle anderen Verwandten natürlich auch beim Requiem zur Kommunion gehen. Am Tag vor der Beerdigung hatte sie dem Brauch gemäß gebeichtet. Am Abend traf sie sich noch mit einem Freund. Sie küssten sich. Das empfand sie als schwere Sünde. Beichten gehen wollte sie, um sich nicht der Schande und der Verdächtigung auszusetzen, nicht noch einmal, von der Kommunion konnte sie nicht fernbleiben. Unbeschreibliche Schuldgefühle befielen sie seit dieser Stunde. Sie blieb alleine mit diesen. Es war das Schrecklichste, was ihr bisher widerfahren war. Sie vermochte sich niemandem zu offenbaren. So ging sie schließlich mit dieser angeblichen Schuld erneut zur Kommunion. Die Gewissensbisse vergrößerten sich. Sie geriet in eine Zwangslage, aus der sie weder ein noch aus wusste. Je größer die Schuld wurde, um so weniger getraute sie sich, sich jemandem zu offenbaren. Nur zur Beichte gehen konnte sie nicht mehr. So lebte sie Jahre lang mit diesem Druck auf dem Gewissen, ohne ihre religiösen Verpflichtungen zu unterlassen. Sie wurde krank. Zwanghaft fühlte sie sich zur Kommunion hingezogen. Später ging sie dazu über, die Hostie nach deren Empfang nicht aufzuessen, sondern aufzubewahren. Dies verursachte weitere Schuldkomplexe. Schließlich wandte sie sich an Ärzte und Psychologen, die aber keine erfolgreiche Therapie abschließen konnten.

Edgar versuchte ihr klar zu machen, dass sie sich zu Unrecht Schuldgefühle aufgeladen habe. Sonderbarerweise beruhigten sie diese Worte zum ersten Mal. Was war dies damals doch für eine Moral!

Und dann gab es die Ferien. Viermal fuhren die Jungen nach Hause: zu Ostern zwei Wochen, im

Sommer sechs Wochen, während der Herbstferien eine Woche und zu Weihnachten zwei Wochen. Am Fest selber blieben die Jungen im Haus. Die Patres bekamen einmal im Jahr gewöhnlich auch in den Sommerferien Heimaturlaub. Für vierzehn Tage. Sie konnten dabei hinfahren, wo sie wollten. Finanzieren mussten sie die Fahrt und den Aufenthalt selbst. Da Edgar nicht über große private Gelder verfügte, hielt er sich immer bei seinen Angehörigen auf. Taschengeld gab es monatlich wenig nur, dreißig Mark. Man konnte sich gerade das kaufen, was man zu seinem privaten »Luxus« benötigte, wie etwa Rauchwaren. Die Patres durften Gelder, die man ihnen privat schenkte, behalten und darüber nach eigenem Gutdünken verfügen. Die lebensnotwendigen Dinge wie Kleidung erhielt man selbstverständlich vom Orden.

So gingen die Monate ins Land. Die Herbststürme fegten über die Hügel. Die Bäume entlaubten sich. Die Krähen krächzten ihre düstere Melodie. Der Winter bedeckte die Felder und Wiesen mit seinem Weiß, bescherte mit seinem stimmungsvollen Fest. Doch jeder wartete sehnsuchtsvoll auf die wärmere Zeit, wenn der Frühling seine gelben Lichter des blühenden Ginsters auf den Bergrücken anzündete, die Farbtupfer der aufsprießenden Blumen in die Landschaft drückte. Und schließlich der Sommer, wenn die Wärme und Glut der Sonne die Gesichter färbte und die Früchte heranwachsen ließen und zur Reife brachte.

Schüler gingen und kamen. Edgar machte seine Arbeit bei den Jungen Freude. Zumal diese ihn mochten. In der Gemeinschaft der Mitbrüder hatte er sich gut eingelebt. Er spielte mit ihnen in den Rekreationen, wenn es die Umstände erlaubten, Karten. Gewann, verlor. Die Mitbrüder bildeten eine Gemeinschaft, in der man sich wohl fühlen konnte und zu Hause war. Vielleicht war es also doch nicht so schlecht gewesen, dass man ihn nach dort versetzt hatte.

Nach einem Jahr etwa sprach Pater Lenschel Edgar an:
»Pater Sendreich, Sie machen Ihre Sache gut. Doch wissen Sie…«
Was kam jetzt? Niemand hatte sich bisher über ihn beklagt. Was wollte ausgerechnet der so friedliche Pater Lenschel? Sich beschweren? Die Freundlichkeit der Eröffnung ließ nichts Gutes vermuten. Pater Lenschel bot Edgar eine Zigarette an. Ein Danaidengeschenk? Man sollte ihm nach einem alten lateinischen Wort misstrauen. Lenschel selber rauchte immer noch nur eine Zigarette in der Stunde.
»Also, Pater Sendreich, Sie nutzen die Zeit an den Vormittagen mit Arbeiten auf Ihrem Zimmer.«
»Nun, ich muss schließlich auch Privates mal erledigen. Sie können sich denken, dass ich an den Abenden nach dem Tumult des Tages dazu nicht mehr viel Lust und Kraft habe. Predigten, Unterricht… Sie wissen selber.«

»Gewiss, gewiss. Doch Ihnen ist auch nicht unbekannt, dass, wenn man nicht ständig die Pulte und Schränke der Jungen kontrolliert, die Schüler die Ordnung vernachlässigen. Staub, der nicht beständig gewischt wird, setzt sich nieder und häuft sich an, und man kann dann nur noch schwer seiner Herr werden. Sie müssten also an den Vormittagen am besten mit einem Zettel in der Hand durchs Haus gehen, die Pulte nachsehen, die Spinde überprüfen, ob auch Ordnung gehalten wird.«

Edgar überfiel ein Schwindelgefühl. Eine nie endende Arbeit. Das lag ihm gar nicht. Nur widerwillig machte er es. Freilich, er sah ein, dass es nicht anders ging. Erziehen bedeutete auch, immer wieder auf Grundsätzen zu bestehen, auf Abmachungen hinzuweisen, ständig an Pflichten zu erinnern. Ein fortwährendes Mahnen und Hinweisen. Und das bei anhaltend neuen Schülern. Ein Berg, der nie abnahm. Das zermürbte auf die Dauer, war lästig, - schon jetzt nach kurzer Zeit. Doch es half nichts, es musste getan werden. Sisyphusarbeit.

Da fiel ihm in diesem Zusammenhang ein Erlebnis ein.

»Herr Pater, ich sollte Ihnen mein Bett vorzeigen, weil ...«, sprach ihn Michael an einem Morgen mit dem gewitzten Gesicht an.

»Ja, ja ...«, war er wie abwesend, »hast du es ordentlich gemacht?«,

»Aber klar, Herr Pater.«

»Verschwinde. Ich werde mich überzeugen.« Aber er kümmerte sich den Teufel darum. Eine der vielen

Inkonsequenzen, die ihm zuweilen unterliefen. Dabei waren aus pädagogischer Sicht nichts verhängnisvoller als solche Fehler - meinen die Pädagogen.

Regelmäßig überprüfte Edgar die Spinde der Jungen. Michael hatte immer einen ungeordneten Schrank. Er musste ihn aufräumen. So überprüfte Edgar nun mit ihm dessen Werk. Stolz öffnete Michael den Schrank. Alles lag fein geordnet in Reih und Glied. Edgar schaute sich den Kerl an. Unbeweglich blickte er zu ihm auf, widerstand seinem Blick. Edgar glaubte ein verstecktes Lächeln in den Augenwinkeln des anderen zu bemerken. Da stimmte doch etwas nicht.

»Mach mal den Schrank rechts nebenan auf.«

Alles in Ordnung.

»Bitte den linken.«

Ein Chaos stürzte Edgar entgegen. Michael dreht sich auf dem Absatz um und weg war er.

»Man macht sich nicht in solcher Windeseile davon«, versuchte Edgar ihn noch anzuhalten. Vergeblich.

Für Momente war Edgar bei dieser Erinnerung in Gedanken versunken.

»Dann aber«, fuhr Pater Lenschel fort, »habe ich noch eine gute Nachricht.«

Edgar schreckte auf. Was hat er gesagt: Gute Nachricht. Oho, wird auch wahr sein, ließ das Wörtchen »gut« Edgar aufhorchen.

»Sie sollen nun doch noch in die Mission.« Schon wollte Edgar innerlich aufjubeln, als er weiterhörte: »Allerdings...«

»Allerdings?...«

»Nun, man will Sie dort an unsere Schule schicken, als Lehrer.«

»Als Lehrer?«

»Ja, ich weiß, Sie wollten in die Mission. Nun haben Sie beides.«

»Aber doch nicht als Lehrer. Ich wollte als Missionar in den Urwald.«

»Sie wissen doch, dass unsere Patres, die an der Schule unterrichten, während der Schulferien die Möglichkeit haben, den Mitbrüdern im Urwald auszuhelfen. Das ist doch ideal für Sie.«

Edgar, gewohnt, Neues nicht sofort von der Hand zu weisen und darin vielmehr eine Chance zu sehen, stimmte zu.

»Wenn ich den Mitbrüdern zuweilen in der Mission im Urwald aushelfen darf, wäre es doch nicht unpassend, wenn ich reiten könnte.«

»Reiten?«, Lenschel schien nicht gleich zu begreifen. »Ach so. Gewiss.«

»Ich habe von Pater Einhen gehört, er kenne nicht weit von hier eine ehemalige Schulkameradin, die einem Reitverein angehöre. Wäre es denn nicht angebracht, wenn ich ein paar Reitstunden nähme?«

Edgar wollte zwei Fliegen mit einem Streich schlagen. Neben dem Reiten wollte es sich auf diese Weise ein paar freie Nachmittage machen. Er konnte sie brauchen. Und dann noch in Gesellschaft einer Dame.

»Keine schlechte Idee. Ich werde mit dem Superior sprechen und ihn bitten, dies zu befürworten.«

Pater Lenschel löste sein Versprechen ein und fand ein verständnisvolles Ohr. Man sieht, Edgar hatte es mit den Mitbrüdern, mit denen er zur Zeit arbeitete, offensichtlich gut getroffen.

Pater Einhens Klassenkameradin war um einige Jahre älter als Edgar, sah nicht gerade hässlich aus, war eine reizende Person und zeigte sich über die Gesellschaft des jungen Paters erfreut. Sie schlug vor, den Unterricht gleich in freier Natur zu nehmen und nicht lange in der Halle zu proben. So ritten sie von der ersten Stunde an aus. Ganz wohl fühlte Edgar sich dabei nicht. Und es wurde ihm auch nicht unbedingt wohler, als ihm seine Reitlehrerin offenbarte, dass das Pferd, das Edgar ritt, Schalk heiße. Es trage seinen Namen nicht von ungefähr, meinte seine Begleiterin. Sie ritten durch Wälder, über Felder, Hänge hoch und runter. Mal im Trab, mal im Galopp. Je länger Edgar auf dem Rücken des Pferdes saß, um so sicherer fühlte er sich. Es machte ihm Spaß, den Wind um die Ohren pfeifen zu hören, den Schlag der Hufe unter sich zu vernehmen, den weichen Leib des Pferdes zwischen den Schenkeln zu verspüren, das Ross zu lenken und den Willen des Pferdes gefügig zu machen.

Einmal allerdings sollte Schalk es ihm zeigen. Sie ritten zu dritt aus. Ein Arzt befand sich in der Begleitung. Dieser wie die Lehrerin waren erfahrene Reiter. Es war Herbst. Die Felder waren gemäht. So konnten die drei im frischen Galopp über die Stoppeln jagen. Müde vom stundenlangen Ritt kehrten sie, bevor sie die letzte Strecke zurücklegten, in einer Gaststätte ein. Sie aßen einen guten Rehbraten mit Spätzle und tranken Rotwein dazu, plauderten und schwatzten und freuten sich über den schönen, gut gelungenen Tag. Dann ging es weiter. Wenige Meter hinter dem Gasthaus lag eine Wiese. Auf ihr wollten die drei einen letzten schnellen Galopp machen, bevor es im Wald ruhigeren Schrittes heim gehen sollte. Vor der Wiese befand sich ein kleiner abschüssiger Hügel. Nicht sehr hoch. Von weitem kaum sichtbar. Edgar sah die zwei vor ihm Reitenden diesen in einem leichten Satz nehmen. Kaum, dass er dies wahrnahm, hatte auch er mit seinem Pferd schon die Stelle erreicht. Schalk nahm den Hügel - das erste Mal, dass Edgar einen solchen erlebte -, das Pferd setzte auf, hart und für den Reiter ungewohnt und schneller, als Edgar die Situation erfassen konnte, lag er auf dem Boden. Er hatte Glück, es war ihm nichts Ernsthaftes passiert. Schalk jagte seinen Gefährten nach. Edgar musste sich humpelnd zu den anderen bemühen.

Wochen und Monate gingen wieder ins Land. Das Gras wurde geschnitten. Auf den Äckern ernteten die Bauern das Korn. Das Laub welkte. Die Krähen krächzten im dunklen Geäst der Kronen auf den Lerchen.

Einen genauen Termin, wann Edgar ins Ausland kommen sollte, hatte Pater Lenschel ihm nicht gesagt. Und – es wurde sonderbar still um diese Abordnung. Keiner sprach mehr davon, es war, als sei nie etwas darüber verlautet. Edgar hatte widerwillig mit Spanisch zu lernen angefangen. Je länger es aber dauerte, dass er nichts mehr von seiner Ausreise hörte, um so weniger schaute er in das Spanischlehrbuch. Es war ihm geradezu recht, sich nicht mehr mit dieser Last abquälen zu müssen. Offensichtlich schien der Plan bei den Vorgesetzten in Vergessenheit geraten zu sein. Edgar trug ihn zwar immer noch im Hinterkopf; doch sickerte das Vorhaben auch bei ihm immer mehr ins Unterbewusstsein, so dass Edgar nicht mehr daran dachte, auch wenn in ihm der Gedanke daran von Zeit zu Zeit noch auftauchte. An ihn glauben konnte er nicht mehr so richtig.
Es kam Weihnachten 1964.
Am zweiten Weihnachtstag fuhren die Schüler in die Ferien. Seit einigen Jahren war der Brauch eingeführt worden, den Schülern ein Heimführungszeugnis auszustellen. In wenigen Sätzen wurde darin eine Beurteilung des Verhaltens der Schüler abgegeben. Dies war Aufgabe des Schulleiters und des Präfekten. Letzteres war Edgar zwar immer noch nicht, aber der Präfekt überließ ihm diese zeitraubende und unangenehme Arbeit gerne. Sie kostete eine ganze Nacht. Pater Lenschel und Edgar setzten sich erst am Abend vor der Heimfahrt der Schüler zusammen, diese Zeugnisse zu schreiben. Es war eine her-

kulische Arbeit. Gemeinsam suchten sie die Beurteilungen, Lenschel tippte die gefundenen Formulierungen in die Schreibmaschine.

Gegen Mitternacht, vier Stunden Arbeit nun hatten sie hinter sich, legten sie eine Pause ein. Sie tranken einen Schnaps und rauchten die wer weiß wievielte Zigarette. Die Glieder waren vom Sitzen steif geworden. So ging Edgar einige Schritte im Zimmer auf und ab. Lenschel schenkte Kaffee ein. Sie schlürften die Erfrischung.

Edgar schien die Stunde der Pause passend, auf ein Thema zu sprechen zu kommen, das ihn seit Wochen bewegte. Da die Angelegenheit mit der Abordnung in die Mission offensichtlich doch nicht mehr akut zu sein schien, ging er davon aus, dass man ihn – aus was für Gründen auch immer – nun doch auf dem Internat behalten wollte. Und nach nun beinahe zwei Jahren Lehrzeit als Präfekt, glaubte er, dass er doch endlich in eigener Verantwortung diesen Posten übernehmen könnte. Zumal nach seiner Einschätzung so manches der Erneuerung bedurfte. Solche konnten aber mit dem alten Präfekten und unter dessen Leitung nicht durchgeführt werden. Dafür musste Edgar schon alleine verantwortlich die Erziehung übernehmen und Richtlinien bestimmen dürfen, wenn auch in Abstimmung mit dem Internatsleiter Pater Lenschel. In dieser Nacht nun wollte Edgar endgültig wissen, ob er nicht damit rechnen könne, den Posten des Präfekten übertragen zu bekommen.

Die nächtliche Stunde und Pause um Mitternacht schien Edgar passend. Nachtstunden erweisen sich für solche Vorhaben als günstig. Glaubte er.

Er äußerte sich in diesem Sinn Pater Lenschel gegenüber. Er erhoffte sich von ihm verlässliche Auskunft. Dies nicht nur, weil Pater Lenschel Leiter der Schule und des Internats war, sondern er auch dem Rat der Patres angehörte, in dem über Wohl und Wehe der einzelnen Mitbrüder entschieden wurde.

Pater Lenschel schaute, als Edgar seine Frage geäußert hatte, ihn mit einem schiefen Blick an.

»Darf ich Ihnen einen Schnaps einschenken?«, fragte er. Sie waren nach dem Kaffee zu Schärferem übergegangen. Edgar hatte sein Glas noch nicht ganz leer getrunken. Sonderbar. Er zog an seiner Zigarette. Die Tischlampe warf einen schrägen Schein zu Edgar herüber.

»Ich bitte Sie, Pater Lenschel, ich habe doch noch...«

»Macht nichts. Sie werden es schon vertragen. Trinken Sie. Prost!«

»Also, Herr Lenschel, wie ist es damit? Kann ich ab dem neuen Schuljahr Präfekt in eigener Verantwortung werden oder nicht?«

Lenschel stand auf und ging einige Schritte im Zimmer auf und ab. Es setzte sich wieder. Er schien um einiges nervöser an seiner Zigarette zu ziehen und klopfte sie kräftig am Aschenbecherrand ab. Edgar beobachtete still in seinem Sessel sitzend den anderen. Wie ein Tiger im Käfig kam Lenschel ihm vor. Lenschel rückte sich in seinem Stuhl zurecht und nahm von den bereits fertigen Heimzeugnissen einige zwischen die Finger. Seine Augen wanderten von dort zu Edgar hoch. In den Augen spielte ein sonderbares Leuchten.

»Was ist, Herr Lenschel?«

Lenschel zog an seiner Zigarette und blies eine große Fahne von sich. Er strich sich mit der Hand den Nacken.

»Sie wissen, dass ich zum Stillschweigen verpflichtet bin.«

»Nun, es wird doch nicht ein so großes Geheimnis sein, ob ich den Posten jetzt bekomme oder nicht. Oder?«

Lenschel fuhr sich mit der Linken über den Mund, kratzte sich das Kinn und strich sich über beide Backen.

»Wissen Sie... es ist... wie soll ich sagen...«

Was hatte er nur, zuckte es Edgar durchs Hirn.

»Sie werden den Posten nicht übernehmen können.«

Hörte Edgar schon wieder schlecht? Es musste wirklich mal zum Ohrenarzt.

»Hält man mich noch nicht dafür befähigt? Oder glaubt man gar, dass ich dafür überhaupt ungeeignet bin?«

Lenschel zog hastig letzte Züge an seiner Zigarette und zerdrückte den Stummel dann im Aschenbecher.

»Ich werde es nicht gut genug gemacht haben.«

»Wie kommen Sie auf diesen Gedanken? Keineswegs. Wir waren und sind sehr mit Ihnen zufrieden.«

»Zufrieden, aber halten mich nicht für gut.«

Lenschel schaute schopfschüttelnd zu Edgar hinüber.

»Legen Sie nicht jedes Wort auf die Goldwaage.«

Vom Kirchturm schlug die Uhr zwölf. Die Töne verhallten und es war ein stürmischer Wind von draußen zu vernehmen. Die Fenster klirrten, der Sturm packte die Scheiben. Edgar hatte bisher nichts von dem Treiben draußen vernommen gehabt. Jetzt hörte er den Wind vom Bach heraufziehen und ums Haus jagen. Der Lichtschein, der aus dem Zimmer nach draußen fiel, erhellte die weiße Schneefläche im Hof. Lenschel verfolgte Edgars Blick, der für Momente das Schauspiel draußen beobachtete. Dann wandte sich Edgar wieder dem Schreibtisch und Lenschel zu.

»Nun also… nun, Sie sollen nicht mehr ins Ausland, man hat andere Pläne mit Ihnen vor.«

Edgar erstarrte.

»Wie bitte?«

»Ja.«

»Machen Sie es nicht so …«, drängte Edgar.

»Sie sollen auch nicht bei uns im Internat bleiben. Vorläufig wenigstens nicht.«

»Was soll das heißen, vorläufig?«

»Man hat vor, Sie…«, Lenschel hustete verlegen und zögerte, »studieren zu lassen.«

Nun glaubte Edgar wirklich, dass er sogar nicht mehr ganz richtig in seinem Kopf war.

»Wie, ich soll…«

»Sie haben richtig verstanden. Sie sollen studieren.«

Für lange Minuten entstand eine Stille. Kein Laut, kein Ton, kein Geräusch war im Zimmer zu hören. Nur der Wind draußen sang sein schauriges Lied. Es war im Raum, als sei die Ruhe vor einem gewaltigen Gewitter angebrochen. Und dann konnte sich Edgar nicht mehr halten und fing zu weinen an. Es brach aus ihm heraus, wie er seit Jahren nicht mehr geweint hatte. Er schüttelte sich vor Erregung. Er konnte es nicht fassen, sich nicht mehr beherrschen. Er schien einem Zusammenbruch nahe. Lenschel saß da und wusste nicht, was machen.

Erst nach einer geraumen Weile, als Edgar einigermaßen zur Ruhe gekommen war, versuchte Lenschel zu sagen:

»Pater Sendreich…«, doch ihm versagte die Stimme. Er war ratlos.

»Ich kann es nicht und will es nicht. Ich bin dafür ungeeignet. Ich bin nicht nur zu alt, sondern auch völlig unfähig dafür. Wie konnte man nur auf diese Idee kommen… Und nicht einmal hat man mich vorher gefragt. Warum nur?«

Lenschel erklärte ihm. Der Orden habe sich dazu entschlossen, junge Mitbrüder ins Studium zu schicken, damit Nachwuchs, junger Nachwuchs für die eigene Schule gesichert sei. Man habe zwar zunächst an einen anderen Mitbruder gedacht, Pater Rusch, aber Edgar kenne ihn ja nur zu gut. Man befürchtet, dass er, wenn er sich in der Welt aufhalte, seinem

Beruf nicht treu bleiben werde. So würde Pater Rusch an seiner, Edgars, Stelle ins Ausland gehen und Edgar für ihn studieren. Pater Rusch war jener Freund von Edgar, Hans, den er nach dem Abitur besucht und in dessen Schwester er sich verliebt hatte. Hans war ein Jahr nach Edgar in den Orden eingetreten. Allerdings, das wusste Edgar, hatte er sich zu einem sehr schwierigen Charakter entwickelt. Gleich nach seiner Weihe war er in ein Haus versetzt worden, wo er in der Seelsorge arbeitete. Er war ein ungewöhnlich guter Prediger. Aber auch außerordentlich schwierig im Umgang.

Nun, was Pater Lenschel in jener verhängnisvollen Nacht, wenn auch unter dem Siegel der Verschwiegenheit Edgar berichtet hatte, sollte wie angekündigt eintreffen. Edgar schickten seine Vorgesetzten ins Studium. Bereits zum neuen Semester im Frühjahr 1965. Kurioserweise, ohne ihn jemals offiziell dazu abzuordnen. Die inoffizielle, ihm durch Pater Lenschel mitgeteilte Eröffnung ließ man als verbindlich gelten. Pater Rusch wurde über den Ozean geschickt. Verhängnisvoll, wie es oft geht, wie die Motte ins Feuer fliegt, verließ Pater Rusch dann in der Ferne den Orden. Das Damoklesschwert lässt sich offensichtlich nicht abwenden. Ein Fluss zu reißend geworden, um in seinem Bett noch verlagert werden zu können, bricht aus. Wenn nicht der Bach schon gelenkt wird, sofern überhaupt lenkbar, bestimmt mit seiner Gesetzmäßigkeit seinen ferneren Lauf.

»Ist das so richtig?«, haderte Edgar wieder einmal.

»Lass alles auf dich zukommen. Gottes Pläne sind geheimnisvoll.«

»Und das sind deine?«

»Ich schreibe auf krummen Linien gerade.«

Was diese Entscheidung für Edgar bedeuten würde, ahnte er nicht und kein anderer. Er gehorchte, wie er es gelobt. Armut, Gehorsam und Jungfräulichkeit hatte er vor nun mehr beinahe fünf Jahren als Gelübde abgelegt. Ihnen wollte er treu bleiben, ihnen wusste er sich verpflichtet.

Auf neuen Wegen

Die berühmt, berüchtigten achtundsechziger Jahre waren zwar noch nicht da, jedoch schon im Anzug. Solche Einbrüche wie diese der Studentenrevolte kommen nicht plötzlich. Sie ziehen wie ein Gewitter mit Grollen, das weithin zu hören ist, auf. Blitze zucken am Horizont und erleuchten die dunklen Wolken, die heraufziehen.

Edgar siedelte nach Köln um. Er wurde sich nicht bewusst, dass er hier 1947 seinen Weg zu seiner Berufung gewissermaßen angetreten hatte. Zwar hatte dieser in Berlin seinen Anfang genommen, doch in Köln war der endgültige Abschied von seinem Zuhause erfolgt. Ab hier befand er sich unwiderruflich auf dem neuen Weg. Hier hatte er sich von der jungen Frau, die ins Kloster trat, später aber ging, verabschiedet. Von hier hatte er sich in Begleitung des Paters, der später den Orden verlassen sollte, ins Internat begeben. Von hier war er abgefahren, als er Christa kennen lernte.

Man hatte Edgar erlaubt, die Fächer, die er studieren sollte, auszuwählen. Er entschied sich für Deutsch und Geschichte. Es war nämlich nicht sicher, ob er für das Staatsexamen seine theologischen Studien angerechnet bekommen würde. Zwei Fächer waren fürs Staatsexamen nötig. Später allerdings stellte sich heraus, dass das Theologiestudium anerkannt wurde. Gott sei Dank. So brauchte er, nun über dreißig, nur noch Deutsch zu studieren.

Unterkunft fand er in einem Haus des Ordens. Hier versorgten die Mitbrüder eine Pfarrei. Ein anderer junger Mitbruder, ein Jahr nach Edgar geweiht, hatte bereits seit zwei Semestern mit Mathematik und Physik ein Studium angefangen. Pater Mermiz. Dies stellte für Edgar eine gewisse Beruhigung dar, so war er nicht ganz allein. Sie konnten sich gemeinsam ihre Sorgen teilen, gemeinsam die sicherlich nicht leichten Jahre durchstehen. Sie hatten gemeinsame Hoffnungen, ein gemeinsames Ziel, gemeinsame Probleme. Doch auch hier sollte es anders kommen, als Edgar es sich vorgestellt und gewünscht hatte.

Wenige Monate des ersten Semesters waren vergangen. Der Sommer zog herauf. Die Hitze stand zwischen den Mauern der Stadt. Glut begann die Häuser zu belagern. Es schien wieder mal unerträglich zu werden. Während sich die Studenten und Studentinnen bequem anziehen konnten und in offener Kleidung zu den Vorlesungen gingen, trugen Edgar und sein Mitbruder noch immer den schwarzen Anzug mit dem weißen Kragen, auch während der Vorlesungen und an der Uni. Die Sitte, dass die Geistlichen Krawatten oder doch zumindest den Guardinikragen, also einen weißen Hemdkragen über einem schwarzen Pullover, oder in einem grauen Anzug gehen durften, war zur damaligen Zeit zwar schon bekannt, aber noch ungewohnt und für Edgar und die Mitbrüder nicht erlaubt. Sie würden sich ja wohl ihres Berufes nicht schämen, hielt man ihnen vor. Nein, Edgar schämte sich nicht, aber er kam sich, wie schon früher, in seiner klerikalen Kleidung unter den Studenten und Studentinnen fremd vor. Man schaute ihn an, sich nach ihm um, belächelte ihn womöglich. Es war ihm peinlich. Dass es auch noch heiß in der schwarzen Kleidung war – musste hingenommen werden, auch wenn völlig unnötigerweise. Wenige Jahre später erst würde damit Schluss sein. Man hätte die Zeichen der Zeit früher erkennen sollen.

Alfred, Pater Mermiz, kam eines Tages zu Edgar.

»Du es tut mir Leid.«

»Was?«

Alfred hatte ihm vor längerer Zeit einmal erzählt, dass er keine Lust mehr zum Studieren habe. Man hatte auch ihn ohne seine Zustimmung ins Studium geschickt. Als Edgar hörte, dass Alfred nun sein Studium aufgeben wolle, fand er es niederschmetternd. Zu zweit hätte sich alles besser ertragen lassen. Sollte es nun auch damit aus sein? Doch zunächst erlaubten die Vorgesetzten es Pater Mermiz nicht. Das tat Edgar zwar für Alfred leid, er aber freute sich. Mit welcher Überraschung kam Alfred aber jetzt?

»Was hast du?«

»Tut mir Leid.«

»Rück mit der Sprache raus, mach keine Umstände, bin mittlerweile Überraschungen gewöhnt.«

Alfred steckte sich eine Zigarette an und bot Edgar auch eine an.

»Wir sollten nicht soviel rauchen«, meinte Edgar.

»Ich höre auf.«

»Mit dem Rauchen?«

»Mit dem Studium.«

»Ich denke, sie lassen dich nicht.« Das Siezen hatten die beiden sich gegenüber abgewöhnt. In wenigen Jahren würde es ohnehin Gang und Gäbe. Die Jungen nahmen es vorweg.

»Schon. Aber ich habe eine Allergie bekommen. Kuck meine Hände.« Er streckte sie Edgar hin. Sie waren rot mit Ausschlag überzogen. Geschickt, schoss es Edgar durch den Kopf. Doch vertrieb er den Gedanken sofort wieder.

»Lach nicht«, schien Alfred Edgars Gedanken erraten zu haben.

Edgar verzog seinen Kopf. »Ich lache nicht. Wie könnte ich. Dann muss ich alleine weitermachen.«

Alfred blieb zwar weiterhin im Haus der Mitbrüder. Er wurde Kaplan. Aber die Kontakte zueinander nahmen ab. Die Arbeit in der Pfarrei einerseits und Edgars Studium auf der anderen Seite lagen so weit auseinander wie Himmel und Erde. Die beiden sahen sich nur selten, fanden kaum mehr Zeit zu einem Gespräch. Dies wäre nun nicht schlimm gewesen, wenn es mit der Gemeinschaft der Mitbrüder im Haus besser bestellt gewesen wäre. Es wohnten nicht viele Mitbrüder im Haus. Sechs nur. Alle außer Alfred viel älter. Der eine von ihnen versah den Pfarrdienst. Auch er war wie der Kaplan stark in seine Arbeit eingespannt. Die anderen hielten sich oft außer Hauses auf. Befanden sie sich zu Hause, erwiesen sie sich nicht als geeignete Gesprächspartner. Sie hatten ihre Geschäfte und Sorgen. Sie interessierte wenig, was Edgar studierte. Die in diesen Jahren einsetzenden Unruhen an den Universitäten ließen sie nicht gerade Sympathien für das, was dort vor sich ging, finden. Edgar, nicht zuletzt von seiner Umgebung angesteckt, aber auch durch das Studium kritischer geworden sowie durch das Verhalten seiner Mitbrüder enttäuscht, machte im Kreis der Mitbrüder immer mehr und öfter schärfere Bemerkungen. Sich mit einem so kritischen jungen Mitbruder auseinander zu setzen, hatten die anderen keine Lust oder war ihnen zu anstrengend. Sollte der doch selber mit seinen Problemen fertig werden. Was ging es sie an, was ihn da draußen bewegte. Über seine Probleme und Studien konnte er mit niemandem sprechen und sich unterhalten. Fast täglich hatte Edgar junges Volk um sich herum. Ungewohnt waren die Studien. Edgar merkte, wie sich rächte, dass sie in der Missionsschule nur ausgewählte Texte hatten lesen dürfen und er deshalb kaum Literatur kannte. Jetzt musste alles nachgeholt werden. Er hatte Unmengen an Büchern zu lesen. Das fraß Zeit, kostete Nerven und verlangte Geduld. Alle drei standen Edgar nur in begrenztem Maße zur Verfügung. Er befürchtete, diese Menge an Gelesenem nicht schaffen und verarbeiten zu können. Außerdem sollte er auch noch sonntags in der Pfarrei mit aushelfen. Messe lesen und Predigen. Das bedeutete zusätzliche Arbeit. Einsprüche dagegen legten ihm die Mitbrüder als Ausreden aus. Er wolle sich nur drücken.

Auch die anderen hätten ihre Arbeiten, hielt man ihm vor. Notgedrungen gab Edgar nach. Er war nicht der Mann, der sich mit Gewalt durchsetzen konnte und wollte. Allergien bekam er nicht. Später allerdings, nach drei Jahren, stellten sich Magenbeschwerden ein. Gastritis. Edgar gab trotzdem nicht auf.

Er las, studierte, besuchte Seminare, hörte Vorlesungen, legte Zwischenexamina ab. Zunächst in Deutsch und Geschichte noch. Er musste Pädagogik studieren, ein Fach, von dem er nicht viel hielt. Geschichte ohne Englischkenntnisse – er hatte ja damals auf dem Gymnasium nur Französisch, Latein und Griechisch gehabt – zum Lachen. Zwar hatte er Glück, dass dieser Mangel nicht offenkundig wurde. Denn lediglich in Französisch und Latein verlangte man einen Nachweis über deren Kenntnisse. In beiden Prüfungen glänzte er nicht. Von Mitstudenten wusste er, das sie sich die Klaussuren in Französisch von anderen schreiben ließen. Das verbot ihm sein Gewissen. Doch er hatte dann noch einmal Glück, dass man ihm seine theologischen Studien anerkannte, so konnte er sich auf ein Fach, Deutsch konzentrieren. Das bedeutete aber dennoch praktisch so gut wie drei neue, wenn auch nicht völlig neue Sprachen lernen zu müssen: Gotisch, Altdeutsch und Mittelhochdeutsch. Dies erhöhte seine Begeisterung für das Studium nicht gerade. Selbst die bis zu zwölf Jahre Jüngeren quälten sich mit diesen Vorfahren des Hochdeutsch ab. Wie erst er. Doch ließ er sich nicht entmutigen.

Nun wäre vielleicht noch alles zufriedenstellend gegangen, wenn sich nicht immer wieder Dinge zugetragen hätten, die er selber nicht gesteuert und gewollt und beabsichtigt hatte. Sie kamen auf ihn zu wie Schicksalsverfügungen. Gewohnt, derartiges hinzunehmen, es zu bejahen, sich ihm zu fügen, wie er es als gehorsamer Ordensmann gewohnt war und sich für ihn schickte, nahm er die Dinge, wie sie kamen.

Wieder einmal wurde er zu seinem Vorgesetzten dem Provinzial gerufen. Er bestellte ihn auf sein Zimmer.

»Nehmen Sie bitte Platz, Herr Sendreich. Darf ich Ihnen eine Zigarette anbieten?«.

Die freundliche Eröffnung und das Angebot - kannte er das nicht? – ließen ihn nichts Gutes ahnen. Doch warum sollte er das Angebot abschlagen? Besser würde das, was immer kommen sollte, dadurch auch nicht. Wenn schon nichts Gutes zu erwarten war – davon ging Edgar aus -, musste man ja das Angenehme nicht zurückweisen. P. Siep hielt Edgar die Zigarettenschachtel hin. Edgar bediente sich. Siep gab ihm Feuer. Er übrigens war es gewesen, der Edgar zwar ins Studium geschickt, aber von seiner Abordnung dorthin nicht mehr unterrichtet hatte. Jetzt saß er vor ihm. Sein volles Gesicht, der feste Ausdruck darin, ließ erkennen, dass die hinter dieser Stirn ausgedachten Gedanken richtig und gültig zu sein hatten. Siep rauchte eine Zigarre. Seine dicken

Finger hielten die Brasil ungelenk. Ein Lächeln glitt durch die Augenwinkel. Die Linke stützte das Kinn.

»Pater Sendreich, ich hoffe, es geht Ihnen gut?«

Watte, die Unangenehmes einwickeln soll, dachte Edgar.

»Nun ja, ich schlage mich so durch.«

»Sie werden, wie gewöhnt, wieder mal untertreiben.«

Sollte er denken, was er will, überlegte Edgar.

»Sie haben sicherlich ein Attentat auf mich vor.«

»Attentat, ich bitte Sie. Im Gegenteil, ich will Ihnen was Gutes anbieten.«

Edgar verzog die Lippen. Gutes – was hatten sie ihm nicht schon alles Gutes erweisen wollen. Die Sonne schien zum Fenster herein und blendete ihn. Das Gesicht des Vorgesetzten wirkte bieder, aber der Provinzial war es nicht.

»Sie wären sicherlich froh, keinen so langen Weg mehr zur Uni zu haben.«

Edgar musste über eine halbe Stunde unterwegs sein.

Er werde noch lange genug nach dort gehen müssen, missverstand Edgar bewusst das Wort des anderen.

»Ich spreche nicht von der Länge Ihres Studiums, sondern vom Weg zur Uni.«

»Der ist in der Tat nicht kurz.«

»Sehen Sie. Unsere Schwestern haben ein Altenheim...«

Na, so weit ist es ja wohl noch nicht mit mir, dachte Edgar.

»…sie suchen einen Seelsorger, der sich ein wenig um die alten Leutchen kümmert und den Schwestern Gottesdienste hält. Ich dachte, das wäre für Sie eine gute Stelle, wo sie wohnen könnten. Das Haus der Schwestern liegt in der Nähe der Uni.«

Dann müsste er regelmäßig sonntags predigen und wer weiß, wie viel seiner Zeit den Alten opfern, wurde sich Edgar bewusst. Er äußerte seine Bedenken dem Vorgesetzten.

»Schon. Aber überlegen Sie, die übrige Zeit sind Sie alleine. Und bedenken Sie, wie Schwestern Patres verwöhnen, zumal wenn es sich noch dazu um so einen jungen Pater wie Sie handelt. Wollen Sie nicht, ist das nicht ein verlockendes Angebot?«

Die Schlange im Paradies zeigte auch nicht ihre Giftzähne, sondern spuckte vielversprechende Worte aus.

»Werde ich überhaupt die Möglichkeit haben, mich noch entscheiden zu können? Ist es nicht längst beschlossene Sache, wie bisher immer?«

»Ich bitte Sie, Sie sind doch bis jetzt nicht schlecht gefahren. Oder?«

Was sollte Edgar angesichts eines solch attraktiven Angebots anderes machen als zustimmen? Wer weiß, welcher Sinn in dieser Entscheidung lag. Er willigte ein.

Wieder einmal zog er um. Bücher, nun bereits um ein beträchtliches Maß angewachsen, Kleider, immer noch bescheiden wenige: die Soutane fehlte auch nicht, wenngleich er sie nur noch selten anziehen würde, schwor er sich. Nun war er sein eigener Herr.

Die Schwestern hatten es in der Tat verstanden, Edgar ein gastliches Zuhause zu bereiten. Ihm stand ein großes, gesondertes Zimmer mit eigenem, kleinen Schlafraum – das erste Mal in seinem Leben – und ein Bad zur Verfügung. Es gab einen Extraausgang, direkt zur Straße hin. Niemand würde kontrollieren können, wer zu ihm kam. Niemand ihn überwachen, wann er wegging und heimkam. Eine Frau brachte ihm sein Essen aufs Zimmer. Kam er morgens vom Gottesdienst zurück, standen das Frühstück auf dem Tisch: Brötchen, Kaffee, Marmelade, Eier. So auch des Abends. Immer reichlich gedeckt. Abwechslungsreich. In der Tat die Schwestern verwöhnten ihn und er war so etwas wie der Hahn im Korb.

Der Verkehr unmittelbar vor der Haustür verursachte zwar Lärm. Doch bald gewöhnte Edgar sich an ihn. Er kaufte sich ein kleines Radio, um nicht ganz von der Welt abgeschnitten zu sein. Er hörte beim Essen Nachrichten, ließ beim Lesen leise Musik ertönen. Doch eines war ihm nicht von Anfang an deutlich genug klar, um so deutlicher aber, als er umgezogen war und eine Zeit lang in der neuen Unterkunft wohnte: er war nun alleine, völlig alleine. Wie ein Einsiedler, Eremit. Täglich, wöchentlich, monatlich. Er aß alleine, studierte alleine, verbrachte die Mußestunden alleine, wenn er sich überhaupt solche noch nahm. Womit hätte er sie ausfüllen sollen? Er nutzte die vielen Stunden zum Studieren und Lesen. Gewohnt, in Gesellschaft zu sein, mit jemandem zu sprechen, sich auszutauschen, fehlte Edgar die Kommunikation nun ganz und gar. Und da Edgar von Haus aus ein geselliger Mensch war, auf Kontakt angewiesen, wie der Fisch aufs Wasser, empfand er die Abkapselung von einem auf den anderen Tag als hart. Die wenigen Verbindungen zu den Alten – sie beschränkten sich nur auf seltene Gelegenheiten, wenn er Beichte hörte, irgend einer alten Dame die letzte Ölung spendete – und zu den Schwestern, was überwiegend in der Sakristei mit der Sakristanin erfolgte – diese wenigen Kontakte brachten keine große Abwechslung in dieses Einerlei und diese Klausur. Abgeschlossen, zurückgezogen, isoliert war er dort. Tagsüber hielt sich niemand bei ihm auf, nachts sowieso nicht. Gewiss, bei den Vorlesungen und Seminaren kam Edgar mit jungen Leuten zusammen. Doch beschränkte sich der Kontakt auf Oberflächliches und fiel meist kurz aus. Nach oder zwischen den Vorlesungen. Zeiten, die an sich knapp bemessen waren. Die Uni war anonym. Trotz, ja gerade wegen der Menge der Studierenden kannte man sich kaum. Aber außer zu ganz wenigen Studenten und Studentinnen unterhielt Edgar auch in diesen Fällen keine regelmäßigen Verbindungen. Persönliche Angelegenheiten konnte Edgar hierbei nicht besprechen. So fehlten ihm die täglichen Gespräche. Der Austausch, die Mitteilung, die Anregung. Und daher nahm es auch nicht wunder, dass sich nach nicht langer Zeit gesundheitliche Beschwerden einstellten. Gastritis, eine hartnäckige, die auch durch Rollkuren sich nicht vertreiben ließ. Erst als er auf ein altes Hausmittel zurückgriff, zeigte sich langsam eine Wirkung. Ein Tee aus Thymian, Wachholder, Spitzwegerich und aus noch irgend einem Kraut brachte täglich eingenommen mit der Zeit Linderung. Über Monate musste Edgar ihn trinken. Tag für Tag, morgens, mittags, abends, auch untertags kannte er nur noch diesen Tee.

Zeit hatte Edgar nun genug. Jedenfalls mehr als vorher. Doch konnte er nur eine begrenzte Zeit auf seinem Zimmer hocken und lesen und studieren. Sieben, acht, neun Stunden nur über Bücher und Manuskripte gebeugt brachten Edgars Kopf zum Rauchen. Danach benötigte er Abwechslung, sollte es ihn nicht um den Verstand bringen. Davor würde er sich zu bewahren versuchen. Nicht auch das noch. So fand er Kontakt zu einer befreundeten Familie.

Ereignisse, die er nicht gelenkt und gewollt, traten ein.

Wieder einmal an einem Abend saß er hinter seinem Schreibtisch. Leise Musik ertönte aus dem Radio. Draußen war es bereits dunkel. Der Lärm auf der Straße hatte sich gelegt. Edgar beschäftigte sich mit Hugo von Hofmannsthals *Andreas oder die Vereinigten*. Ein wunderbares Buch, begeisterte er sich für diese Lektüre. Das konnte doch nicht nur Literatur sein, was er da las, bewegte ihn jede Seite. Andreas dieser Suchende, Unsichere. Wie viele Eigenschaften von Andreas waren Edgar eigen. Edgar las soeben die Stelle: »...Mariquita bei dem ersten Besuch, obwohl sie ihn schlecht behandelte, spielte buhlerisch mit seiner Hand und sagte: ›schöne Hand, schade dass du einem kalten geizigen Herrn gehörst…«, - da schellte es. Edgar schaute auf. Er glaubte zunächst, sich verhört zu haben. An der Tüchtigkeit seines Gehörs hatte er ja vor gar nicht so langer Zeit geglaubt zweifeln zu müssen. Er schaute auf die Innenseite seines linken Handgelenkes. Acht Uhr. Seine Augen waren vom Lesen ermüdet. Er rieb sich das Gesicht. Das Licht der Tischlampe blendete ihn für Sekunden noch so stark, dass er im Dunkel seines Zimmers nichts erkennen konnte. Er schaute vor sich, wartete. Er musste sich wohl getäuscht haben. Edgar hörte nichts mehr. Schon wollte er weiterlesen, da schellte es erneut. »Sonderbar, um diese Zeit. Wer konnte dies sein?« Er erhob sich, ging zur Zimmertür, öffnete, durchschritt den kleinen Vorraum bis zum Korridor, begab sich durch diesen zur Haustür. Er hatte schon abgeschlossen.

»Einen Moment bitte, ich muss den Schlüssel holen«.

Er kam zurück, drehte kräftig das kühle Stück Eisen zwischen seinen Fingern, vorsichtig öffnete sich die Tür, ein warmer Wind dieses frühsommerlichen Abends wehte in den Flur herein. Edgar schloss für Sekunden die Augen. Vor der Tür stand eine junge Frau. Zart, schwarzes, halblanges Haar, das sich um ihr ovales, blasses Gesicht legte, schlanke Figur, in leichtem Jackett mit weißer Bluse darunter, die in ihrem Ausschnitt das Weiß ihres

Halses und die zarten Ansätze ihrer kleinen Brüste freigab, mit kurzem dunklen Rock. Edgar schaute verwundert auf die Unbekannte. Er erinnerte sich nicht, sie schon einmal gesehen zu haben. Wer war sie? Verhalten stand sie auf der Straße.

»Sie wünschen?«, fragte Edgar.
»Pater, dürfte ich Sie besuchen.«
»Bitte, treten Sie ein.«

Sie kam drei Schritte in den Flur und blieb stehen. Edgar schloss die Tür, langsam. Er überlegte, ob er die junge Frau nicht doch schon irgendwo gesehen hatte. Das Gesicht kam ihm nicht völlig fremd vor. Aber es gelang ihm nicht, es jemandem zuzuordnen. Er erinnerte sich an keinen Ort, wo er sie gesehen haben könnte. Doch je länger er nachdachte, um so sicherer war er sich, das Gesicht zumindest kurz schon einmal erblickt zu haben

»Bitte«, wies er vor sich. Sie ging auf die Tür zu. Ihre zierlichen Beine und Füße bewegten sich auf den Fliesen, als ob sie darüber tanzte. Die Absätze der Sandaletten klapperten leise. Sie durchquerten den kleinen Gang, von dem aus das Bad und Schlafzimmer zu erreichen waren. Das Arbeitszimmer, mehr war es nicht, selbst der kleine Tisch im hinteren Teil der dunklen Ecke vermochte der Nüchternheit des Raumes keine rechte Atmosphäre zu verleihen. Lediglich zwei Wände mit Bücherregalen und den bunten Rücken der Bände darin sowie wenige Bilder an den übrigen Flächen der weißen Wand und die Kommode verbreiteten ein wenig Wohnlichkeit. Edgar hatte, als er hinausgegangen war, das Licht im

Zimmer anzumachen vergessen. Er drückte auf den Schalter. Der Raum erhellte sich.

Es gab gerade mal zwei freie Stühle im Zimmer.

»Bitte, nehmen Sie doch Platz. Sie sehen, es gibt hier keinen Komfort. Ich kann Ihnen noch nicht einmal etwas anbieten.«

Es war ihm sehr peinlich. Sie lächelte nachsichtig.

»Ich bitte Sie, Pater, ich bin nicht gekommen…«

»Natürlich…. Doch, muss ich Sie kennen, kenne ich Sie?« Das war wohl die falsche Eröffnung. Er schaute aufmerksam in ihr Gesicht.

»Mein Name ist Marian.« Edgar glaubte einen leichten fremdländischen Akzent herauszuhören.

»Bitte, setzen Sie sich doch. Forderte er sie noch einmal auf, als sie noch immer stand. Sie kam der Bitte nach. Ihr kurzer Rock verschob sich über die Knie. Sie streifte mit der Rechten darüber.

»Danke. Sie könnten mich kennen. Ich weiß nicht, ob Sie mich an den letzten Sonntagen in der Kapelle entdeckt haben?«

Edgar ging in Gedanken die Besucher in der Kapelle durch. Natürlich nahm er sie nicht immer alle bewusst wahr. Sein Blick schweifte, wenn er sich den Besucher zuwandte, gewöhnlich über die Köpfe hinweg, schaute niemanden an. Ausführlichere Gelegenheit, sich die Besucher näher anzusehen, hätte er lediglich bei der Predigt. Doch auch da nahm er nicht die Gelegenheit wahr, die Anwesenden genauer zu betrachten. Richtig, jetzt erinnerte er sich, ihm war ein paarmal, als er in die Kapelle kam, eine junge Frau aufgefallen, die die alten Damen in die Kapelle begleitete. Aber er hatte ihr keine besondere Aufmerksamkeit geschenkt. Sollte sie es gewesen sein? Er sagte ihr dies.

»Ja, das war ich. Ich mache derzeit mein Praktikum hier im Haus. Ich bin Krankenschwester.«

Diese zarte, bildhübsche Frau war Krankenschwester? Edgar fiel es schwer, sich dies vorzustellen. Doch er hatte natürlich auch keinen Grund, ihr nicht zu glauben. Und dann erzählte sie ihm, dass sie eigentlich Balletttänzerin gewesen sei, aber keine Chance auf eine größere Karriere gesehen habe. Dies wäre nur möglich gewesen, wenn sie sich durch die Betten der Einflussreichen geschlafen hätte, was sie nicht wollte. So habe sie den Beruf gewechselt. Edgar äußerte, ob er richtig vernehme, dass sie einen fremdländischen Akzent habe. Ja, er habe richtig herausgehört, sie sei keine Deutsche. Sie komme aus Holland.

Edgar war von der Schönheit der jungen, zierlichen Frau überwältigt. Sie verhielt sich zurückhaltend, dezent und diskret. Ihr dunkles Kleid verlieh ihr eine dezente Vornehmheit.

Was aber veranlasste sie, zu ihm zu kommen, fragte er sich insgeheim. Sie habe gehört, schien sie seine Gedanken zu erraten, dass er Deutsch studiere und sie sei sehr an Literatur interessiert. So erhoffe sie sich interessante Begegnungen und einen Austausch. Sie sei alleine, wie vermutlich auch er. Sie hoffe, ihn nicht zu stören. Keineswegs, beruhigte er sie. Edgar hoffte, dass sie ihm in den vielen Stunden des Alleinseins Abwechslung zu bringen vermöge. So wäre beiden gedient.

Diese Hoffnung täuschte nicht. Sie besuchte ihn seit diesem Abend regelmäßig.

»Kennen Sie Carossa, Pater?«

»Gewiss.«

»Er schreibt in *Führung und Geleit* :›Raube das Licht aus dem Rachen der Schlange‹.

Welches Licht aus welcher Schlange sollte wer rauben?

Edgar konnte sich dem Zauber dieser schönen jungen Frau nicht entziehen. Warum war sie wirklich zu ihm gekommen? Er konnte sie direkt nicht fragen. Sie zeigte sich immer zurückhaltend, wusste Distanz zu halten. Das machte sie ihm um so anziehender. Ihr war nicht anzumerken, ob sie, wenn sie ihn besuchte, mehr als nur Literatur interessierte. Er konnte ihr gegenüber auch nichts von seiner Neigung zu ihr anmerken lassen. Schön wie auch schmerzlich waren diese Besuche. Die Einsamkeit war nicht gut.

Eines Abends trieb es Edgar zu Marian. Es war das erste Mal, dass er sie in ihrer Wohnung aufsuchte. Sie hatte ihn schon oft besucht. Nun ging er zu ihr. Nur wenige Minuten dauerte der Weg dorthin. Es war Abend.

Die Wirtin schaute Edgar skeptisch an, als er sie im Dunkeln an der Haustür bat, zu Marian hoch zu dürfen. Marian wohnte in einer Bude. Eine enge, steile Treppe führte zu der Dachkammer hoch. Klein und eng war es darin, dass man sich kaum darin bewegen konnte. Als Edgar zu Marian ins Zimmer trat, hatte sie wohl vorher schon im Bett gelegen und war, als er anklopfte, schnell aufgestanden und hatte sich einen Morgenmantel umgelegt. Da stand sie vor ihm, rank, schlank, zierlich, wunderte sich, lächelte, hieß ihn willkommen.

»Pater.«

»Marian.«

»Sie wissen, dass man jemand zu Hause besuchen muss, wie Goethe, rät, um ihn richtig kennen zu lernen.«

»Wollen Sie stehen bleiben?«

Edgar nahm auf einem Stuhl Platz. Auch sie, auf ihrem Bett. Die zur Seite fallenden Hälften des Morgenmantels gaben die Knie frei. Das schimmernde Weiß ihrer Schenkel leuchtete. Mit leichter Bewegung bedeckte sie sich wieder. Edgar schaute Marian an. Sie blickte ihm gerade in die Augen. Ihre Arme hielt sie verschränkt. Edgar hatte die Finger ineinander gelegt und ließ seine Hände auf die Beine hinunter. Marian und Edgar sprachen nichts. Sie schaute ihn an. Er wich ihren Blicken aus. Nach unten. Als er wieder hochschaute, ruhten ihre Augen noch immer auf ihm. Ruhig, ohne Scheu, ohne Abwägung, still. Ihr Haar, sonst streng zu einem Knoten zusammengefasst, hatte sich gelöst. Wie verirrt hing eine Strähne über die Stirn. Marian führte ihre Rechte nach oben, um sie den übrigen Haaren einzugliedern.

»Sie haben gerade noch gelesen?«, fragte Edgar.

»Immer, bevor ich einschlafe.«

»Was ist es?«

»Hofmannsthal *Die Wege und Begegnungen*.«

»Sieh an.«

»Eine schöne Stelle, die ich eben las, als Sie kamen: ›…wir sind immer in Bewegung, und es lässt sich keine seltsamere und geheimnisvollere Figur denken als die scheinbar willkürlichen Linien dieses Weges.‹«

»Dieses Weges? Welches?«

»Hofmannsthal erwähnt den Flug der Vögel. Den der Falken. Er sinnt über die Spur nach, die die Schwalben, durch die Luft, durch die halboffene Haustür ins alte Nest finden lässt. Etwas später heißt es: ›Sie durchkreuzen einander‹ er meint die Linien, ›sie führen zum Anfangspunkt zurück, durchschneiden ihn und führen wieder weg. Manchmal hinterlassen sie eine Spur von Blut und Feuer, die lange leuchtet. Manchmal lassen sie eine Spur, die so strahlt, dass sie nicht vergeht. Die mit Christus leben, gehen immerfort einen Weg bis an sein Ende und wieder zurück, so wie auf jener Leiter in Jakobs Traum die Engel immerfort aufwärts und abwärts stiegen.‹ Ich bin kein gläubiger Mensch und kenne die Bibel nicht so genau. Deshalb habe ich Schwierigkeiten mit dem letzten Wort über Christus. Sie müssten eigentlich, Pater, doch damit etwas anfangen können.« Sie blickte zu ihm auf.

»Geht es noch weiter?« Er neigte seinen Kopf.

Es schien, als ob sie mit dem, was er gesagt hatte, nicht zufrieden war. Doch dann schaute sie wieder auf das Buch.

»>Es sind Ruhepunkte auf diesem Weg, die niemand vergessen kann, wie jenes Abendmahl, oder früher das Niederlassen auf einem Bergesabhang, mit Tausenden ringsum, die gekommen waren, zuzuhören. Und es sind Wendepunkte, Kreuzwege, scheinbare Möglichkeiten, diesen anderen Weg zu gehen, schauerliche Momente, die immer und immer wieder von gläubigen Seelen durchlebt werden, wie jenes Innehalten vor den Toren Jerusalems, jenes Warten auf die Eselin, die gebracht werden muss, „damit das Wort erfüllet werde", oder jener höchste, furchtbarste Augenblick auf dem Ölberg. Wer dies angeschaut hat, diesen Weg und die Stationen dieses Weges, hat die Figur erblickt, deren Linien die Wege eines Menschen sind, deren größtes Geheimnis aber die Punkte sind, wo die Linien umbiegen.<«

Sie blickte von dem gelben Buch auf. Ihre blassen Hände hielten den Band umfasst. Der Zeigefinger ihrer Linken blieb zwischen den Seiten liegen.

»Sie scheinen noch nicht zuende zu sein.«

»Es heißt weiter: >Die Züge Alexanders des Großen, die Züge des Kolumbus und der Konquistadoren, ich meine die ganzen Lebenslinien dieser Menschen, von der Wiege bis zum Scheiterhaufen oder zum Grab, mit ihrem Lauf durch Königspaläste, über die Leiber von Königen und dann wieder durch Kerker und Verliese, auf einer Tafel eingezeichnet, sind tiefsinnige Figuren, aber vielleicht entstände eine noch tiefsinnigere Figur, wenn einer die Wege des Don Quichote vor sich hinzeichnen würde, deren Wendepunkte jene Windmühlen sind, und das

Gasthaus mit den Marionetten, oder der Keller mit den Weinschläuchen, oder die Wege der Figuren Dostojewskis, die doch nur von einer Wohnung in eine andere führen, oder aus einem Keller auf einen öden Platz, hinter einen Schuppen, an eine traurige Feuermauer oder dergleichen. Denn ein ganz gewöhnliches Wohnzimmer, ein verwahrloster Schuppen oder eine abbröckelnde Mauer können ebenso gut die endgültigen Wendepunkte eines Weges sein wie die Tore von Jerusalem oder die Gestade des Indus. Und das Zurückkehren des Raskolnikow in das Miethaus, in die Wohnung, wo er die Pfandleiherin erwürgt hat, ist nicht weniger ein Moment des Schicksals als das Heranschreiten von Hamlets Vaters Geist auf der Terrasse von Helsingör. Es ist nur sonderbar, dass alles immerfort auf dem Weg ist; dass, abgesehen von dem Niederliegen zum Schlaf und auch Wanderer liegen zum Schlaf nieder -, diese beiden, Hamlet und seines Vaters Geist, seit Tagen auf dem Wege zueinander sind, und dass Raskolnikow von der Stunde des Mordes an sozusagen auf Umwegen diesen Weg zurück sucht nach dem Punkt, wo sein Schicksal sich zweimal entscheiden sollte, das eine Mal scheinbar, das andere Mal wirklich und endgültig.<«

Edgar schaute versonnen vor sich hin.

»Entschuldigen Sie, Pater. Haben Sie überhaupt hingehört? Ich langweile Sie, wie?

»Ich bitte Sie, nein. Ich habe Ihnen zugehört. Jedes Wort habe ich aufgenommen. Keines, aber nicht auch eines überhört. Darf ich?«. Er erbat sich das Bändchen und suchte nach einer bestimmten Stelle.

»Hier ist sie:›Wer dies angeschaut hat, diesen Weg und die Stationen dieses Weges, hat die Figur erblickt, deren Linien die Wege eines Menschen sind, deren größtes Geheimnis aber die Punkte sind, wo die Linien umbiegen.‹«

Edgar gab ihr das Büchlein in ihre Hände zurück.

»Hören Sie weiter: ›Dieses beständige Auf-dem-Wege-Sein aller Menschen muss der bohrende Traum der Gefangenen sein und die Verzweiflung aller treuen Liebenden. Ich habe gehört, dass in den Gefangenenhäusern keines von den erlaubten Büchern so sehnlich verlangt wird als eine Landkarte. Seine Finger auf einer Landkarte wandern zu lassen, das ist der spannendste Abenteuerroman: alle seine Abenteuer sind unbestimmt und alle Möglichkeiten sind offengelassen. Wir sind keine Gefangenen, und wir sind selbst immerfort auf dem Wege unseres Schicksals. Aber wenn wir für Augenblicke stocken, wenn wir ausruhen müssen und warten, so lesen wir in Büchern wie die Gefangenen in ihrer beschmutzten Karte, und dann wandern wir wieder mit Wandernden, ob es Sindbad ist, den die Wellen von Strand zu Strand werfen, oder Lovelace zu Pferd, in der Tasche den Schlüssel, der das Hinterpförtchen zum Park der Harlowes aussperrt, oder Ödipus auf dem Wege nach Kolonos. Wir sind mit Franz von Assisi ebenso auf dem Weg wie mit Casanova. Und nichts ist uns im Grunde seltsamer als ein Mensch, der seine Stelle nicht wechselt.‹«

Sie legte das Bändchen in ihren Schoß.

»Wie und wann wissen wir, was unsere Wege sind? Nichts ist uns im Grunde seltsamer als ein Mensch, der seine Stelle nicht wechselt. Wie oft habe ich Stellen gewechselt. Wechseln müssen«, sagte Edgar.

»Müssen?«

»Immer wieder. Ungefragt zumeist, ohne mein Dazutun. Wer lenkt, bestimmt solche Wechsel? Lenkt sie überhaupt jemand?«

»Ich habe«, sagte sie, »meinen Wechsel selber bestimmt. Müssen wir nicht selber über uns verfügen?«

»Gewiss. Aber wissen wir, dürfen wir sicher sein, dass unsere Entscheidungen nicht doch irgendwie gelenkt werden? War nicht mein Weg - wie möglicherweise der vieler anderer und auch der Ihre - eben dadurch bestimmt, dass die Dinge auf mich zukamen.«

»Vielleicht können wir darin, dass sich Wege eröffnen, Begegnungen eintreffen, ohne dass wir etwas dazutun, vielleicht können wir darin einen Fingerzeig des Schicksals sehen. Aber einmal müssen wir uns entscheiden. Wir dürfen nicht warten, dass wir immer nur gestoßen werden.«

»Wann aber ist das?«, fragte Edgar.

»Vielleicht führt unsere Lebenslinie unweigerlich zu diesem Kreuzweg. Wenn wir nicht mehr anders können. Vielleicht sogar durch Schuld. Sie, Pater, müssten doch wissen…«

»In eigenen Angelegenheiten ist man der schlechteste Berater.«

»Dürfen auch Gläubige erwarten, dass immer nur von oben Zeichen und Winke kommen? Sollte sich das Leben der Gläubigen wirklich so viel anders entscheiden und abspielen als das der Nichtgläubigen? Unterliegen wir nicht alle den gleichen Lebensgesetzen?«, sagte sie.

»Vielleicht haben es die anderen leichter?«

»Nein, auch sie finden ihren Weg nur durch Leid und Schuld, vielleicht. Auch sie werden der Bitternis des Entscheidens nicht enthoben. Wenn alles nur leicht wäre, sicher, einfach, unbezweifelbar, gewiss, untrüglich, wäre vermutlich das Leben fade.«

Edgar hörte nur hin.

»Sicherlich sind die Begegnungen Weisungen, Aufträge. Wir müssen dann ganz wach sein und offen, zugänglich und erreichbar. Wir müssen uns ergreifen lassen und müssen selber zum richtigen Zeitpunkt zugreifen. Raube das Licht aus dem Rachen der Schlange.«

Es sollte nicht lange dauern, dass Pater Lenschel erneut an Edgar herantrat. Skeptisch geworden, wenn Lenschel mit einem Anliegen kam, war Edgar gespannt, was es nun wohl sein würde.

»Pater Sendreich, ich habe Ihnen einen Vorschlag zu machen.«

»Da darf ich gespannt sein.«

»Hören Sie es sich gut an. Schon seit Jahren besuche ich eine Sommerakademie. Es geht um Literatur. Die Teilnehmer sind Laien und Geistliche, Studenten wie Lehrer, Professoren. Das wäre doch auch etwas für Sie. Ich kann sie Ihnen nur empfehlen.«

Sollte Edgar auch diesem Rat folgen? War auch hier der großen Puppenspieler wieder am Werk? Wenn der von Edgar so geschätzte Mitbruder so nachdrücklich eine Empfehlung gab, sollte Edgar diesen Wink übersehen und vernachlässigen? Es schien ihm gut, auf den Rat zu hören. Er entschied sich dafür.

Während der Sommerferien fuhr Edgar nach Südtirol. Der Gewinn der Teilnahme an dieser Tagung würde ein doppelter sein: Einmal durfte er sich für sein Studium Erträge erhoffen. Zum anderen lernte er die herrliche Landschaft Südtirols kennen. Und, wie sich schon bald herausstellen sollte, kam er in eine Gruppe junger Studentinnen und Studenten, die ihn, obwohl Edgar um mehr als zehn Jahre älter war, begeistert aufnahmen. Sie waren ein abenteuerliches, kritisches, waches Völkchen und ständig zu Späßen und Unsinn aufgelegt. Diese Bekanntschaften alleine wären schon neben dem Zuwachs an Fachwissen und dem Kennenlernen von neuen Menschen und Freunden ein großer Gewinn gewesen. Doch das eigentlich entscheidende, ja die entscheidenden Ereignisse sollten ganz andere sein.

Geleitet wurden diese Akademien von einem Gremium sehr gescheiter und gebildeter Leute. Damen wie Herren. Unter ihnen befand sich auch eine Ordensfrau. Sehr intelligent, klug, gebildet, von umfassendem Wissen und mit einem scharfen Verstand ausgerüstet. Edgar kannte sie von den gemeinsamen täglichen Diskussionen. Dann saß sie unter den vier Leuten, die vom Podium aus die Erörterungen führten oder als Gesprächspartner teilnahmen. Bisher hatte sich nie die Gelegenheit ergeben, dass die Schwester und Edgar sich persönlich kennen lernten. Was auch hätte die Schwester bewegen können, mit ihm, einem aus den vielleicht siebzig Leuten, zu sprechen oder näheren Kontakt aufzunehmen? Nichts. Und Edgar? Noch weniger. Er kannte sie, sie ihn nicht. Sie war für ihn dort oben am Tisch derer, die die Gespräche leiteten, unerreichbar.

Um so erstaunter war er, als Schwester Irma eines Tages auf ihn zukam. Sie näherte sich wie zufällig in den großen Fluren des Instituts ihm und sprach ihn an:

»Entschuldigen Sie, Pater Sendreich«. Edgar war nicht wenig erstaunt, dass sie seinen Namen kannte. Gewiss, er beteiligte sich bei den Diskussionen sehr rege. Die Diskutanten wurden namentlich aufgerufen. Insofern hätte es Edgar nicht unbedingt überraschen müssen, wenn Schwester Irma ihn kannte.

Sie befand sich in Begleitung einer jüngeren Frau. Vielleicht zwei, drei Jahre älter als Edgar.

Edgar blieb stehen, sah sich die beiden verwundert an.

»Ich hoffe, Pater Sendreich, ich störe Sie nicht«, entschuldigte sich Schwester Irma.

»Wie könnten Sie. Aber was führt Sie zu mir.«

»Können wir uns, wenn es Ihnen Recht ist und Sie Zeit haben, auf ein Zimmer zurückziehen.«

»Ich habe immer Zeit. Und wenn ein so hoher und angesehener Gast mir die Ehre antut, mich sprechen zu wollen, gleich zweimal. Hoffentlich vertun Sie sich nicht in mir«

»Nein, nein, ich weiß sehr wohl, wen ich anspreche und auch warum.«

Die Begleiterin lächelte, sagte kein einziges Wort.

Sie suchten einen freien Raum auf. Nüchtern, sachlich, standen dort wenige Tische und Stühle und hingen an den Wänden Bilder.

Und dann bekam Edgar eine lange Geschichte zu hören. Die Schwester nahm innerhalb ihrer Gemeinschaft eine außergewöhnliche Rolle ein. Einmal aufgrund ihrer Persönlichkeit, ihrer Bildung und ihres Wissens und zum anderen, weil sie seit einiger Zeit im Radio Ansprachen hielt. Das allerdings brachte ihr nicht nur Ehre, Lob und Anerkennung, sondern auch Neid, Missgunst und Eifersucht bei den Mitschwestern ein. Während sie anfangs noch glaubte, dass sich diese Gehässigkeiten legen und sie, die Schwester, damit im Laufe der Zeit fertig werden würde, musste sie feststellen, dass sich die Gemeinheiten verschlimmerten. Die Schwester wurde allmählich das Opfer von Intrigen und Verleumdungen. Dies verstärkte sich in einem Maße, dass die Schwester es nicht mehr auszuhalten vermochte und in eine Krise geriet. Schließlich sah sie nur noch den einen Ausweg, den Orden zu verlassen. Ohne sich jedoch beraten zu lassen, wollte sie diesen Schritt nicht unternehmen.

»Verehrte Schwester«, wandte sich Edgar nach diesen Ausführungen an sein Gegenüber. »Ich bin ein unerfahrener, noch junger Pater. Ich fühle mich zwar geehrt, dass Sie sich an mich wenden, aber ich sehe mich nicht in der Lage, Ihnen in einem solch wichtigen Anliegen kompetent beratend zur Seite stehen zu können. Ich kenne einen Mitbruder, der dies besser vermag. Wenn es Ihnen recht ist, vermittle ich gerne.«

Es bedurfte zwar einiger überzeugender Worte, bis die Schwester dem Vorschlag Edgars annahm, aber es gelang ihm.

Nun sollte diese Begegnung nicht das eigentlich Entscheidende sein.

Das Treffen zwischen der Schwester und Edgar hatte am vorletzten Abend der Tagung stattgefunden. Am anderen Morgen machte sich Edgar zur Abfahrt bereit. Er war mit einem Wagen zur Tagung gekommen. Der Aufbruch nach Hause sollte nach dem Mittagessen erfolgen. Um die Abfahrt zügig nach dem Essen vornehmen zu können, brachte Edgar bereits nach dem Frühstück sein Gepäck an den Wagen. Als er sich dem Auto näherte, entdeckte er, dass ein Zettel hinter dem Scheibenwischer steckte. Neugierig entnahm er das zusammengefaltete Blatt. Er entfaltete es. Als erstes fiel ihm eine geradezu kaligrafisch schöne Schrift auf.

Was soll das, dachte Edgar. Die Schrift war ihm völlig unbekannt. Beim ersten Anblick hatte er vermutet, dass jemand von den Studentinnen oder Studenten ihm eine Nachricht hinterlassen wollte.

Doch schien ihm das wenig wahrscheinlich, da er sie alle nachher noch sehen würde. Es sei denn, er hätte von irgend jemandem nicht mitbekommen, dass er oder sie schon weggefahren war, ohne sich von ihm verabschiedet zu haben.

Was stand aber auf dem Zettel? Darauf war sinngemäß zu lesen, dass die Schreiberin, sich über das Gespräch am Vorabend sehr gefreut habe. Auch wenn Sie selber keine Gelegenheit gehabt habe, persönlich mit ihm, Edgar, ins Gespräch zu kommen, so möchte sie das Versäumte gerne nachholen und bitte ihn, sich unter der angegebenen Anschrift an sie zu wenden. Unterzeichnet war das Schreiben mit Monika E.

Was sollte dies wieder? Die Schwester hatte darum gebeten gehabt, dass ihre Freundin bei dem Gespräch dabei sein dürfe. Die Begleiterin hatte während des nicht gerade kurzen Gesprächs nur zugehört. Das hatte Edgar sehr gewundert.

Auch dieses Ereignis war nicht von Edgar gelenkt oder in Gang gesetzt. Erst jetzt, da er diese Mitteilung las, hatte er es in der Hand, mit Monika E in Verbindung zu treten oder auch nicht. Als er sich jetzt Monikas Gesicht zu vergegenwärtigen suchte, fiel es ihm nicht als besonders schön oder hübsch auf. Nichts Ungewöhnliches hatte er an ihr bemerkt, es sei denn, dass die Begleiterin nichts sagte. Ihr Äußeres jedenfalls zog nicht seine Aufmerksamkeit auf sich.

Nach Deutschland zurückgekehrt, schrieb er Monika E einen Brief. Er drückte seine Verwunderung aus, dass sie sich für ihn interessiere, da er doch nichts Besonderes darstelle. Doch das sah sie offensichtlich anders.

Diesem ersten Brief folgte eine Antwort, dieser eine Gegenantwort - und es entstand eine Korrespondenz, wie sie Edgar bis dahin nicht gekannt. Monika erwies sich als eine sehr gescheite, einfühlsame und reizende Frau. Sie war drei Jahre älter als er, verheiratet. Edgar wurde zu dem Ehepaar eingeladen. Es besaß ein wunderschönes, hoch über dem Bodensee gelegenes Haus. Aus der anfänglichen Bekanntschaft erwuchs mit der Zeit eine Freundschaft. Zum ersten Mal erfuhr Edgar den Zauber der Liebe. Edgar hatte die größeren Schwierigkeiten, mit diesen Gefühlen zurecht zu kommen. Durfte er überhaupt – auch wenn diese Liebe rein platonisch blieb – einer solchen Verbindung nachkommen? Er erkannte jedoch schon sehr bald, dass sie als die bei weitem Reifere die Führerin in dieser Freundschaft blieb und er sich ihr überlassen konnte. Sie lehrte ihn, welcher Zauber in einer Freundschaft und Liebe liegt. Was Edgar bei Marian nicht erleben durfte und möglich war, hier widerfuhr ihm die ganz Fülle einer Freundschaft. Sie sprachen über alles, tauschten sich aus, kannten keine Geheimnisse voreinander. In Edgar wurde eine Seite erweckt, die er bisher nie erfahren hatte, die er allenfalls geahnt. Ihm kam dabei zu gute, dass sie die Erfahrenere war, keine Angst zeigte, offensichtlich ihn sehr schnell erkannt hatte, wessen er bedurfte und wieweit sie sich bei ihm vortrauen konnte. Er erwies sich dabei als ein einfühlsamer und gelehriger Schüler. Die Einsamkeit und Verarmung Edgars war aufgehoben. Er lebte auf, wurde selbstsicherer, fand zu sich. Monika zeichnete eine große Reife aus. Sie war ehrlich, aufrichtig und lauter. Sie konnte lachen, war verspielt, theologisch gebildet und künstlerisch sensibel, menschlich reif und sozial engagiert. Außerdem besaß sie eine tiefe Religiosität. Bei allem hohen Ethos, wusste sie sich nicht an eine enge Moral gebunden, hatte das, was Paulus die Freiheit der Kinder Gottes nennt. Edgar dachte an Christa.

Die Zeit ging ins Land.
Es wurde unruhig an den deutschen Universitäten. Die Studenten begehrten auf, glaubten, alles auf den Kopf stellen zu müssen – Unruhe erfasste nicht nur die Universitäten.
Noch wohnte Edgar bei den Schwestern.
Da trat wieder einmal eines Tages der Provinzial an ihn heran. Er rief Edgar zu sich.
»Pater Sendreich, wir haben eine reizvolle Aufgabe für Sie.«
Edgar konnte solche Eröffnungen schon nicht mehr hören. Wir?
»Bisher haben Sie bei den Schwestern gewohnt. Ich hoffe, es hat Ihnen dort gefallen…«
Edgar verstand die Frage rhetorisch. Die zwei Jahre bei den Schwestern waren zweifelsohne von großem Gewinn.
»Wir starten ein neues Unternehmen«, fuhr der Provinzial fort. »Demnächst treten drei junge Leute

bei uns ein. Aber wir wollen sie nicht in der Art wie früher in unsere Gemeinschaft einführen. Die Zeiten haben sich geändert. Wir müssen neue Wege gehen.«

Edgar glaubte nicht richtig zu hören. Neue Wege?

»Und – was habe ich damit zu tun?«, erkundigte sich Edgar.

»Sie, so dachten wir, könnten die Aufgabe übernehmen.«

»Ich soll die jungen Leute in unserer Gemeinschaft einführen?«

»Hatte ich mich unklar ausgedrückt?«

»Keineswegs. Nur – es wundert mich.«

»Was wundert Sie dabei?«

»Nun, dass schon wieder Pläne gefasst sind, die mit dem eigentlichen und ursprünglichen Ziel in Bezug auf mich nichts zu tun haben.«

»Wir müssen beweglich und anpassungsfähig bleiben. Sie sollen wieder zu uns ins Haus kommen.«

»Aber gerade jetzt, da ich mich auf meine Examen vorbereite, würde ich die Abgeschiedenheit dort bei den Schwestern gut brauchen können.«

»Auch hier bei uns können Sie sich gut darauf vorbereiten. Also, Sie ziehen wieder zu uns ins Haus. Die jungen Leute kommen in wenigen Tagen.«

Was blieb Edgar anderes übrig? Die Endgültigkeit der Formulierung ließ keinen Zweifel offen, es handelte sich um eine Anordnung, der Vorgesetzte wollte darüber nicht diskutieren, man hatte entschieden, wieder einmal. Edgar folgte der Anweisung.

Edgar packte Koffer und Kisten. Die Zahl der Bücher war gewachsen. Das Gewicht des Gepäcks hatte sich vervielfacht. Wieder einmal galt es, Abschied zu nehmen. Einschneidende Abschiede. Wie Schnitte ins lebende Fleisch nahmen sie sich aus. Sie wurden schwerer, zumal sie endgültig sein sollten. Marian sah Edgar nie mehr. Von einem auf den andern Tag musste er die Freundschaft lösen. Edgar gliederte sich der Gemeinschaft ein. Zumindest versuchte er es und glaubte, es zu schaffen. Doch der Abstand zu seinen Mitbrüdern war nun zu groß geworden. Edgar fühlte sich nicht mehr heimisch bei ihnen. Er hatte zu lange von ihnen entfernt gelebt, zu viel Welt kennen gelernt. Die Entfremdung von seinem ursprünglichen Ideal war zu weit fortgeschritten, dass Edgar jemals wieder hätte auf den alten Weg zurückkehren können. Es war mit seiner Anpassung, dem Zustimmen zu allem, was ihm früher heilig und unumstößlich gewesen war, aus und vorbei. Endgültig. Das erneute Studium, der wiederholte Anstoß zum Denken, die Auseinandersetzung mit der Welt, die Bekanntschaft mit der Literatur, die Entfernung von den Mitbrüdern hatten ihn genötigt nachzudenken, zu überlegen, entfremdet, verwandelt, zu einem selbständigeren Menschen gemacht. Die Welt der Frau hatte sich ihm erschlossen. Einen nun einmal eingeschlagenen Weg würde er nicht mehr zurückgehen können. Zwar war sein Hirn, wie es den Schwaben nachgesagt wird, noch nicht ganz aufgesprungen. Dies war erst mit vierzig an der Reihe. Bis dahin dauerte es noch vier Jahre.

Edgar machte sein Staatsexamen und kam als Referendar an ein Gymnasium. Wieder begann ein neuer Lebensrhythmus.

Die drei angekündigten junge Leute baten um Aufnahme ins »Seminar«. Edgar habe, so hatte der Provinzial ihm zugestanden, volle Freiheit, wie diese jungen Männer in die Gemeinschaft einzuführen seien. Er durfte sich selber ein Konzept ausdenken, war niemandem darüber Rechenschaft schuldig. Edgar wurde sich zweier Dinge bewusst. Einmal dass diese jungen Menschen nicht mehr in der Form, wie sie früher in die Gemeinschaft eingeführt wurden, aufgenommen werden können. Es mussten völlig andere Wege gefunden werden. So hatte der Provinzial zu ihm gesagt, so war es auch nur richtig und zeitgemäß. Neues zu finden steht aber immer in Gefahr, dass es nicht sofort gelingt, nicht ohne Fehler und Misslingen erfolgt. Zum anderen wurde sich Edgar bald bewusst, dass die drei, die er noch aus seiner Zeit der zweijährigen Arbeit im Internat kannte, nicht geeignet waren, als Ordenleute zu leben. So entschloss er sich, ihnen volle Freiheit zu belassen. Würde Edgar sich in seiner Voraussage täuschen, würde derjenige von ihnen, der berufen sein sollte, daraus Gewinn ziehen und trotz dieser Freiheit bei ihnen bleiben. Edgar machte die Kandidaten mit den Prinzipien geistlichen Lebens bekannt, legte ihnen nahe, sich mit den Gepflogenheiten der Gemeinschaft vertraut zu machen, indem er ihnen an den Übungen der Mitbrüder teilzunehmen nahe legte. Nur so würden sie erkennen können, ob ihnen diese Lebensweise zusagte. Wie sich schon sehr bald herausstellte, vermochten sie sich nicht damit anzufreunden. Sie mieden alle, ihrer Meinung nach überholten Gemeinschaftsübungen wie etwa die morgendlichen Meditationen. Dies musste notgedrungen zum endgültigen Aus führen. Und so lebten sie nur wenige Monate im Kreis der Mitbrüder. Alle drei.

Mittag, Rekreation. Die Mitbrüder saßen zusammen. Edgar befand sich nicht unter ihnen. Er hatte an diesen Tag Seminar. Wie er jetzt öfter denn je von dem gemeinschaftlichen Beisammensein fern bleiben musste. Schule und Seminar machten dies nötig.

»Pater Sendreich kommt gar nicht mehr zu uns in die Rekreation. Gehört er noch zu uns?«, wandte sich Pater Wolf an die anderen.

»Ja, wo ist er eigentlich immer?«, fragte Pater Tommels.

»Na, wenn Sie es als Superior nicht wissen – dann gute Nacht mit uns«, lachte Pater Wolf

»Ich bitte euch, Edgar ist im Seminar«, sagte Pater Züpt, der mit Edgar befreundet war. Sie kannten sich noch vom Seminar her. Pater Züpt war Nachfolger von Alfred geworden. Alfred hatte man inzwischen von seinem Posten als Kaplan abgesetzt und versetzt. Er arbeitete anschließend in der außergewöhnlichen Seelsorge. Doch es sollte nicht lange dauern, dass er den Orden verließ und heiratete.

Nur wenige Patres saßen an diesem Mittag im Rekreationszimmer.

»Nun, da kann es einen nicht wundern, wenn die drei jungen Männer wieder weggingen. Pater Sendreich kümmerte sich ja auch nicht um sie und vor allem - so völlig neue Formen der Unterweisung einzuführen...«, sagte Pater Wolf.

»Nun, gekümmert hat er sich sehr wohl um sie. Nur hat er einen eigenen Stil angewandt und einen neuen Weg gesucht. Das aber durfte er und es war nötig. Glaubt ihr, wir hätten noch lange mit unsere früheren Formen jemand begeistern können?«, wurde Pater Züpt leicht erregt. Er sah sich verpflichtet, seinen Freund verteidigen zu müssen.

»Diese Methode hat die jungen Leute aber offensichtlich auch nicht begeistert«, wandte Pater Tommels ein. »Ihr Jungen glaubt immer, alles auf den Kopf stellen zu müssen.«

»Wie wenn ihr, als ihr noch jung wart, nicht ebenso gedacht habt«, attackierte Züpt.

»Aber wir hatten keine Chance, unsere Idee durchzusetzen«.

»Ah, nur deshalb. Und nun glaubt ihr, es müsse auch heute weiter so bleiben wie zu eurer Zeit. Schöne Aussichten.«

»Dass Sie, Pater Züpt, auch zu diesen Revoluzzern gehören, wissen wir schon lange. Sie stecken doch unter einer Decke mit ihrem Freund Edgar. Auch die neue Mode, sich zu duzen...«

»Ach Gottchen. Gott sei Dank, dass dieser alte Hut, sich siezen zu müssen, endlich abgeschafft ist«, gab Pater Züpt sofort zurück.

»Ihr habt euch einfach das Recht genommen. Offiziell ist da gar nichts geändert und erlaubt«, sagte Pater Wolf.

»Neuheiten kommen immer von unten. Und wenn wir nichts ändern, bleibt es beim Alten und werdet ihr bald alleine sein«, lächelte Pater Züpt.

»Ja, ständig gehen aus unseren Reihen Mitbrüder weg«, wandte Pater Tommels ein.

»Und wir machen es ihnen auch noch zum Vorwurf«, erregte sich Pater Züpt.

»Sollen gar wir Schuld sein, dass sie weggehen? Wie?«, wandte sich vorwurfsvoll Pater Wolf an Pater Züpt.

»So unschuldig, wie wir immer machen, sind wir nicht«, schaute Pater Züpt seinen Mitbruder an.

»So weit ist es also schon gekommen, dass wir es Schuld sind, wenn es manchen nicht mehr bei uns gefällt«, erhob Pater Wolf seine Stimme.

»So ist es. Wir alleine sind es Schuld, mit Schuld jedenfalls«, blies verächtlich Pater Züpt den Zigarettenqualm aus seinem Mund.

»Dass Sendreich bei der Neueinführung aber auch alles über den Haufen werfen musste«, kam Pater Wolf auf sein Thema zurück.

»Er durfte es. Der Provinzial wünschte es ausdrücklich. Nicht umsonst hat er Edgar mit dieser Aufgabe betraut, Edgar war und ist der geeignete Mann dafür«, wehrte sich Pater Züpt.

»Umsonst? Es war völlig umsonst. Nichts hat es gebracht. Aber auch gar nichts. Nun sind alle wieder weg. Was haben wir davon?«, triumphierte Pater Wolf.

»Ist es nicht besser, dass sie uns jetzt verließen, als dass sie später gegangen wären? Edgar wollte es so«, sagte Pater Züpt.

»Dass sie gingen?«, fragte Pater Wolf.

»Nein, nicht dass sie gingen, aber dass sie durch ihre Einstellung selber merken sollten, ob sie zu uns passen oder nicht. Sie passten nicht«, antwortete Pater Züpt.

»Müssen nicht wir dies machen? Ich meine entscheiden, ob jemand zu uns passt oder nicht?«

»Das wäre ja noch mal schöner, anderen die Entscheidung überlassen. Wir selber, jeder muss für sich entscheiden«, wurde Pater Züpt leidenschaftlich.

»Gott hat noch immer zu entscheiden.«

»Und wie soll er es den Menschen kundtun, was er meint?«, fragte Pater Züpt ironisch.

»Durch seine Vorgesetzten.«

»Die wissen das?«, schaute Pater Züpt den anderen lächelnd an.

»Ich bitte Sie, Pater Züpt. Sie meinen, der Einzelne weiß es besser?«, gab Wolf nicht auf.

»Man darf niemandem die Entscheidung über sein Leben abnehmen. Wir sind für uns selber verantwortlich.«

Eine dicke Rauchwolke hüllte das Zimmer ein. Kaum konnte der eine den anderen noch sehen.

Edgar war gegen 17 Uhr aus dem Seminar heimgekommen. Jos Zimmer lag nur wenige Meter von der

Eingangstür entfernt. Dort musste man normalerweise vorbeikommen, wenn man in den Speisesaal ging. Edgar nutzte die Gelegenheit, so oft wie möglich, bei seinem Mitbruder hineinzuschauen. Häufig zwar traf er ihn nicht an. Er war viel unterwegs. Doch dieses Mal hielt er sich im Zimmer auf.

Edgar ging in Pater Züpts Zimmer. Das Zimmer war verqualmt. Es roch nach Arbeit. Unruhe lag in der Luft.

»Kommst du auch noch«, fuhr ihn Pater Züpt mit barschem Ton an. Edgar kannte dies und grinste. Will doch mal sehen, ob ich diesen Bär nicht gezähmt bekomme, dachte Edgar.

»Auch ich komme noch, jawohl. Ein Unglück kommt selten alleine. Warum bist du so schlecht gelaunt?«

»Die Arbeit sitzt mir bis an den Kragen. Und dann diese Unordnung.«

»Du müsstest öfter und regelmäßig aufräumen oder es gar nicht erst zu solch einem Wust kommen lassen. Steter Tropfen… du weißt.«

»Auch noch Sprüche klopfen, Klugscheißer!«

Edgar lächelte. Pater Züpt, von Edgar nur Jo genannt, blitzte Edgar wild an. Er holte eine Flasche aus dem Schrank und goss zwei Gläser ein.

»Was gibt's Neues, Jo?«

»Sie haben schwer über dich gelästert«, wandte sich Pater Züpt an seinen Freund.

»Komm schon und trink mit mir einen Schnaps. Wirst ihn nach dem anstrengenden Tag gebrauchen können. Wie war's?«

»Lassen wir das. Langweilige Sache diese Seminare. Gelästert haben sie?«

»Und wie. Kein gutes Haar ließen sie an dir. Aber ich habe dich zu verteidigen versucht.«

»Da dürftest du es leicht gehabt haben«, lachte Edgar.

»Wenn wir nicht endlich gegen die Alten ankommen und uns durchsetzen, werden wir nie mehr Nachwuchs bekommen. Die buttern uns doch nur unter.«

»Das darfst du laut sagen.«

»Sag mal: Du hast dich in der Tat verändert. Früher warst du mal ein friedlicher Mensch. Immer hast du uns Vorhaltungen gemacht, wenn wir revoltierten. Jetzt machst du es selber.«

»So?«

»Mach nicht so, als ob dir dies nicht bewusst wäre,«

Edgar setzte sich und holte sich eine Packung Zigaretten aus der Tasche.

»Du auch?«

»Aber nicht dieses Zeug. Gauloises. Pfui Teufel! Prost!«, hob Jo sein Glas und trank seinem Freund zu.

»Prost.«

»Also, was ist? Warum motzt du so viel?«, ließ Jo nicht locker.

Was sollte Edgar ihm sagen? Würde er ihn verstehen? Er wusste es selbst nicht so genau, woran es lag. Jo hatte keine Ahnung davon, was Edgar in den letzten zwei Jahren erlebt hatte. Und ohne dies konnte man ihn nicht begreifen. Er wich aus.

»Ist es nicht auch zum Kotzen, wenn man entdeckt, wie wenig die Mitbrüder noch hinter den Idealen des Ordens stehen?«

»Nun weiche mir nicht aus. Was meinst du?«

Edgar stand vom Sessel auf und ging im Zimmer herum. Jo hockte wie ein Buddha in seinem Lehnstuhl und schaute skeptisch zu seinem Freund hin, der wie ein Tiger im Käfig herumwanderte.

»Na, ich bitte dich schau doch nur, wofür sie alle bei der letzten Vollversammlung gekämpft haben.«

Und Edgar spielte auf die Versammlung aller Mitbrüder vor wenigen Monaten an. Es galt, neue Richtlinie für das Zusammenleben zu suchen. Da wurde – auch und gerade von den Jungen – um mehr Taschengeld, großzügigere Ferien, leichtere Lebensbedingungen und sonstige Erleichterungen gerungen, aber von dem Willen nach einer Veränderung des geistlichen Lebens war nichts zu spüren. Und als man am Abend Leute suchte, die über die Sitzungen am Tag ein Protokoll anfertigen sollten, fand sich niemand. Edgar hatte man die Leitung der Sitzungen anvertraut. Er und sein alter Lehrer Pater Lenschel blieben am Ende übrig, die sich in den Abendstunden hinsetzten und das Protokoll ausarbeiteten. Edgar ging es nicht darum, sich hier jetzt zu beschweren, dass man anscheinend keine Ideale mehr hatte und nur auf ein bequemeres Leben aus war. Er selber ja hatte längst vieles über Bord geworfen, stand nur noch mit einem Bein im Orden. Doch wie wollte und sollte er dies seinem Freund klar machen? Unmöglich. Edgar war sich deutlich im

Klaren darüber, dass es nicht mehr besonders gut als Ordensmann um ihn stand.

»Ach, Jo, es wäre eine zu lange Geschichte, wenn ich dir alles erklären sollte.«

»Ich glaube, dass dir das Studium nicht gut getan hat.«

»Du redest schon wie die anderen. Je gelehrter um so verkehrter. Wie?«

Jo schaute schräg zu Edgar hin.

»Red nicht so«, sagte Edgar.

»Aber du meinst es im Grunde. Oder nicht?«

»Ach, wenn man wie ich so lange in der Welt gelebt hat, kann man nicht gänzlich davon unberührt bleiben.«

»Nun bist du aber wieder bei uns«, erwiderte Jo.

»Na, ich bitte dich, hier. Hier wird man gleich zweimal nicht wieder heimisch. Hier war ich es nie. An unserer Schule, im Internat – ja, da fand ich es gut. Und ich freue mich schon darauf, wenn ich wieder nach dort komme. Dort ist die Kommunität noch intakt. Es sind Gott sei Dank nur noch wenige Monate. Im März mache ich mein Zweites Staatsexamen. Dann kann ich ab Sommer wieder nach dort.«

»Schade, dass du dann nicht mehr hier sein wirst.«

Es war an einem Abend. Edgar befand sich auf dem Weg von seinem Zimmer im vierten Stock nach unten. Dort in der Abgeschiedenheit über den Dächern der Stadt war er von allem Umtrieb im Haus fern und konnte seinen Aufgaben nachkommen. Unterricht war vorzubereiten. Dabei benötigte er Ruhe und Zeit. Edgar merkte, dass es nicht so leicht war, mit den Jugendlichen umzugehen, sie richtig zu unterrichten. Daran musste er sich nach den Jahren des Studiums erst wieder gewöhnen. Jetzt hieß es konkret, anschaulich zu sein, wenn die Jungen und Mädchen einen verstehen sollten.

Er trottete die Treppen hinunter. Sein Kopf rauchte noch von den Unterrichtsvorbereitungen. Er hatte genug. Als er am Zimmer seines Freundes vorbeikam, glaubte er, dessen Stimme zu hören. Es blieben bis zum Essen noch wenige Minuten. Er konnte also zu ihm hinein. An der Gewissenserforschung vor dem Essen nahm er nicht teil.

Edgar klopfte an Jos Tür. Ein brummender Ton ließ ihn erkennen, dass er offensichtlich eintreten durfte. Er öffnete die Tür. Jo stand hinter seinem Schreibtisch. Auf dem Tisch häufte sich ein Berg von Papieren und Büchern. Ein Wust und Durcheinander von schon lange Zeit nicht mehr geordneten Utensilien. Edgar lächelte. Er kannte seines Freundes Liebe für die Ordnung. Einmal im Jahr machte er sich an die Arbeit und brachte Übersicht und Klarheit in diesen Wust. Versuchte es jedenfalls. Alleine gelang es ihm nie. Er brauchte dazu immer jemanden.

»Bei deiner liebsten Arbeit«, lächelte Edgar Jo zu.

Der hob seinen Blick, schaute Edgar voller Empörung an und drohte ihm mit der Faust.

»Du kommst mir gerade recht. Statt hier Sprüche zu klopfen, solltest du mir lieber helfen. Du weißt doch...«

»Warum nicht. Da werden wir schnell Ordnung und Übersicht hineingerbacht haben, wenn ich mal kräftig zugepackt habe.«

»Gib nicht so an. Kennt ihr euch übrigens? Ich glaube nicht, Cornelia«, wandte Jo sich mit dem Kopf in die Ecke seines Zimmers. Edgar hatte bisher nicht bemerkt, dass es außer der Unordnung in diesem Raum noch etwas oder gar jemanden gab, dem er seine Aufmerksamkeit hätte zuwenden können. So folgte er der Kopfwendung seines Freundes. Da entdeckte er auf der Erde hockend eine junge Frau. Zierlich, dunkles, halblanges Haar. Sie schaute auf. Ihre und Edgars Blicke trafen sich. Er stieß auf schwarze Augen, in denen ein schalkhaftes, spitzbübisches Lächeln leuchtete.

»Hallo«, sagte sie.

»Hallo. Und Sie helfen ihm in diesem Chaos? Wenn er Sie nicht hätte, ginge er ganz unter.«

Sie nickte und lächelte und fuhr damit fort, Papiere, die in gewaltigen Mengen auf dem Fußboden lagen, zu ordnen.

»Nimm dich zusammen«, drohte Jo seinem Freund. »Hin und wieder braucht man eine ordnende Hand, um nicht ...«

»Um was nicht?«

»Du siehst ja.«

Edgar ging zum Essen und kam anschließend, um aufräumen zu helfen. Er fand es besser, seinem Freund zu helfen, als mit den Mitbrüdern zusammenzusitzen. Den ganzen Abend benötigten die drei, Licht und Durchblick in den Wust zu bringen.

Zum Abschluss dieser Arbeit saßen die drei zusammen, um das gelungene Werk zu bewundern und zu feiern.

»Mir hat Jo schon wiederholt von Ihnen erzählt und dass er mich mal zu Ihnen mitnehmen wolle. Aber, wie so oft, blieb es bisher bei dem Vorsatz. So verdanken wir dem Zufall oder Jos Ordnungsliebe beziehungsweise seiner Unordnung unsere Bekanntschaft«, sagte Edgar.

»Sind es Zufälle, wenn sich Menschen treffen?«, fragte Cornelia.

»Nun, was sind Zufälle?«, schaute Edgar sinnig vor sich hin.

»Miss nicht jeder Begegnung mit einem Menschen eine allzu große Bedeutung bei«, meinte Jo.

»Ich messe ja gar nichts. Ich denke nach«, konterte Edgar.

»Denk nicht so viel.«

»Mein lieber Jo, wenn einem ständig Ereignisse zustoßen, die man gar nicht gewollt hat, auf die man keinen Einfluss nehmen konnte, muss man nachdenklich werden.«

»Nach-denken und nachdenklich sein sollst du, aber nicht zu viel denken. Der Verstand macht alles kaputt«, glaubte Jo seinem Freund einen guten Rat gegeben zu haben.

»Ich werde es mir merken.«

Edgar begleitete die junge Frau an diesem Abend bis an die Haustür nach Hause.

Wenige Tage nach dieser Begegnung begab sich Edgar zu Cornelia in die Wohnung. Sie wohnte nur wenige hundert Meter von dem Haus entfernt, wo die Mitbrüder ihren Sitz hatten. Es war für ihn ein Leichtes, sich zu entfernen. Niemand merkte es. Niemand kontrollierte, wohin die Mitbrüder gingen. Niemand musste sich abmelden, wenn er wegging. Zwar war es Brauch, den Superior wissen zu lassen, dass man das Haus verließ. Doch war diese Gepflogenheit wie manch andere in Vergessenheit geraten und in diesem Fall verzichtete Edgar gerne darauf. Jeder hatte einen eigenen Hausschlüssel. Jeder war frei.

Edgar trieb es zu der neuen Bekanntschaft. Er wollte alleine mit ihr sprechen, sie näher kennen lernen. Sie zog ihn an. Er wusste von ihr, dass sie nicht verheiratet war und keinen Freund hatte.

So verließ er am diesem Abend das Haus der Mitbrüder. Unsicher.

Sie hatte eine große Wohnung. Edgar traf sie überrascht an. Er hatte sich nicht angemeldet. Durch einen kleinen Korridor trat man links in das Wohnzimmer. Es stand voll mit Gegenständen: Sofa, Schrank, Tisch, Stühle, riesige Regale mit Büchern. Eine etwas altmodische Lampe ließ ein dämmriges Licht in den Raum fallen.

»Oh, was führt Sie zu mir?«, empfing sie ihn.
»Was?«
»Nun, wer?«
»Wer schon.«

»Sind Sie in Ihrer Gemeinschaft nicht mehr beheimatet«, sagte sie ihm auf den Kopf zu.

»Entfremdet. Es war in den letzten Jahren zu viel zusammen gekommen. Ich habe zu viel Welt kennen gelernt. Meine Vorgesetzten haben mich in den letzten Jahren immer wieder gegen meinen Willen mit Aufgaben betraut oder zu etwas abgeordnet, was ich nicht wollte.«

»Aber sie sind doch Ordensmann. Da müssen, sollten Sie doch gehorchen.«

»Gewiss. Aber es kann zu viel werden. Und wie gesagt, wenn man zu intensiv mit der Welt in Berührung kommt…«

»Mit Frauen?«

»Auch. Nein. Aber Welt.«

Sie blieben lange Stunden zusammen.

Er besuchte sie nun regelmäßig. Immer Abends. Die Dunkelheit versprach ihm größere Sicherheit. In so unmittelbarer Nachbarschaft der Mitbrüder musste er aufpassen. Sicher war sicher. Er brauchte sich ja nicht unbedingt der Gefahr auszusetzen, andere wissen zu lassen, wo er die Abende verbrachte.

»Du hast was«, empfing sie ihn. »Irgendwas bedrückt dich. Was ist es?«

Er ging auf sie zu und küsste sie.

»Dir bleibt auch nichts verborgen.«

»Also, nun halte mich nicht hin. Aber du willst sicherlich erst mal was zum Trinken. Wein?«

»Dann kann ich dir auch reinen Wein einschenken. Bitte.«

»Reinen Wein? Du willst mit mir Schluss machen?«

»Schluss machen? Ich denke nicht daran.«

Sie hatte Gläser geholt, auf den Tisch gestellt und goss ein.

»Was ist es dann?«

Er prostete ihr zu.

»Kigatzlow hat mich zu sich gerufen...«

»Sie haben's gemerkt, dass du zu mir kommst und dann dem Provinzial gemeldet?«

Er schaute sie still an.

»Spann mich nicht auf die Folter.«

»Nein, das nicht. Er wartete mit einer Überraschung auf.«

»Aha. Wieder einmal.«

»Nachdem ich nun das Zweite Staatsexamen gemacht habe und eigentlich ab Sommer an unsere Schule kommen sollte – ich auch ganz stark damit gerechnet habe -, hat er nun wieder einen anderen Plan.«

»Du hast dich auch schon kürzer fassen können.«

»Ich soll an unser Seminar.«

»Euer Seminar? Die Ausbildung des Nachwuchses übernehmen?«

»Ja.«

Für wenige Momente trat Stille ein. Sie begriff, was das bedeutete. Jetzt, nachdem das Experiment mit den jungen Leuten in Köln missglückt war, versuchte es der Orden mit Edgar an einem anderen Ort, aber mit der gleichen Aufgabe. Das war erstaunlich und zeugte eigentlich davon, dass die Mitbrüder ihn dafür geeignet hielten. Aber sie wussten auch, dass er wenig darüber erfreut war. So würde er doch nicht dorthin kommen, worauf er gehofft hatte. Er hatte es ihr wiederholt erzählt. Schöne Bescherung. Sie sagte ihm dies.

»Ja. Schöne Bescherung. Warum auch macht man immer etwas anderes mit mir, als man versprochen hat? Aber auch, als ich es mir wünsche?«

»Ordensmann. Du bist Ordenesmann. Da hast du zu gehorchen. Oder nimmst du es auch damit nicht mehr so genau.«

»Auch damit?«, schaute er sie mit heruntergezogenen Brauen an.

Edgar verlor sich für Momente in Gedanken. Er musste sich daran erinnern, dass er, als er bei den Schwestern gewohnt hatte, noch eine Affäre mit einer verheirateten Frau gehabt hatte. Bei allen anderen Frauenfreundschaften war es bei einer reinen Freundschaft geblieben. Und auch zunächst bei ihr. Doch mit der Zeit hatten sie sich beide Freiheiten erlaubt, die über das Ziel des Gelübdes hinausgingen. Es war zu Küssen, Zärtlichkeiten, Intimitäten gekommen. Edgar fühlte sich zwar nicht wohl dabei. Aber die Liebesbezeugungen taten ihm gut. Es war schließlich zum ersten Mal in seinem Leben, dass er sich solche erlaubte. Aber die Gewissensbisse quälten ihn. Eine Zeit lang. Dann schlug er sie in den Wind. So lange er nicht mit ihr schlief…, sagte er sich. Die Frau war liebens- und begehrenswert, reizend. Sie kannte keine Bedenken, war in ihn vernarrt. Das Gewissen schlug immer sachter. Edgar wurde lauer. Und dann, als Edgar wieder zu den Mitbrüdern heimkehrte, wollte sie es und er auch. Und sie machten es. Es war für ihn das erste Mal. So großartig war es nicht. Schnell, voller Angst und Unerfahrenheit. Kaum, dass er sich richtig auskannte. Sie hatte Verständnis.

Und dann ging er beichten. Sein Beichtvater ein kluger Mann. Edgar hatte ihn sich gut ausgesucht, schon vor Jahren. Immer hatte er darauf geachtet, dass sein Beichtvater nicht irgendjemand war, sondern ein erfahrener Geistlicher. Der Geistliche kannte Edgar gut. Edgar kam das Bekenntnis schwer über die Lippen. Es half aber nichts. Er musste dazu stehen. Gespannt war er, wie die Buße ausfallen würde. Was er in einem solchen Fall als Buße aufgegeben hätte, wusste er nicht. Er hatte nie einen solchen Fall erlebt. Doch was dann kam, raubte ihm schier den Atem. Ein Ave, sagte der andere und beließ es dabei. Was sollte Edgar davon halten? Er nahm es zur Kenntnis und betete es.

Die Freundin kannte diese Geschichte.

»Hast du gehört?«, unterbrach sie sein Sinnieren.

»Doch. Ja, ja. Mittlerweile halte ich nur noch die Armut für gut.«

»Und was wirst du machen? Gehorchen? Wieder einmal?«

»Ich mag nicht, wenn Ordensleute widersprechen und revoltieren. Dafür bin ich nicht ins Kloster gegangen.«

»Du hast aber bei weitem schlimmer deine Gelübde verletzt. Oder nicht?«

»Es geschah aus Liebe.«

»Liebe oder Leidenschaft?«

Machte sie sich zur Richterin über ihn? Nein. Sie wollte ihn zur Besinnung bringen. Sie meinte es gut mit ihm. Und schließlich hatte sie auch keine Bedenken wegen der Freundschaft zwischen ihnen.

»Werden wir unsere Verbindung aufgeben müssen?«, meinte sie.

»Dies wäre der Fall, wenn ich an unsere Schule käme.«

»Dann wäre es eine Episode gewesen. Eine weitere.«

»Ja.«

»Wirst du denn dich wieder an das abgeschiedene Leben gewöhnen können?«

»In der Gemeinschaft meiner Mitbrüder in unserem Internat hätte ich eine Chance. Die Gemeinschaft ist intakt, anders als hier in Köln. Ob das mir aber auch an meiner neuen Wirkungsstätte gelingen wird, erscheint mir zweifelhaft. Ich glaube, die Versetzung nach dort war keine gute Wahl.«

»Und was wird aus dem Kursus für Gruppendynamik, den du zur Zeit besuchst?«

»Entweder kann ich ihn noch von dort aus zuende bringen oder aber ich muss ihn abbrechen. Wäre schade.«

Sie sprachen nicht mehr miteinander. Leiser Lärm drang von der Straße ins Zimmer herein. Die Kerzen auf dem Tisch flackerten.

Die Bekannte hatte einen Kater, der schlich eifersüchtig um ihre Beine herum.

»Schön wäre es, wenn du auch später noch zu mir kommen könntest.«

Am anderen Tag hielt sich Edgars zukünftiger Superior, P. Rauchhip, zu Besuch im Haus auf. Er war nur wenige Jahre älter als Edgar, hatte selber auch noch einmal studiert und mit einem glänzenden Examen abgeschlossen. Er war ein gebildeter, gescheiter, ungewöhnlicher Mensch. Der Krieg allerdings, an dem er teilgenommen, hatte ihn nicht unberührt gelassen.

»Ich werde Sie Mitte Juli mit dem Wagen persönlich abholen.«

»Gut.«

»Zu wie viel werden wir im Haus sein?«

»Leider nur sechs Leute. Sie, ein weiterer Mitbruder, ihre drei Anvertrauten, die Studenten, und ich. Eine kleine Gemeinschaft.«

Edgar graute davor. Sie würden sich wie verloren in dem großen Haus vorkommen. Die meisten Zimmer würden leer stehen. Ihre Schritte würden wie Schreie durch das verlassene Haus tönen.

»Wir sollten das längst überflüssige Sie zwischen uns abschaffen. Ich heiße Rolf.«

»Edgar.«

Das erste Mal, dass ein älterer Mitbruder ihm statt des offiziellen Sie das Du anbot. Das war vielversprechend, sagte sich Edgar.

»Und noch eins. Du weißt ja, dass wir jeden Sonntag in einer Pfarrei Gottesdienst halten.«

»Ein alter Brauch.«

»Wir beide sind im Schuldienst. Ich gebe ja auch Religionsunterricht an einem Gymnasium. Du wirst Deutsch und Religion unterrichten. Ebenfalls an einem Gymnasium.«

»Ja, ich weiß. Gefällt mir«, antwortete Edgar.

»Dies ist, wie du noch sehen wirst, kein Zuckerschlecken.«, fuhr Rolf weiter, »Dazu noch die Vorbereitung auf die Predigt und so weiter. Da werden wir es so machen, dass jeder von uns alle vierzehn Tage, also abwechselnd, übers Wochenende wegfahren kann. Wir haben einen hauseigenen Wagen, der dir dafür zur Verfügung steht. Ich habe einen eigenen.«

»Und es soll jedem überlassen sein, wohin er fährt?«

»Natürlich.«

Edgar vergingen die Worte. Er benötigte einige Momente, bis er den vollen Inhalt des Gesagten begriffen hatte. Dann schaute er Rolf an, ob er sich einen Scherz mit ihm erlaubte.

»Ich meine es Ernst«, schien er seine Gedanken erraten zu haben.

Noch am selben Abend ging Edgar zu Cornelia. Die Dunkelheit war eingebrochen. Die Straßenlaternen strahlten ein sanftes Licht aus. Edgar durfte sich sicher fühlen.

Sie hatte, wie immer, wenn er kam, Wein und Gebäck bereit gestellt.

Er erzählte ihr von dem, was Rolf ihm angeboten hatte.

»Alle vierzehn Tage sollst du hinfahren dürfen, wohin du willst?«

»Unglaublich, wie?«

»Dann war die Wahl deiner Vorgesetzten, dich an euer Seminar zu versetzen, doch nicht so verkehrt.«

»Ja, scheint mir auch so. Meinen Kursus darf ich auch noch zuende bringen. Ich werde also nach meinem Wegzug von Köln regelmäßig nach hier kommen.«

Sie lächelten sich zu. Hätte es günstiger kommen können.

»Was soll man davon halten?«, fragte er.

»Erscheint mir fast wie eine Fügung des Schicksals.«

»Bald will mir scheinen, dass alles von höherer Warte gelenkt ist.«

»Auch die Verfehlungen?«, fragte Cornelia.

»Sie werden als notwendiges - Beiwerk zugelassen. Gott schreibt gerade auf krummen Zeilen.«

Erstaunliche Ansichten für einen Theologen, dachte sie.

»Du meinst das ernst?«, fragte Cornelia

»Was?«

»Nun, dass du hinter diesen Dingen eine Fügung siehst.«

»Und ob«, zögerte er keinen Moment. »Wie anders soll ich all das verstehen, was sich in meinen Leben zugetragen hat?«

»Das ein oder andere darin hast aber nun doch du zu verantworten.«

»Gewiss. Lang genug, glaube ich, habe ich mich von anderen bestimmen lassen. Mal muss der Mensch selbstständig werden. Man kann nicht ewig nur hören und gehorchen, keine eigenen Entscheidungen treffen. Dabei geht nun leider nicht immer alles so gerade und problemlos zu, wie man es sich wünscht. Vielleicht gelangen wir auch nur durch Schuld weiter. Möglicherweise geht es nicht ohne diese. Auch im Paradies öffneten sich Adam und Eva erst nach dem Sündenfall die Augen. Erst da sahen sie, dass sie nackt waren«, meinte er.

»Aber Gott verhängte dann den Fluch über sie. Offensichtlich war das alles doch nicht so in Ordnung.«

»Ich habe auch nicht davon gesprochen, dass es ›in Ordnung‹ war.«

»Schon richtig. Aber was meinst du dann?«

Edgar hielt inne. Er wusste darauf keine schlüssige Antwort. Ihm schien nur, dass sich in seinem Leben Dinge zugetragen hatten, die ihn bis hierhin geführt hatten. Sicher, es war nicht alles in Ordnung, was er getan hatte. Wer musste ihm dies sagen? War aber alles in Ordnung, was man mit ihm gemacht hatte? Oder aber diente es, wenn Gott dahinter steckte, alles einem höheren Plan? Welchem auch immer. Auch die Fehler der ›Vorgesetzten‹? Fehler? Fehlentscheidungen eventuell nur. Vielleicht ist unsere Sicht der Dinge und Ereignisse zu klein, beschränkt und engstirnig, um den größeren, viel größeren Plan dahinter erkennen zu können. Und vielleicht getrauen wir uns nur nicht genug zu machen, was uns richtig erscheint. Was erlauben und erlaubten sich die Großen nicht alles. Unterliegen sie anderen moralischen und ethischen Gesetzen als die kleinen Leute? Ihm kam immer öfter der Gedanke, dass die Weltgeschichte und auch bedeutende Menschen nach anderen Maßstäben gemessen werden als die der kleinen Leute. Wobei er sich natürlich zu den kleinen Leuten zählte, aber gleichzeitig fragte, ob die Großen Vorrechte besaßen? Er sagte dies seiner Freundin.

»Die Menschen in der Welt denken anders als ihr Theologen – weithin jedenfalls.«

»Was soll man davon halten?«

»Aber die Kirche sind nicht die Theologen und Priester und Bischöfe und der Papst. Kirche sind wir alle, wir die Gläubigen.«

»Willst du sagen, dass die Kirche – ich meine jetzt die Leitung und Mächtigen oben - immer wieder Fehler gemacht hat?«

»Und was für welche. Ich werde sie nicht im Einzelnen aufzählen müssen. Denke an Galileo Galilei. Denke an das Problem der Verhütung. Vergiss nicht die Hexenprozesse… Nun, ich will nicht den Versuch der Vollständigkeit unternehmen.«

»Ja. Und wir kleinen Leute, wir machen uns Gedanken über unsere kleinen Fehler«, sagte er.

»Was ja nicht schlecht ist. Aber…«

»Gewiss.«

Edgar erinnerte sich in diesem Moment an eine Begebenheit mit einer Bäuerin in Württemberg.

Sie war alt und krank und verbrachte ihre Zeit nur noch auf dem Zimmer. Hier wartete sie auf den Tod. Da sie die Nachbarin von Edgars Onkels war, kannte er sie sehr gut aus der Zeit, als er im Krieg bei seinen Verwandten gewesen war. Oft hatte er sich bei ihr im Haus aufgehalten. Er wusste auch, dass sie wie alle anderen Dorfbewohner regelmäßig sonntags in die Kirche gegangen war.

Er fragte sie, ob sie den Tod fürchte und auch noch immer an ein Weiterleben nach dem Tode glaube.

»`s isch no koiner z'ruckkomma«, antwortete sie.

Er überlegte und erwiderte prompt, dass sehr wohl schon jemand zurückgekommen sei.

Sie schaute ihn für Sekunden erstaunt an, als begreife sie nicht. Dann drehte sie den Kopf zu ihm hin und blickte ihn mit ihren etwas müden Augen an und meinte: »Des isch au schon lang her.«

Er erzählte die Geschichte seiner Freundin.

»Ja, die einfachen Leute. Sie emanzipieren sich im Laufe ihres Lebens.«

»Und da sollten wir zögern, wir, die studiert haben und selber denken können müssten.«

»Lass die Dinge auf dich zukommen. Kommt Zeit, kommt Rat.«

»Du, Rolf sagte mir, dass er an seinen freien Wochenenden zu seiner Kusine fahre.«

»Wofür Kusinen nicht alles herhalten müssen«, antwortete sie nachdenklich.

Die Zeit des Umzugs kam. Edgar packte wieder einmal seine Bücher ein. Sie machten den größten Teil seiner Habe aus, von der das meiste noch nicht einmal sein Eigentum war.

Erneut galt es, Abschied zu nehmen. Dankbar war er, dass er Cornelia schon bald wieder sehen sollte. Ein Bruch mit ihr wäre ihm nicht mehr möglich gewesen. Ihretwegen nicht und seinetwegen nicht. Es waren der Abschiede zu viele.

Ausgang

Rolf holte ihn mit seinem Wagen ab. Wieder wohnte Edgar in dem alten, großen Gebäude. Nur war es jetzt viel leerer als noch vor zehn Jahren. Edgar erhielt ein eigenes großes, schönes Zimmer. Der Superior redete ihm in seine Angelegenheiten nicht hinein. Edgar hätte sich also zufrieden fühlen können. Doch das gelang nicht recht. Zwar machte ihm die Arbeit mit den drei jungen Klerikern Freude. Offensichtlich waren auch sie mit ihm zufrieden. Edgars Aufgeschlossenheit sagte ihnen zu. Er hielt sie nicht zu eng, ließ die Zügel locker, aber legte eben doch Zügel an. Bei zwei von ihnen war Edgar überzeugt, dass sie zum Priester berufen sind. Einem riet er ab, er solle es sich noch überlegen. Gott sei Dank folgte er Edgars Rat und verließ das Seminar.

Die Sommerferien gingen zuende. Nun sollte Edgar zum ersten Mal den Ernst der Schule erleben. Die Schulleitung vertraute ihm eine Klasse an. Der Unterricht bereitete ihm weniger Schwierigkeiten, als er vermutet hatte. Nun war er Lehrer. Sollte damit sein einstiger Traum damals in Berlin in Erfüllung gegangen sein? Es machte Edgar Spaß, mit den jungen Menschen zu arbeiten. Und das Unterrichten bereitete ihm Freude. Als er erfuhr, dass man Mathematiklehrer suchte und ein Fortbildungskursus angeboten wurde, meldete er sich dafür. So sah er sogar noch seinen Wunsch, Mathematik unterrichten zu können, in Erfüllung gehen.

Edgar besuchte den noch während seines Aufenthaltes in Köln begonnen gruppendynamischen Kurs zuende. Dabei übernachtete er bei der Freundin. Offensichtlich bemerkte niemand von den Mitbrüdern es. Edgar parkte seinen Wagen immer an einem gesicherten Ort ab. Als der Kurs im Laufe des Herbstes zuende gegangen war, kam er regelmäßig alle vierzehn Tage zur Freundin auf Besuch.

In dieser Zeit häuften sich die Nachrichten von abgehenden Priestern. Es war Tagesgespräch. Edgar dachte nicht daran, auch wegzugehen. Er hatte nicht den Mut und sah keine Notwendigkeit.

Eines Tages, als Edgar sich auf seinem Zimmer aufhielt, läutete das Telefon.
»Lenschel.«
»Herr Lenschel, was veranlasst Sie, mich anzurufen?«
»Kommen Sie doch bitte heute Nachmittag noch zu mir.«
»Was gibt es?«
»Ich erzähle es Ihnen, wenn Sie hier sind.«

Pater Lenschel war noch immer Leiter des Internats. Er hatte bedauert, dass Edgar nicht an die Schule gekommen war. Die beiden hielten Verbindung. Edgar war gespannt, warum er ihn angerufen und was er ihm zu sagen hatte. Schon wieder eine Überraschung? Wundern würde sich Edgar nicht.

Er fuhr nach der Schule und dem Essen in seine ehemalige Schule und vorübergehende Wirkungsstätte, wohin er eigentlich auch hätte kommen sollen. Es war Herbst. Die ersten Blätter fielen von den Bäumen. Ein zuweilen rauer Wind zog über die Hügel. Die Sonne warf lange Schatten. Die Krähen zogen kreischend ihre Kreise über den Gipfeln der Bäume. Während Edgar die Strecke fuhr, dachte er daran, wie er vor Jahren noch unbeschwert vom Seminar aus dieselbe Straße gefahren war, um seine neue Stelle anzutreten. Was hatte sich in der Zwischenzeit alles ereignet? War er noch der Alte? Keine Frage, er war es nicht mehr.

Edgar fuhr in den Hof. Lenschel erwartete ihn schon und kam Edgar an der Tür entgegen.

»Seien Sie gegrüßt, Herr Sendreich.« Sie bedienten sich noch immer des formellen, immer etwa steif wirkenden Sie. Es sollte noch eine Zeit dauern, bis dieser Brauch abgeschafft wurde. Mitbrüder, die sich siezen.

»Kommen sie gleich auf mein Zimmer. Ich habe Kaffee nach dort bestellt.«

»Herr Lenschel, freue mich, wieder mal hier sein zu dürfen. Am liebsten würde ich für immer hier arbeiten.«

»Gefällt es ihnen bei den Seminaristen nicht?«

Sie gingen durch den kleinen Gang über die weißen Fliesen. Lenschel öffnete die Tür zu seinem Zimmer. Kaum etwas hatte sich darin verändert. Der Schreibtisch, die zwei Sessel mit dem Tischchen. Rings an den Wänden Bücher und Akten.

»Doch, doch. Aber ich sollte und wollte ja eigentlich hierher kommen. Hier hätte ich mich heimischer gefühlt. Die vielen Jahre. Die Mitbrüder – es ist hier ein anderes Klima als im Seminar.«

»Nehmen Sie Platz bitte.«

Edgar fiel in den Sessel. Lenschel hatte gut vorgesorgt. Ein Kännchen Kaffee und Kuchen standen auf dem Tisch. Lenschel schenkte ein.

»Was gibt's, dass Sie mich zu sich bitten. Wieder eine Überraschung?«

»Wieder?«

»Nun, Sie werden sich ja wohl noch an Weihnachten 1964 erinnern.«

»Ach so. Natürlich. Nein, nein, keine solche.«

»Nicht eine solche? Was für eine dann?«

Edgar nippte an der Tasse. Lenschel zündete sich eine Zigarette an.

»Rauchen Sie auch noch?«, fragte Lenschel.

»Leider.«

»Dann bitte, hier«, reichte er Edgar die Packung hin.

»Sie sind wohl auch noch nicht davon abgekommen. Aber bitte, Herr Lenschel, was gibt es?«

Lenschel holte Luft, schaute Edgar sonderbar an und holte dann aus:

»Pater Merker ist gegangen.«

Edgar wollte nicht glauben, was er hörte. Gegangen? Merker, sein ehemaliger Klassenkamerad und dann Semesterkollege und Mitbruder, mit dem er sich so schlecht verstanden hatte, war nach ihm als Präfekt ins Internat gekommen. Mal gerade sechs alles kurz und klein machen. Waren dies die Ausbrüche, der während der Internatszeit zurückgehaltene Vulkan?

»Gegangen, einfach so gegangen?«, fragte Edgar mit angezogenen Brauen.

»Leider nicht, einfach so.«

»Wie muss ich das nun wieder verstehen?«

»Vergangene Nacht ist er ohne eine Vorankündigung weggefahren«, sagte Lenschel. Sein Gesicht überzog ein Schatten. Edgar bemerkte die Betroffenheit seines Mitbruders. Für ihn, wurde sich Edgar bewusst, war dies ein vollkommen unvorstellbares Verhalten, ein Schock. Einfach alles hinwerfen und davonlaufen. Selbst für Edgar war dieser Schritt fast unbegreiflich.

»Und warum nicht einfach so?«, fragte Edgar.

»Mit einer Schwester aus unserem Haus.«

»Wie bitte? Mit einer Schwester?«

»Sie haben richtig verstanden.«

Edgar bedurfte einiger Momente, um zu begreifen, was er da hörte. Er traute Merker alles zu. Dies aber nicht. Mit einer Schwester, Ordenfrau natürlich, abgehauen. Auch Merker jetzt also? Die Reihen der Mitbrüder lichteten sich. War das die Ernte früherer Erziehung? Man hatte sie als Missionsschüler nur zu bewahren, von allem fernzuhalten versucht. Immer nur verboten, nichts zugelassen. Wer hatte nicht schon alles die Reihen verlassen? Waren dies schlechtere Mitbrüder als die, die blieben?

»Er hatte die Schwester seelsorglich betreut. Sie hatte offensichtlich Schwierigkeiten.«

»Ohne Voranmeldung?«

»Ohne vorher was zu sagen? Merker war zwar schwierig, aber damit hatten wir nicht gerechnet.«

»Und nun hoffen Sie, dass ich nach hier komme?«

»Nein, dies steht nicht zur Frage. Nicht deshalb habe ich Sie zu mir kommen lassen.«

»Und warum haben Sie ausgerechnet mich darüber unterrichten wollen, sogar hierher bestellt?«

Ob der andere in Bezug auf Edgars Situation etwas ahnte?

»Sie kannten ihn seit langem. Er war Ihr Nachfolger hier. Ich dachte, es würde Sie interessieren.«

»Hätte dann nicht ein Anruf genügt?«

»So was kann man nicht per Telefon jemandem mitteilen.«

Edgar dachte: Ist dies der wirkliche Grund? Will er mir einen Wink mit dem Zaunpfahl geben? Wer weiß, wie viel sich über die Beziehung zwischen ihm und Cornelia herumgesprochen hat. Lenschel war ein offener und redlicher Mann. Nein, solche Absichten verfolgte er nicht. Allerdings hatte ein anderer Mitbruder Mitteilung an den Provinzial gemacht, darüber nämlich, dass Edgar hin und wieder Besuch von einer Frau bekomme. Warum? Hatte er gemerkt, dass er sich des Abends noch bei ihr auf dem Zimmer aufhielt?

Nicht ganz zwei Jahre vergingen, seit Edgar in seiner neuen Position im Seminar arbeitete. Merkers Abgang lag ein halbes Jahr zurück. Die Verbindung zwischen Edgar und Cornelia bestand weiterhin, hatte sich vertieft. Sie hatten gemeinsame Ferien verbracht. Auf der Heimfahrt statteten sie einer befreundeten Familie einen Besuch ab. Edgar wunderte es nicht wenig, mit welcher Selbstverständlichkeit, die Freunde ihnen beiden ein Einzelzimmer zuwiesen. Katholiken. Man schien es als etwas Selbstverständliches anzusehen, sie in einem Zimmer schlafen zu lassen. Laienmoral, Thekentheologie, wie Edgar das Denken über religiöse und theologische Fragen der einfachen Leute mal genannt hatte. Das Leben lehrte den Laien die Dinge zu sehen, wie sie sind und nicht, wie sie sein sollten.

»Ich denke, ich muss nun doch eine Entscheidung treffen, wie es mit mir, mit uns weitergehen soll. Diese Doppelmoral kann ich nicht länger ertragen«, wandte er sich um diese Zeit an Cornelia.

»Ich möchte dich nicht von Deinem Beruf abbringen. Wenn Du ihn nicht aufgeben kannst, möchte ich kein Hindernis sein.«

»Sprich nicht so. Ich kann dich nicht mehr einfach verlassen. Nur, ich darf auch nicht so weiter leben.«

Seit Monaten quälte Edgar seine Beziehung zu Cornelia. Dass ein solches Leben keine Zukunft haben könnte, wusste er nur zu genau. Hier Priester, dort eine illegale Verbindung zu seiner Freundin. Warum entschloss er sich nicht, seinen Beruf aufzugeben? Was würden die anderen sagen? Seine Verwandten, die ihm eine so großartige Primiz bereitet hatten. Seine Freunde? Die fest an ihn glaubten. Seine Mitbrüder? Die wie auf niemand anderen so gesetzt hatten wie auf ihn? Nun gibt auch er auf, werden sie denken? Er ist nicht besser als die anderen, die ihren Beruf verlassen. Wie aber vor allem würde seine Mutter reagieren? Vor allem sie. Würde er es ihr zumuten dürfen und können? Würde er es fertig bringen, es ihr zu sagen? Er war also feige? Seinen Beruf, seiner Berufung untreu werden. Seine Gelübde brechen. Hatte er sie nicht längst gebrochen? Verstieß er nicht ständig gegen sie? Sollte das so weitergehen? Nein, natürlich nicht. Er durfte nicht so weitermachen. Auch Cornelias wegen durfte er nicht länger zögern. Sie wollte ihm nicht im Wege stehen. Sie wollte ihn nicht drängen. Aber dies sagte sie nur aus Rücksicht und Liebe zu ihm. Durfte er es sich dann bequem machen und einfach keine Entscheidung treffen. Und durfte er sich gegen sie entscheiden? Würde er es überhaupt noch können? Würde er ohne Frau zu leben imstande sein? War eine Heirat sein Weg? Waren die Würfel nicht längst gefallen? Welches Hindernis gab es noch? Was sollte er nach einem Weggang machen? Er hatte Staatsexamen. Gut. Doch würde er in den Staatsdienst aufgenommen? Würde man es wirklich machen? Was würden die Leute bei der Behörde denken? Jemand verließ seinen geistlichen Beruf. Würde man dies nicht als unmöglich empfinden? Wen sollte er um Rat fragen? Er kannte niemanden. Ganz alleine musste er sich entscheiden. Das war unendlich schwer. Er hatte außer seiner Freundin niemanden, mit dem er darüber sprechen konnte. Aber gerne hätte er auch mal mit jemandem anderen darüber gesprochen. Mit jemandem neutralen. Er kannte niemanden. Aussichtslos. Ganz alleine musste er entscheiden. Es musste. Es blieb nichts anderes übrig. Edgar kam sich wie in einer Wüste vor.

»Ich denke, ich sollte mich erkundigen, ob man mich in den Staatsdienst aufnimmt?«, sagte er zu Cornelia.

»Das dürfte keine Probleme bereiten. Sie müssen. Du hast Staatsexamen.«

»Müssen?«

»Sie werden es tun.«

»Sehen wir.«

Er fuhr eines Tages nach Düsseldorf. Das Herz klopfte. Die Scham stand ihm im Gesicht, als er in das Zimmer des Beamten trat. Er erklärte ihm sein Anliegen.

»Es ist kein Problem«, sagte der Beamte und sprach, als würde über das Gewöhnlichste verhandelt, »Herr Sendreich. Sie haben drei Fächer. Die Kombination von Religion, Deutsch und Mathematik ist gesucht. Wir brauchen solche Lehrer. Sie können im Sommer bei uns anfangen. Ob sie allerdings an den von Ihnen gewünschten Ort, die erbetene Schule kommen, kann ich Ihnen nicht versprechen.«

Edgar fühlte sich erleichtert.

Die Freundin war mit ihm gefahren. Sie hatte vor dem Zimmer gewartet. Als Edgar auf dem Flur kam, sah sie ihm seine Erleichterung an.

»Du siehst, es war nicht so schlimm, wie du dir es vorgestellt hast.«

»Du hast Recht. Nun gilt es, meinem Vorgesetzten Bescheid zu sagen. Das wird noch ein vorletzter schwerer Schritt sein.«

Edgar meldete sich telefonisch beim Provinzial an. Er solle noch am selben Abend zu ihm kommen, gab der Provinzial ihm zu verstehen. Es galt, noch einmal sein Herz in die Hände zu nehmen.
Am selben Abend suchte Edgar seinen Vorgesetzten auf. Er hatte ihn vor nicht zwei Jahren ins Seminar versetzt, ihm die neue Aufgabe anvertraut. Wie würde er reagieren? Er war nur wenige Jahre älter als er. Sie kannten sich noch von der Missionsschule her. Würde dies den Gang erleichtern? Nein.
Edgar stand vor der Tür und klopfte zaghaft. Die festen und sicheren Schläge waren ihm verloren gegangen.
»Herein!«, hörte Edgar die kräftige Stimme. Auf dem Flur brannte nur eine schwache Birne. Er öffnete die Tür. Gleißendes Licht fiel ihm ins Auge.
»Ernte 73«, begrüßte ihn der andere. Er spielte auf eine Zigarettenmarke zur damaligen Zeit an.
Dreiundsiebzig? Nur dreiundsiebzig?
»Tag, Bert.« Der schaute ihn scharf an.
»Ich kann mir denken, warum du kommst.«
»So?«
»Du willst gehen.«
Das war keine Frage, wurde sich Edgar bewusst.
»Sicherlich möchtest du dich auch laisieren lassen?«
»Auf jeden Fall.«

Bert ging zum Schrank und holte Papiere heraus.

»Was soll ich schreiben? Hattest du Schwierigkeiten mit dem Zölibat?«

Was sollte Edgar sagen? Schwierigkeiten? Er zögerte.

»Kann ich schreiben: normal?«

»Durchaus.«

Bert bot Edgar keine Zigarette und keinen Schnaps an. Damit war es also aus.

»Noch eine Frage. Kann ich bis zum Sommer bei den Mitbrüdern wohnen?«, fragte Edgar.

»Die Entscheidung will ich den Mitbrüdern überlassen.«

Edgar brachte dafür Verständnis auf.

»Und noch eine Bitte, dürfte ich mein letztes Gehalt behalten? Ich habe sonst kein Geld.«

»Dagegen dürfte nichts sprechen. Eine Bitte meinerseits, wenn du deine Verpflichtungen den Studenten gegenüber weiter wahrnehmen könntest.«

»Selbstverständlich.«

»Und dann eine Letztes. Du zelebrierst bitte ab heute nicht mehr.«

Nichts konnte Edgar mehr entgegen kommen als dieser Wunsch, er fühlte sich erleichtert. Dann brauchte er schon nicht mehr mit Schuld am Altar zu stehen.

Man erlaubte Edgar bis zum Sommer bei den Mitbrüdern zu wohnen.

»Hat er dich«, fragte Cornelia Edgar, als er vom Provinzial zurückkam, »nicht nach den Gründen gefragt, warum du gehen willst?«

»Sonderbarerweise nicht. Ich hatte den Eindruck, als kenne er diese.«

»Dann dürfte er vorbereitet gewesen sein.«

»So war es.«

»Dann steht deinem Schritt ja nichts mehr im Weg«, sagte sie.

»›Nichts‹ ist nicht ganz richtig. Das vielleicht Schwerste kommt noch auf mich zu. Aber von Seiten des Ordens ist soweit alles geregelt.«

»Und das wäre?«, fragte Cornelia.

»Mutter von meinem Weggang zu benachrichtigen.«

»Ja natürlich.«

Sobald Edgar wieder ins Seminar gekommen war, ging er zu seinem Superior. Ob dieser schon Bescheid wusste?

Rolf empfing ihn wie immer. Als Edgar in dessen Zimmer trat, war Rolf nichts anzumerken. Er saß an seinem Schreibtisch und arbeitete. Das Zimmer war voller Qualm.

»Ich hoffe, du hattest ein schönes Wochenende.«

»Kommt darauf an, was man unter schön versteht.«

»Komm setz dich. Was führt dich zu mir?«

Rolf, merkte Edgar, hatte Probleme, ohne ihm allerdings davon etwas zu sagen. Er war bei seinen Schüler sehr beliebt. Oft besuchten sie ihn. Dann saß er lange Stunden mit ihnen zusammen und sprach und diskutierte. Ralf trank. Sie hatten in den beinahe zwei Jahren, die sie nun zusammen lebten, persönlich nie miteinander gesprochen. Das Verhältnis zwischen Rolf und Edgar war gut, aber sie waren keine Freunde, die sich Persönliches offenbarten. Jeder respektierte den anderen, ließ ihn in Ruhe, kümmerte sich nicht um dessen Belange. So wie Edgar sich seine Gedanken über Rolf machte, was er an den Wochenenden anstellte, warum er wegfuhr, so auch Rolf. Doch darüber sprachen sie nie.

»Ich verlasse euch im Sommer«, gestand Edgar ohne große Einleitung.

Rolf schaute Edgar traurig an. Er erhob sich, ging zum Schrank und holte eine Flasche heraus. Zwei Gläser schenkte er ein.

»Wenn ich so alt wäre wie du, würde ich dasselbe tun.«

Edgar glaubte erneut, mit seinem Gehör stimme was nicht.

»Willst du eine Zigarette?«, fragte Rolf, als wollte er ihm keine Möglichkeit zum Staunen geben.

»Bitte.« Edgar versagte die Stimme. Ihm fiel nichts ein, was er sagen sollte. Rolf reichte ihm die Packung Zigaretten.

Rolf hatte das Radio an und daraus erklang mit Kraft Schumanns Rheinische. Aufrührerisch brauste die Musik auf.

Da blieb also jemand im Orden, nur weil er sich nicht mehr jung genug vorkam, um noch draußen in der Welt unterkommen zu können. Was eine Bilanz. Rolfs Äußerung hatte Edgar zwar für Momente sprachlos gemacht, aber auch ermutigt.

Nun galt es noch, die Mutter zu unterrichten. Edgar hatte größte Probleme damit. Ihr persönlich es zu sagen, vermochte er nicht. Er konnte nicht einschätzen, wie sie reagieren würde. Gleichgültig oder gar erfreut würde sie keinesfalls sein. Er wusste von einer Bekannten, dass sie aufgeschlossen und verständnisvoll war, sie wollte er um Rat fragen. Sie riet ihm, der Mutter wenigstens schriftlich von dem Weggang mitzuteilen. Eine Verwandte sollte es der Mutter dann sagen. Edgar befolgte den Rat. Erstaunlich war die Reaktion der Mutter. Sie machte keine Vorwürfe und Vorhaltungen, versuchte nicht, den Sohn von seinem Entschluss abzubringen. Sie nahm die Entscheidung ihres Sohnes zur Kenntnis und fand sich damit ab. Sie ließ später lediglich einmal verlauten, dass Gottes Wege geheimnisvoll seien. Keine Missbilligungen, keine Rückfragen, keine Vorhaltungen. Ihm gegenüber nicht, seiner Freundin und späteren Frau gegenüber nicht. Dies war um so erstaunlicher, als Edgar früher mal anlässlich eines Besuches durch die Mutter und Cornelia die Bemerkung fallen gelassen hatte, dass Cornelia einmal seine Stütze im Alter sein werde. Mutter reagierte heftig drauf. Er hatte es mehr aus Spaß und Scherz gesagt. Christa Sendreich nahm es ernst. Edgar wusste, dass andere Mitbrüder, die gegangen waren, größte Schwierigkeiten mit ihren Familien bekommen hatten. Man wollte nichts von dem Abtrünnigen wissen. Man mied den Sohn. Sie durften oft Jahre lang nicht mehr nach Hause kommen. Auf ihnen lag der Makel des Untreuen, des Verräters, des Abtrünnigen, dessen, der seine Überzeugung aufgegeben hatte.

Und wie verhielt sich der Bruder?

»Hatte ich es nicht längst gesagt, dass dies für dich nichts ist?«

»Manche brauchen länger, bis sie dahinter kommen.«

Er sah dem Gesicht seines Bruders an, dass auch er von der Entscheidung Edgars nicht gerade begeistert war. Er verdeckte seine Enttäuschung hinter diesen anscheinend freundlichen Worten nur.

»Klar, du als Schwabe insbesondere. Die werden ja erst mit vierzig schlau.« Da dürfte er nicht ganz Unrecht haben, sagte sich Edgar.

Als Edgar ging, war er im vierzigsten. Vielleicht war an der Redensart ja etwas dran.

Die Regale in Edgars Zimmer hatten sich mit der Zeit geleert. Jedes Mal, wenn er zu Cornelia fuhr – wöchentlich – nahm er einige Kisten Bücher mit. So würden es nicht zu viele sein, wenn er auszog. Sie ließen sich nicht mehr in einen Wagen, selbst nicht in einen Bus laden.

Cornelia und Edgar schauten sich an den gemeinsamen Wochenenden nach einer Wohnung um. Immer, wenn sie bei Leuten vorsprachen, meinte er, man sehe es ihm an, dass er noch Priester war. Und fragte man sie, ob sie verheiratet seien – 1973 war dies Vermietern nicht ganz egal -, gestand er stets mit einer gewissen Scham ein, dass dies noch nicht der Fall sei, sie es aber in absehbarer Zeit vorhätten. Die Wohnung sollte in der Nähe der künftigen Schule liegen. Deshalb hatte er auch gleichzeitig zu klären versucht, ob er vielleicht in seiner alten Schule, wo er als Referendar gewesen war, eingestellt werden könne. Einen ehemaligen Kollegen bat Edgar, beim Direktor nachzufragen, ob er ihn wolle. Mit Kusshand hatte der zugestimmt. Aber es sollte Probleme geben.

Dann kam der Tag des Abschieds. Juni 1973.
Den Schwestern musste Edgar adieu sagen. Er stand vor der Klausur. Das Herz pochte wieder einmal, heftig. Er schellte. Die Oberin trat an die Tür. Sie wusste natürlich längst Bescheid.

»Schwester Oberin, nun ist es so weit. Jetzt muss es sein«, kamen ihm die Worte nur schwer aus dem Mund.

Sie schaute ruhig zu ihm hin. Was würde sie sich denken, wie würde sie reagieren, fragte sich Edgar. Natürlich konnte er nicht verlangen, auch nur hoffen, dass sie guthieß, was er tat. Er wäre ja schon damit zufrieden, wenn sie keinen falschen Ton anschlüge.

»Pater Sendreich.« Sie sagte noch Pater. »Wir bedanken uns für alles, was sie uns Gutes getan haben. Vor allen in den Predigten. Wir, die Mitschwestern und ich, wünschen Ihnen und Ihrer Frau alles, alles Gute.«

Edgar war den Tränen nahe. Das war ein wirklich schwesterliches Verhalten, einer Ordensfrau angemessen und würdig. Edgar war sich sicher, dass außer den Mitbrüdern im Haus kein anderer sich so verhalten hätte. In der Zeit, seit es feststand, dass Edgar gehen würde, stattete ein Mitbruder ihnen einen Besuch ab. Er sprach nicht einmal mehr mit ihm, obwohl sie sich gut kannten und er nur wenige Jahre älter war als Edgar.

»Schwester Oberin. Ich habe zu danken. Auch Ihnen eine gute Zeit. Ich werde diesen Abschied von Ihnen nie vergessen.«

Er reichte ihr die Hand. Einen warmen, kräftigen Druck verspürte er.

Unten im Hof stand der VW-Bus gepackt. Ein Vater eines Schülers hatte ihn Edgar geliehen. Albert, der eine der drei Studenten, dem Edgar geraten hatte, nicht Priester zu werden, fuhr ihn nach Köln, um den Wagen wieder zurückzubringen.

Edgar reichte den anderen noch einmal die Hand. Ein letztes Mal. Die Stimme versagte ihm.

Dann ging er zum Wagen und schaute sich einmal kurz um. Winkte. Stieg ein. Der Wagen fuhr an. Der Kies unter den Rädern knirschte. Die Platanen lagen hinter ihnen. Das riesige, kasernenartige Gebäude rückte in die Ferne. Sie fuhren die vertrauten Gassen. Edgar war hier nie heimisch geworden. Nun sollte er sie endgültig verlassen dürfen. Adieu.

»Bist du froh, dass ich dir den Rat gab wegzugehen?«, schaute Edgar zu Albert hinüber, der den Wagen lenkte.

»Ja.«

Albert hielt das Steuer fest in der Hand. Die Sonne brannte unerbittlich vom blauen Himmel. Edgars Gedanken wanderten in die Zukunft, obschon er nicht richtig wusste, wie diese aussehen und wie er sich in der Welt zurechtfinden würde. Ein riesiger Schritt ins Unbekannte, Unsichere. Ganz wohl fühlte er sich nicht. Es kam noch hinzu, dass er Gewissensbisse hatte. Obschon er sich seit längerem innerlich von dem Orden entfernt hatte, so war er doch noch zu verwoben mit ihm und es war ihm doch nicht so ganz egal, dass er nun einfach wegging. Schließlich hatte er Gott gegenüber ein Gelübde abgelegt. Ein ewiges Gelübde. Dürfte er dies einfach aufkündigen?

»Ist es nicht besser, vorher abzugehen als erst dann wie du?«, riss ihn Albert aus seinen Gedanken heraus.

»Du meinst, bevor man geweiht wird?«

»Ja.«

»Doch nicht immer erkennt man dies früh genug«, antwortete Edgar.

»Glaubst du denn, dass du nicht berufen warst?«

»Ein mir gut bekannter Mitbruder gestand, er habe sich nicht getraut, mir zu sagen, dass er mich nicht für berufen hielt.«

»Das ist ja unglaublich. Und um wen handelt es sich?«

»Immerhin um meinen ehemaligen Superior im Seminar. Wir schätzten uns sehr, er hatte sogar auf meiner Primiz die Festpredigt gehalten. Ob es deshalb war, weil er mich so schätzte, weiß ich nicht. Sonderbar ist es auf alle Fälle.«

»Und was meinst du?«

»Mir will scheinen, dass ich einen Umweg gehen musste.«

»Du also gewissermaßen den richtigen Weg gegangen bist, aber eben nur nicht direkt auf dein eigentliches Ziel zu.«

»Vielleicht.« Obschon er nur ›vielleicht‹ sagte, meinte er innerlich ›sicher, ganz gewiss‹. Aber solche Gedanken getraute er sich anderen gegenüber noch nicht auszusprechen.

»Dann kannst du doch nun eigentlich ganz beruhigt einen anderen Weg, deinen Weg gehen.«

»Möchte man meinen. Aber es ist nicht so leicht.«

Der Wagen rauschte über die Autobahn. Der Wind pfiff an den Fenstern vorbei.

»Glaubst du denn, dass man dich um etwas in deinem Leben gebracht hat?«

»Dass ich etwas versäumt habe, weil ich hinter Klostermauern war?«

»Ja.«

»Sicherlich. Vierzig Jahre von der Welt abgeschnitten, da dürfte ich manches nicht mitbekommen haben. Und manches werde ich nicht mehr lernen. Ob das aber so schlimm sein wird, glaube ich nicht.« Edgar schaute verträumt in sich hinein. Glaubte er wirklich, war er davon überzeugt, was er dem anderen eingestand? »Aber ich wäre auch nicht Akademiker geworden. So kann ich jetzt als Lehrer arbeiten. Das verdanke ich ausschließlich dem Orden.«

»So hat alles seinen Preis.«

»Gewiss«, lächelte Edgar, »man kann nie alles haben.«

»Bist du jetzt ungläubig?«

»Ungläubig, nein, ganz bestimmt nicht. Aber mein Glaube an die Institutionen ist ins Wanken geraten.«

»Das dürfte kein Fehler sein.«

»Wir müssen in jeder Beziehung unsere Kinderschuhe ausziehen, geistig, religiös, menschlich. Im Orden machte man uns das nicht gerade leicht. Gott sei Dank gelang es mir - früh genug noch.«

»Du meinst, wir müssten mündig werden, selber entscheiden zu lernen und es nicht dem lieben Gott überlassen.«

»Darauf zu hoffen, dass die Dinge von oben gelenkt werden, ist falsch. Wir müssen selber entscheiden – und dann können wir noch hoffen, dass…«

»…dass jemand mitmischt, uns führt?«

»Wenn du so willst.«

In der Ferne waren die Türme des Kölner Domes zu sehen. Die Silhouetten einzelner Hochhäuser ragten ins Blau des Himmels.

Edgar würde dieses Mal nicht mehr in Cornelias Wohnung fahren müssen. Sie hatten eine eigene gefunden. Noch bescheiden eingerichtet. Gerade mal das Nötigste stand darin. Einige Möbel nahmen sie aus Cornelias Wohnung mit. Auch sie brachte kein großes Vermögen und viel Geld mit. So hatten sie sich bei den Anschaffungen mit billigen Möbeln begnügen müssen. Doch Bescheidenheit hatte Edgar gelernt. Die Armut erschien ihm noch immer als die beste der drei Versprechen, die er einst gegeben hatte. Der Mensch benötigt wenig. Die Begehrlichkeit kommt nicht, solange man nichts hat, sondern erst wenn man etwas hat. Nur die Besitzenden wollen immer mehr.

Der Wagen hielt vor einem Hochhaus. Wieder eine Kaserne, dachte Edgar. Nein, hier würden sie für sich sein können, ihren privaten Bereich haben. Er schaute die vielen Fenster hoch. Sie glitzerten in der Sonne. Hinter einem dieser Fenster sollte er ab heute zuhause sein. Keinen Vorgesetzten mehr über sich. Niemandem mehr als seiner Frau und sich verpflichtet. Unvorstellbar für Edgar.

Der Fahrstuhl brachte die beiden hoch. Cornelia stand in der Haustür und empfing sie. Edgar stürzte auf sie zu und umarmte sie. Er hielt sie lange in den Armen. Die Stunde null begann jetzt. Unfassbar. Sollte es wahr, Wirklichkeit geworden sein?

Erster Schultag. Die meisten Kolleginnen und Kollegen kannten Edgar noch. Wie würden sie reagieren, wussten sie doch nichts von seinem Abgang? Edgar staunte. Man schien es als ganz normal zu nehmen, dass er nun als Laie unter ihnen arbeitete. Lediglich ein Kollege erlaubte sich einmal, ihn »entsprungener Mönch« zu nennen. Edgar sah es ihm großzügig nach, obschon es verletzte.

Doch es sollte eine Überraschung folgen.

»Seien sie gegrüßt, Herr Sendreich«, kam der Schulleiter gleich am ersten Tag auf Edgar zu und begrüßte ihn. »Bald hätte es nicht geklappt damit, dass Sie zu uns an die Schule gekommen wären.«

»Warum das?«, war Edgar nicht wenig erstaunt.

»Düsseldorf hatte zunächst die Zusicherung gegeben. Dann aber hat die Diözese Einspruch erhoben.«

»Die Diözese?«

»Als sie mitbekam, dass sie an Ihrer alten Schule Ihren Dient antreten, wollte sie das verhindern.«

»Unglaublich.«

»Aber ich habe wie ein Löwe gekämpft. Mein Vater war Widerstandkämpfer. Und – wem es gelingt, aus einem anderen Bundesland einen Kollegen an seine Schule zu bekommen, der hat auch ein Anrecht auf diesen. Auf dieses Recht pochte ich und siegte.«

Edgar lebte sich gut in den Schulbetrieb ein. Zwar war er sich noch immer nicht recht bewusst, in der Welt zu sein. Es brauchte seine Zeit, bis er dies ganz begriff. So einfach ließ sich ein sechsundzwanzigjähriges Leben als Missionsschüler, Ordensmann und Priester nicht abschütteln, wie eine Haut abstreifen, wie ein Kleid wechseln, die Soutane gegen den normalen Straßenanzug vertauschen.

Noch galt es ein weiteres Problem zu lösen. Er durfte nicht mehr Religionsunterricht erteilen. Dafür musste er sich vom Bischof die Erlaubnis, die Missio, einholen. Zur selben Zeit mit ihm war auch ein noch weiterer Mitbruder abgegangen. Er bemühte sich in einer anderen Diözese um eine Stelle als Religionslehrer. Der Bischof dort willigte stillschweigend ein, dass der Mitbruder Religionsunterricht erteilen konnte. Es bestand nämlich unter den Bischöfen die Abmachung, dass den laisierten Priestern erst drei Jahre nach ihrem Weggang die Mission erteilt würde. Doch nicht alle Bischöfe hielten sich an diese Abmachung. Inoffiziell erlaubten sie solchen Kandidaten den Religionsunterricht. Schließlich bestand Not an Religionslehrern und manch abgegangener Priester verdiente so sein Geld und war nur so in seiner Existenz gesichert. Das war zwar bei Edgar nicht der Fall, aber er wollte zur Behebung der Not an Religionslehrern beisteuern.

Da Edgar ja nicht ungläubig geworden war und durchaus die Sache Religion vertreten konnte und wollte, wandte er sich an den Bischof, um die Missio zu erhalten. Er verwies ausdrücklich auf den Mangel an Religionslehrern. Lange kam keine Antwort. Schließlich wurde er in ein Haus der Diözese bestellt. Der Brief zwar ließ es schon vermuten, wie das Gespräch verlaufen würde. Nicht der Bischof, sondern ein Prälat, der für die schulischen Angelegenheiten zuständig war, empfing ihn, obschon Edgar sich absichtlich an den Bischof selber gewandt hatte. Doch was konnte Edgar erwarten, dass der Bischof ihn als ein Nichts persönlich vorladen würde.

In einem nüchternen Raum musste Edgar warten. Nur ein Tisch und zwei Stühle standen darin. Ein

Kruzifix hing an der Wand. Während Edgar vor sich hintierte und in Gedanken versunken war, ging die Tür auf. Eine hohe, dunkle Gestalt trat ein. Als Edgar das glatte Gesicht sah, wusste er, woran er war. Der Kardinal lasse sich entschuldigen, er sei auf Reisen. Oh, dachte Edgar, auf Reisen. Konnte er ihn nicht zu einem Zeitpunkt bestellen, wenn er zu Hause ist? Die unangenehmen Angelegenheiten ließ er von anderen erledigen. In diesem Moment wurde sich Edgar bewusst, dass es vielleicht doch nicht so schlecht war, wenn er dem Kardinal nicht selber vor die Augen treten musste.

»Nun, Herr Sendreich, der Kardinal lässt Ihnen ausrichten, dass wir Ihnen die Missio nicht vor dem vereinbarten Zeitpunkt erteilen können. Also in drei Jahren erst.«

»Aber ich weiß«, erlaubte sich Edgar zu erwidern, »dass in anderen Diözesen zumindest stillschweigend die Missio erteilt wird.« Warum eigentlich, fragte sich Edgar, kämpfe ich um die Missio? Mir ist nicht geholfen. Ich will nur anderen helfen.

»Dies kümmert uns wenig. Wir halten uns an Abmachungen und Vereinbarungen.«

Gesetzestreue Leute, dachte Edgar. Auch im Evangelium ist von solchen die Rede.

»Wir bemängeln außerdem, dass Sie sich inzwischen standesamtlich trauen lassen haben, ohne vorherige kirchliche Trauung und nun zusammenwohnen.« Edgar war erstaunt, woher der Prälat so gut unterrichtet war. Er wollte nicht fragen. Vermutlich hätte er entweder keine Antwort bekommen oder sich mit Ausflüchten zufrieden geben müssen. Was also sollte dann noch eine Nachfrage.

»Erlauben Sie mir zwei Hinweise. Erstens. Wir haben in der Moraltheologie gelernt: in extremis extrema. Da die Not mit Religionslehrern extrem groß ist, erhoffte ich nicht nur, sondern wollte ich mit dazu beitragen, die Lücken zu schließen. Doch der oberste Hirte scheint die Dinge anders zu sehen. Die Not scheint nicht so groß zu sein. Und dann. Wissen Sie, was es heutzutage bedeutet, überhaupt eine Wohnung zu finden. Und was dies in meinem Fall geheißen hätte.«

»Mhe«, nickte der Prälat.

»Zwei Wohnungen. Haben Sie überhaupt eine Ahnung davon, was das insbesondere in meinem Fall bedeutet hätte?«

Der Prälat hörte sich mit eiserner Miene Edgars Ausführungen an.

»Und«, fuhr Edgar fort, »wenn wir bis jetzt noch nicht kirchlich verheiratet sind, so liegt dies nicht an uns. Wir wollen und machen es noch. Aber über ein Jahr schon warte ich auf meine Laisierung. Wie ich erfahre, musste diese in Vermittlung durch die Diözese gehen. Mein Provinzial hat bereits im Frühjahr vergangenen Jahres die Laisierung eingereicht. Sie muss offensichtlich hier in der Diözese verschleppt worden sein, wie ich höre. Sie ist nämlich erst zum Jahresende eingereicht worden.«

»Sie müssen verstehen...«

Edgar wurde es zu viel, immer nur verstehen zu sollen. Mal wollte er nicht mehr begreifen, was ohnehin nur schwer einzusehen war. Vielleicht war dies auch alles zu hoch für seinen kleinen Verstand.

»Entschuldigen Sie, was ist hier zu verstehen, wenn so schlampig mit Gesuchen umgegangen wird. Warum haben Sie den Laisierungsantrag nicht früher eingereicht, dann hätten wir längst kirchlich heiraten können.«

Der Prälat schaute wie ein Lamm drein, zeigte keine Emotionen. Edgar hatte den Eindruck, dass sein Gegenüber gar nicht hinhörte, lediglich sich beherrscht zeigte. Es hätte ihm nicht gut gestanden, Erregung zu zeigen. Er hatte es gar nicht nötig, sich auf dasselbe Niveau wie Edgar zu begeben. Böse zu werden. Er wusste sich im Recht.

»Also, Sie können nicht vor drei Jahren mit der Mission rechnen.«

»Sie wissen aber sicherlich ebenso gut, wie ich, dass andere Diözesen in diesem Punkt freizügiger verfahren. Warum Sie nicht?«, wollte es Edgar noch einmal versuchen. Vielleicht war der Mann zur Vernunft zu bringen.

»Sind wir Ihnen eine Rechenschaft schuldig?«

Edgar musste lächeln. Über der Tür hing das Kruzifix. Edgar schaute hinauf. Der Heiland blickte mit einem traurigen Ausdruck auf die Szene herab. Im Zimmer wurde es kalt. Edgar fröstelte es.

»Wissen Sie, Herr Prälat, wenn der oberste Hirte der Diözese es nicht als dringend ansieht, für ausreichend Religionslehrer zu sorgen und deshalb bei mir keine Ausnahme zulässt, dann scheint es auch nicht so dringend zu sein. Dann wird man auch in Zukunft auf meine Mithilfe verzichten können. Wissen Sie, ich unterrichte drei Fächer, drei Hauptfächer, da brauche ich nicht noch ein viertes, keineswegs leichtes Fach dazuzunehmen. Und wenn ich drei Jahre lang keinen Religionsunterricht mehr gegeben habe, werde ich danach keine große Lust mehr verspüren, es wieder zu wollen. Es war mir ein Vergnügen«, sagte Edgar und verließ den Raum. Das ging ihm doch zu weit. Er hatte endlich genug, nur immer mit sich spielen zu lassen. Jetzt bestimmte er, was geschah. Sein Beruf und seine Existenz hingen nicht davon ab, ob er Religion unterrichten durfte oder nicht.

Doch das Beste sollte noch kommen.

Wenige Tage später saß Edgar in einer freien Stunde im Lehrerzimmer. Er musste mal ausnahmsweise keine Vertretung machen. Eben hatte er sich ein Buch aus seiner Tasche geholt, als der Religionslehrer der Schule, Bein, in den Raum trat. Er war Geistlicher. Sie kamen ins Gespräch.

»Wie ist es übrigens mit der Missio gelaufen?«, erkundigte sich Bein.

»Schlecht.«

»Wie, schlecht?«

»Nun eben schlecht. Man hat sie mir nicht erteilt.«

»Warum haben Sie sich aber auch nicht an mich gewandt. Sie wissen, das ich Beziehungen habe.

Edgar wusste gar nichts. Bein hatte ihm vorher auch nie etwas davon gesagt. Diese Mitteilung verschlug Edgar den Atem. Durch Beziehungen hätte er erreicht, was anders nicht möglich war. Edgar dachte, dass man in der Diözese gesetzestreu sei, sich an Abmachungen hielt. Wenn es aber Fürsprecher gab, würde man dies vergessen. Was eine Einstellung. Nein. Jetzt würde Edgar sich erst recht nicht mehr um die Missio bemühen. Das genügte ihm.

Diese Dinge trugen dazu bei, dass ein Riss, nicht Bruch zwischen ihm und der Kirche stattfand. Sein Glauben an Gott litt nicht darunter. Zwar bekam er mit der Zeit immer größere Schwierigkeiten, noch so an Gott, wie er ihn früher gesehen hatte, glauben zu können. Zeitweilig stellte er ihn sogar ganz in Frage. Doch er wurde ihn nie ganz los.

Ein letztes Mal gingen Edgars Gedanken zurück; dieses Mal allerdings sehr weit.

Er erinnerte sich an eine bestimmte Strecke seines Schulweges in Berlin, die er gerne nahm, wenn er sich auf dem Heimweg befand. Den Ranzen trug er auf seinem Rücken. Die Tafel, die Griffeldose und die Bücher klapperten im Bauch des Ranzens und schlugen den Takt, während er als Erstklässler am Bahndamm von Lichterfelde Ost entlang ging.

Auf diesem fuhren die S-Bahn und Fernzüge in den Süden. Hörte er das Geratter der Räder auf den Gleisen, gingen seine Gedanken in die Ferne, und es erwachte in ihm eine Sehnsucht nach Abenteuer und Erlebnissen. Dieser Gesang der Gleise ertönte in seinen Ohren wie die bestrickende Melodie der Sirenen, die ihn wie verführerisch und verlockend anzogen. Die Luft der Großstadt Berlin und der Hauch dieser Atmosphäre bedeuteten für ihn etwas ganz Einzigartiges. Hier war jedes Atom geschwängert von dem Duft dieser Metropole. Das Flair dieser Stadt nahm ihn gefangen und bannte ihn.

Während sich links die Mauer des Bahndammes erhob und in ihrer Höhe fast abweisend wirkte, lagen zur Rechten Grundstücke, die schon in den ersten Jahren des Krieges das Opfer dieses mörderischen Diktators geworden waren. Bomben hatten die Häuser und Anlagen in eine Schuttwüste verwandelt. Lange Zeit danach gähnten hier nur Ruinen und zerstörte Natur, in der sich allerdings bald schon wieder die unausrottbare Pflanzenwelt heimisch gemacht hatte und Grashalme, Weidenruten, Schachtelhalm, Unkraut und Blumen in allen Ecken wuchsen und blühten. Statt des Menschen hatte sich hier die Natur eingenistet und sich ihr Mietrecht geholt. Gegen die Gewalt der Unterdrückung und Vergewaltigung wusste sie sich durchzusetzen. Ihre elementare Kraft ließ sie sich nicht nehmen. Die Natur überwucherte die Unebenheiten der Steinfelder und Ruinen. Gräser pflanzten sich auf, der Löwenzahn blühte zum Trotz des Irrsinns, die kleinen Margeriten behaupteten sich inmitten der vor der Gewalt zusammengesunkenen Bauwerke. Der Klatschmohn zündete seine rote Fackel auf den Ruinen an, als wolle er gegen den Wahnwitz des Menschen sein Fanal erheben.

Wacker schritt Edgar an dieser Stätte vorbei. Und er saugte sich voll von den tausend Eindrücken, die während des Ganges auf ihn einfielen. Die Sonne, die über dieser Trotzlandschaft stand, schien über die Versuche der Menschen, alles kurz und klein machen zu wollen, zu lächeln.

Anschließend gelangte Edgar zum Kranoldplatz, diesem großen, offenen Geviert, das von vier Straßenzügen, auf dem der Verkehr floss, umschlossen ist. Der sonst, wenn kein Markttag stattfand, eher verschlafen wirkende Platz bekam für ihn erst sein eigentliches Leben und Gesicht, wenn auf ihm das Geschäft blühte.

Dann drängte er sich mit Lust durch die Stände, verspürte den Druck der Menschen, rieb sich an ihnen, nahm die Marktschreier wahr, beobachtete ihre lebhaften Gebärden und ausdrucksvollen Gesten, vernahm ihr Geschrei, mit dem sie ihre Waren feilboten, ließ sich vom Gerede und Geraune der tausend Stimmen umfluten, tauchte in dem Getöse und Getümmel der Stimmen und Karren, in dem Geratter der Wagen und Waren unter, sog mit seinen Blicken die tausend Bilder der Artikel ein, bestaunte und bewunderte die Auslagen, und roch die Düfte und Gerüche, die von den Obstständen, Blumenauslagen, Parfümläden, von den frischen Semmeln und Broten herdrangen. Edgar erfreute sich an der Buntheit der Waren: an den Stoffen, Geschirren, Töpfen, Tüchern, Hemden, Kleidern, Schürzen, Blusen, Röcken, Hölzern ...

Er roch die Atmosphäre des Handelns und Kaufens, hörte und verfolgte, wie die Pfennige, Groschen, Markstücke und Scheine von den Portemonnaies in die Hände der Händler wechselten.

Er roch die Menschen, ihr Parfum, ihren Schweiß. Die Leute schlugen ihn in Bann, die Frauen und Mädchen. Ihre hellen Gesichter, ihre weiße Haut, auf der sich das feine Blau ihrer Adern abzeichnete; ihre blitzenden, leuchtenden Augen, ihre Haare, die blonden, schwarzen, strohhellen, gelockten, glatten. Ihre Arme mit ihrer weichen Glätte. Ihre Hände, auf deren Blässe sich die unter der Last der Netze anschwellenden Adern anhoben.

Es zogen ihn die Eile, die Hast, die Unruhe, Unstetheit und Geschäftigkeit der Menschen an. Er konnte sich nicht satt sehen daran, wie sich die Leute durch die Reihen drängelten und zwängten, aneinander vorbeischoben, hauteng berührten und doch keinen Kontakt fanden. In diesem Gequirl und Gedränge stand er gerne.

Oft aber waren die Stände, wenn er von der Schule heimging, schon halb oder ganz leer. Dann erfasste ihn ein nicht minder beeindruckendes Gefühl. Die Lücken, das Fehlende, das Leere, das Nichtmehrvorhandene und das Geräumte zog ihn an. Dieses zeugte von dem einmal Vorhandenen und üppig Vollen. Nun war es verkauft, weg, abgeräumt und hatte den Besitzer gewechselt. Es war nun vertan, verbraucht, ausgegeben. Andere besaßen es, vergnügten sich daran, genossen es, erfreuten sich an ihm, nahmen es in sich auf, waren davon erfüllt, sättigten sich an ihm, vereinnahmten es, entleerten sich davon ...

An anderen Tagen lag der Marktplatz leer da. Verlassen, melancholisch, einsam, als kenne er keine andere Welt, als sei alles verflogen, verzogen, fern und weg. Die kleinen Pflastersteine nur beschrifteten die blanke, graue Fläche des Platzes wie unendlich viele Punkte von einem harten Bleistift gezeichnet.

Hier auf dem Markt hatte ihm Mutter an den Samstagen, wenn er mit ihr zum Einkaufen ging, eine Banane gekauft, solange es sie noch gab. Er entschälte sie dann aus ihrer gelben Umhüllung, biss in ihr weißes Fleisch und genoss es mit seinem frischen Duft und seiner herzhaften Verheißung. Der Krieg setzte diesem Vergnügen ein Ende.

Jahre waren das her. Edgar hatte von Merker gehört, dass er ein strammes Regiment im Internat führte. Mit Forderungen war er, als er Edgars Stelle übernommen hatte, an die Mitbrüder herangetreten. Man solle ihm das alleinige Zepter in die Hand geben, andernfalls würde er die Arbeit gar nicht erst anfangen. Dies schienen die neuen Umgangsformen unter den jüngeren Mitbrüdern geworden zu sein. Für Edgar unfassbar. Zu Edgars großer Überraschung hatte er vernommen, dass die Mitbrüder allen Forderungen Merkers nachgekommen waren. Und Merker hatte das Gesicht des Internats wesentlich verändert. Man kannte es nicht mehr wieder. Edgar beneidete Merker, dass er so aufzutreten vermochte. Edgar wäre nicht in der Lage gewesen, mit Forderungen sein Amt anzutreten. Eine solche Haltung lag ihm nicht. Dass man kämpfen musste, auch im Orden, um gewisse Ansprüche durchzusetzen, war ihm fremd. Die Schüler hatten Respekt von Merker. Wenn man nicht viel eher sagen müsste Angst. Merker war ein gefürchteter Mann. Wohl wegen seines forschen Auftretens auch hatten die Vorgesetzten seinen Forderungen nachgegeben. Und nun sollte er gegangen sein. Gegangen hieß, er hatte seinen Beruf an den Nagel gehängt. Das hatte Edgar sofort verstanden. Da gab es keinen Zweifel. Er hatte also einfach das Zeug hingeschmissen. Ob man ihm nicht zu Willen gewesen sei? Das würde Merker gleich sehen. Edgar kannte Merker zur Genüge. Wenn ihm etwas nicht passte, schlug er Krach, trat mit den Füßen auf, donnerte los, dass man meinten konnte, er wolle